西遊詩巻

頼山陽の九州漫遊

谷口　匡

法藏館

まえがき

今から二百年ほど前、京都の文人が一年以上の月日をかけて九州をめぐる大旅行をした。その人物の名を頼山陽《らいさんよう》（一七八〇〜一八三二）という。

雲か山か呉か越か、
水天　髣髴《ほうふつ》　青《せい》一髪。
万里　舟《ふね》を泊す　天草の洋《なだ》、
煙は篷窓《ほうそう》に横たわって日漸く没す。
瞥見《べっけん》す大魚　波間《はかん》に跳《おど》るを、
太白《たいはく》　船に当たって明らかなること月に似たり。

右はその旅行中に出会った風景を歌った「天草洋に泊す」（原漢文）である。彼の漢詩の中でも最もよく知られたものの一つであろう。とりわけ天草からはるか彼方に見える一すじの青い線に中国大陸を想像して、「雲か山か呉か越か」と絶唱する第一句は人口に膾炙しており、通行する山陽の詩集

『山陽詩鈔』では巻四に収める。

しかしこの詩の初案、すなわち文政元年（一八一八）に作られた時点での詩句が、これとはかなり異なり、次のようなものだったことはさほど知られていないかもしれない。

波間に照らし見る巨魚の跳るを。
太白の一星　光　月に似たり、
天草洋中　夜　橈《かじ》を繋ぐ。
眠《ねむり》より驚《さ》めて船底《せんてい》に寒潮響き、

そして山陽が旅の中で現地の有力者に与えた詩巻に、この初案が彼自身の筆で墨痕鮮やかに書かれていたことは、もっと知られていないだろう。本書は「西遊詩巻《さいゆうしかん》」と呼ばれるその詩巻を足がかりにして、九州を旅した頃の漢詩人頼山陽を、再度生き生きと蘇らせようと試みるものである。

当時としてはきわめてまれだったであろう、漫遊と呼ぶのがふさわしい気ままな長旅を実現した頼山陽は、この一事からもわかるように、江戸時代後期という今日から比べればなお束縛の多い封建社会にあって、自己の信念に基づいて自由に生きることを貫いた文化人であった。

そのことをジャーナリストの徳富蘇峰《とくとみそほう》（一八六三〜一九五七）は「世の中には吾自ら吾が境遇を支配するものと、境遇から支配せらるる者とがある。……我が頼山陽の如きは、殆ど当初から考へて居た通りの生涯を、彼自ら遂行したと云ふ可きである」（『頼山陽』五八～五九頁）と概観し、作家の中村真一郎《なかむらしんいちろう》（一九一八～九七）は「明治維新以後の近代社会の理想的人間は自由人ということだと思いますが、そういうことを、あの文化・文政・天保の時代に、かなり実現した人ではないかと思う」（『日本史探訪 第十三集』五八頁）と看破している。

山陽の生涯については門人江《え》木《ぎ》鰐水《がくすい》（一八一〇～八一）の「山陽先生行状《ぎょうじょう》」に詳しい。以下、主としてそれに拠りつつ、木《き》崎《ざき》愛吉《あいきち》（一八六五～一九四四）の『頼山陽全伝』、中村真一郎『頼山陽とその時代』などによって補訂しながら、彼の一生を辿っておきたい。

山陽は、姓は頼《らい》、名は襄《のぼる》、字《あざな》は子成、通称は久太郎といい、山陽外史と号し、京都に来てからは三十六峰とも号した。父の頼春水《しゅんすい》（一七四六～一八一六）は、名は惟寛《ただひろ》（のちに惟完と改めた）、字は千秋、春水と号し、芸州竹原《たけはら》の人である。最初、大坂で塾を開き、大坂の学者飯岡義《いいおかぎ》斎《さい》（一七一六～八九）の娘をめとって、安永九年（一七八〇）に江戸堀（今の大阪市西区）で山陽が生まれた。母の名は静子といい、梅颸《ばいし》と号した。天明元年（一七八一）、春水は芸州藩儒に召し出されて広島に移った。山陽十歳の時のことである（以下、山陽の年齢はすべて数え年で記す）。

山陽は幼い時から鋭敏で、十三歳の時、江戸詰めだった父の春水に詩を作って送ると、柴野《しばの》栗山《りつざん》（一七三六～一八〇七）がそれを見て激賞したという。栗山はいわゆる寛政の三博士の一人で、寛政異学の禁を推進した儒者である。十八歳で叔父の杏坪《きょうへい》（一七五六～一八三四）について一年間江戸に遊学し、尾《び》藤二洲《とうじしゅう》（一七四七～一八一三）のもとで学んだ。二洲も三博士の一人である。

一方で彼は子どもの頃から精神を病み、時折発症する鬱病に苦しんだ。そして二十一歳の時、すなわち寛政十二年（一八〇〇）の九月、竹原に弔問に出かけるその足で、行方をくらまして京都で保護されるという脱奔事件をおこし、藩士の名簿から名前を削られ、家の座敷牢で謹慎することとなる。実はその一年前、山陽は御園《みその》道英の娘淳子と一度目の結婚をしていたが、この一件で淳子は離縁される。なお淳子との間に生まれた聿庵《いつあん》（名は元協）はその祖父春水にとって嫡孫、すなわち頼家の本妻が生んだ子であるゆえに、春水の嫡子となった。そのような中、山陽の謹慎生活は二十六歳まで続くが、途中から仁室《じんしつ》と呼ばれる離れに移り、家蔵する書籍の閲覧を許されたことで学問は大いに進み、のちの大著『日本外史』の草稿はこの間にできあがったとされる。

文化七年（一八一〇）、山陽は菅茶山《かんちゃざん》（一七四八〜一八二七）から塾生への教授を依頼されて、しばし備後神辺《かんなべ》の廉塾《れんじゅく》に引き取られる。江戸後期を代表する漢詩人である茶山は自分の後継者たることを山陽に期待していた。しかしそれもつかの間、翌文化八年には同地を去って京都で塾を開き、ついにそこにとどまった。時に三十二歳であった。入洛後にりえ（梨影）という女性を家に入れ、文化十二年に正式な妻とした。ただここで触れておかねばならないのは、文化十年、山陽は大垣の藩医江馬蘭《えまらん》斎《さい》（一七四七〜一八三八）の娘細香《さいこう》（一七八七〜一八六一）に出会い、生涯にわたって愛情を持ち続けたことである。りえは山陽にとってよき家庭の妻であったが、細香にはりえにない詩才があった。彼女は山陽と結婚こそしなかったが、その女弟子として漢詩を学ぶとともに、社交的な場面でのパートナーであった。

文化十三年（一八一六）二月、塾生に『荘子《そうじ》』を講義していた時、春水の危篤の知らせを聞き、ただちに書物を置いて広島に帰ったが、死に目に会えなかった。山陽はこれを遺憾として、以後、『荘子』を講ずることは二度となかったという。

文政元年（一八一八）二月、春水の三回忌のため、広島に帰省し、喪が明けるとそのまま九州へ旅立った。豊前・筑前から肥前に入り、長崎に滞在すること二か月余、南は薩摩・大隅まで到達して、翌年の春に広島に戻る。そして母を伴って京都に入り、りえにも初めて引き合わせ、ともに吉野や奈良の景勝に遊んだ。またその後にも伊勢や琵琶湖の周遊に同行した。鰐水の「行状」では、山陽はそれまで父母によく仕えることがなかったのを後悔し、春水が亡くなった今、親の恩に報いるべく母に孝養を尽くそうとしたのだろう、と述べている。

文政五年（一八二二）、鴨川に面した三本木に家を買って水西荘と称し、さらに東山に面し、鴨川に臨む庭中に粗末な家を築いて山紫水明処《さんしすいめいしよ》と呼んだ。彼はここを終生安住の地と定め、いよいよ後進の育成や著述に励み、文政十年にはついにライフワークである『日本外史』を完成させて、晩年の松平定信《まつだいらさだのぶ》（一七五八〜一八二九）に献じた。また春の桜、秋の紅葉の時期はいながらにして知ることができたから、その季節をはじめとして、興が乗れば出遊し、近畿の名勝古跡をほとんどすべて歩き回った。

天保元年（一八三〇）に胸痛を患ったが、長らくして治癒した。しかし同三年（一八三二）六月十二日、にわかに咳が出て喀血した時、死を覚悟する。だが当時まだ母静子は存命であり、彼自身も

『日本政記』執筆のさなかで、まだ死ぬわけにはいかなかった。秋になると病状は悪化したが、手紙をやりとりし、執筆に励む様子は通常どおりであった。彼は危篤になっても『日本政記』の文章に手を入れることをやめず、「ちょっと寝ようと思う」と周囲に言い、筆を擱いて眼鏡を外し、目を閉じて息を引き取った。九月二十三日のことであった。享年五十三。東山の長楽寺に葬られた。自編の詩集『山陽詩鈔』出版のことを晩年まで気にしていたが、間に合わず、没後の天保四年に出版された。りえとの間には三人の男子が生まれている。辰之助は夭折し、その下に通称又二郎（一八二三〜八九、名は復、字は士剛、号は支峰《しほう》）と三樹三郎《みきさぶろう》（一八二五〜五九、名は醇、字は鴨厓《おうがい》）がおり、さらに娘が一人あった。

主な著書に日本の武家の歴史である『日本外史』二十二巻、天皇の歴史である『日本政記』十五巻、政治論・経済論である『通議』三巻、書物や絵画の批評である『書後題跋』四巻、歴代の日本の史実を歌謡に仕立てた『日本楽府』一巻、文政八年までの詩集『山陽詩鈔』八巻、文政九年以後の詩集『山陽遺稿』八巻などがあり、すべて漢文で書かれたものである。他の編著書も含めた山陽の仕事の全貌は、現在は『頼山陽全書』によってほぼ窺うことができる。

山陽が書き残した膨大な著作の中から、本書では特に「西遊詩」、すなわち九州漫遊中の漢詩に焦点をあてる。その大半は『山陽詩鈔』に収録され、さらに旅先で知人のために書いた「西遊詩巻」と称する巻子本はそれに漏れる詩も含んでいる。「西遊詩巻」の全作品に訳注を施してその価値を明らかにするとともに、九州行きの前後に滞在した下関での山陽についてもとり上げ、当地で作られた詩文から彼と下関の結びつきや、当地の商人広江《ひろえ》殿峰《でんぽう》（一七五六〜一八二二）との交遊について概略を窺った。なお付録として山陽が生きた江戸時代の京都における漢学に関して概況を述べ、山陽に関する著書のある研究者入谷《いりたに》仙介《せんすけ》氏（一九三三〜二〇〇三）を追悼する文章も収めた。さらに巻末には「西遊詩巻」やそれにまつわる跋文を影印で示して参考に供した。

九州漫遊から約二百年を経た今、漢詩人としての頼山陽について、「西遊詩巻」を中心に改めてその存在意義を振り返る機会になればと願っている。

目　次

まえがき　1

Ⅰ章　漢詩人頼山陽の九州漫遊……17

一、はじめに　18
二、西遊の動機と『日本外史』　20
三、計画のない旅　27
四、西遊中の漢詩の評価　28
五、西遊中の漢詩の特色　30
六、「西遊詩巻」の価値　34
七、耶馬溪の発見　36

Ⅱ章　西遊する頼山陽と『杜韓蘇古詩鈔』……39

一、いかにして詩材を貯えたか　40
（一）頼山陽の漢詩　40／（二）「中原一髪青何在」の句をいかに得たか　41／（三）自編の選集『杜韓蘇古詩鈔』　43

目　次

二、『韓蘇詩鈔』に見る山陽の文学観　45
（一）杜詩を読むために韓蘇の詩を読む　45／（二）韓詩・蘇詩の特色を新たに見出す　47／（三）蘇軾詩に見る「士大夫の善謔」　49
三、西遊中の詩と杜詩・韓詩・蘇詩　51
（一）杜甫からの影響　51／（二）韓愈からの影響　54／（三）「雲か山か……」と蘇詩　59／（四）蘇詩からの借用　61／（五）頻用した蘇詩の典故　63
四、おわりに　66

Ⅲ章　「西遊詩巻」と二つの跋文……69
一、はじめに　70
二、『山陽先生真蹟西遊詩』について　71
三、重野成斎・頼支峰の跋文について　73

Ⅳ章　「西遊詩巻」訳注……87
一、はじめに　88
二、「西遊詩巻」訳注　90

Ⅴ章　下関と頼山陽……165
一、はじめに――下関に来た山陽　166
二、山陽が描く下関の風景　170
三、壇ノ浦の戦いと先帝会　173
四、下関の遊女たち　177
五、酒と芸術　179
六、客　情　185
七、おわりに　189

Ⅵ章　頼山陽と下関の商人広江殿峰……191
一、はじめに　192
二、広江殿峰の生涯と人となり　193
三、山陽と殿峰の出会い　199
四、下関での山陽と殿峰　202
五、殿峰の死とその後　212
六、おわりに　219

附　録

1　探訪・京都の漢学……222
一、はじめに　222
二、藤原惺窩とその門下　223
三、石川丈山と元政　226
四、山崎闇斎と崎門学派　228
五、伊藤仁斎と貝原益軒　230
六、石田梅岩の心学　234
七、経学と詩文の分離　236
八、寛政異学の禁と考証学　238
九、海保青陵と頼山陽　239
十、おわりに　241
2　入谷仙介先生の教え……242

3 「西遊詩巻」影印　附『山陽先生真蹟西遊詩』跋文…………248

主要参考文献　277
初出一覧　281
あとがき　282

西遊詩巻

頼山陽の九州漫遊

頼山陽肖像画　山田翠雨画・頼古楳書
（頼山陽史跡資料館蔵）

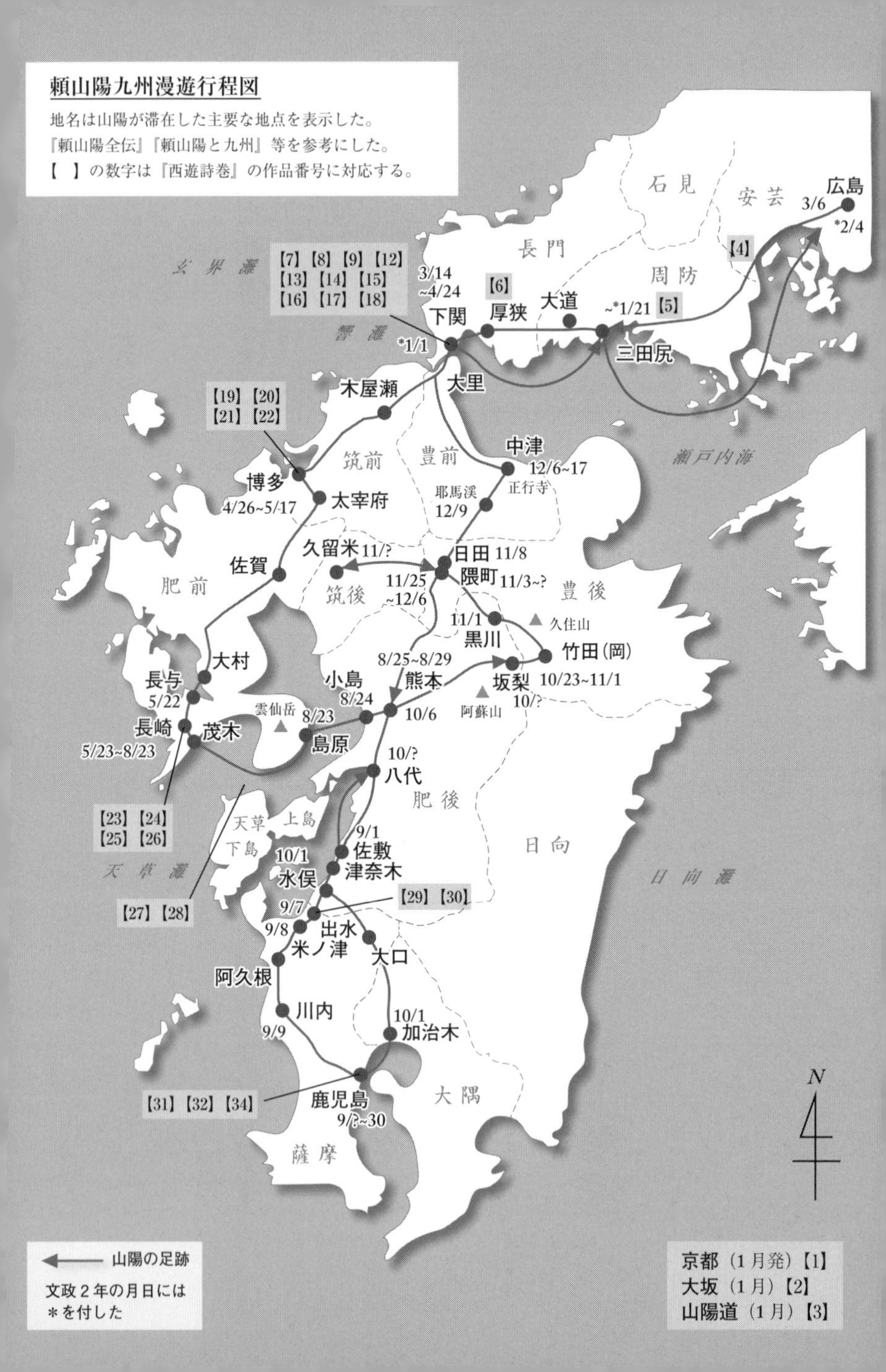

頼山陽九州漫遊行程図
地名は山陽が滞在した主要な地点を表示した。
『頼山陽全伝』『頼山陽と九州』等を参考にした。
【　】の数字は『西遊詩巻』の作品番号に対応する。
石見
安芸
広島
3/6
*2/4
長門
【4】
周防
玄界灘
【7】【8】【9】【12】
【13】【14】【15】
【16】【17】【18】
3/14
~4/24
【6】
大道
~*1/21
【5】
下関
厚狭
響灘
*1/1
三田尻
大里
木屋瀬
【19】【20】
【21】【22】
中津
瀬戸内海
筑前
豊前
12/6~17
博多
正行寺
太宰府
耶馬渓
12/9
4/26~5/17
久留米 11/?
日田 11/8
佐賀
隈町 11/3~?
肥前
11/25
~12/6
筑後
豊後
11/1
久住山
黒川
竹田（岡）
大村
8/25~8/29
長与
小島
熊本
坂梨
10/23~11/1
5/22
8/24
雲仙岳
8/23
10/6
阿蘇山
10/?
長崎
茂木
島原
5/23~8/23
10/?
八代
肥後
【23】【24】
【25】【26】
天草
上島
下島
9/1
佐敷
日向
10/1
天草灘
水俣
津奈木
日向灘
【29】【30】
9/7
【27】【28】
9/8
出水
米ノ津
大口
阿久根
川内
10/1
9/9
加治木
N
【31】【32】【34】
鹿児島
9/?~30
大隅
薩摩
山陽の足跡
文政２年の月日には
＊を付した
京都（１月発）【1】
大坂（１月）【2】
山陽道（１月）【3】

Ⅰ章　漢詩人頼山陽の九州漫遊

一、はじめに

文政元年（一八一八）、頼山陽は生涯ただ一度の九州漫遊――いわゆる「西遊」――に出かけた。それは同年正月中旬に京都を出発して二月五日に広島に帰省、父春水の三回忌を終えたのち、三月六日に広島を出発、以後、下関、博多、長崎、熊本、鹿児島などを経由して再び熊本に戻り、さらに岡、隈《くま》町・日田、耶馬渓《やばけい》などを巡って下関で越年、翌文政二年の三月十一日に京都へ帰りつくという大旅行であった。

その行程を木崎愛吉『頼山陽全伝』によってもう少し詳しく見ておくと次のとおりである。

京都（文政元年正月中旬発）→広島（二月五日着、十七日春水三回忌、三月六日発）→下関（三月十四日着、四月二十四日発）→博多（四月二十六日着、五月十七日発）→長崎（五月二十三日着、八月二十三日発）→熊本（八月二十五日着、二十九日発）→天草島（九月一日）→出水《いずみ》口〔薩摩境〕（九月七日）→鹿児島（九月着、三十日発）→熊本（十月六日）→岡（十月二十三日着、十一月一日発）→隅《くま》町（十一月三日）→日田《ひた》（十一月八日）→熊本→隈町（十一月二十五日）→日田（十二月四日、五日発）→耶馬渓（十二月九日）→下関（越年、文政二年正月発）→広島（二月四日着、二十三日発）→京都（三月十一日着）。

以上の中では、天草灘を望んでかの有名な「天草洋に泊す」の詩を作ったこと、鹿児島で「西遊詩巻」を揮毫したこと、岡では田能《たの》村《むら》竹田《ちくでん》（一七七七～一八三五）、日田では広瀬《ひろせ》淡窓《たんそう》（一七八二～一八五六）といった当地の文化人に会ったこと、さらに旧知の僧雲華《うんげ》（一七六二～一八五〇）と再会する過程で耶馬渓を発見したことなどが注目される。これらについては後に述べる。

この九州漫遊の前に広島に帰省し、父春水の三回忌が行われている。後に触れるように、この三回忌が終わったということ、つまり喪の期間が明けたことが、彼が旅に出る動機の一つとなっていることから、ここで春水について簡単にみておきたい。

頼春水（一七四六～一八一六）は、天明元年（一七八一）、すなわち山陽が二歳の時に安芸広島藩の儒官となった。今日から見て春水が歴史上何をした人かと問われれば、西山拙斎《にしやませつさい》（一七三五～九八）らと同様に、幕府の学問を朱子学の正学とする「寛政異学の禁」が出されるにあたって、そうした流れを作るのに陰で尽力した人といえよう（中村真一郎『頼山陽とその時代』、頼祺《らいき》一《いち》「近世人にとっての学問と実践」など参照）。そして家庭の中での春水は山陽にとってきわめて厳格な父親であった。若年の山陽が神経症を患ったり、放蕩な生活をしたりしたことはよく知られているが中村真一郎はそれらは厳格な父の圧力から自己を解放しようとしたものと見る（前掲書「第二部一・父春水」）。

父との関係に苦しみ、そのあげくに脱藩事件をおこし、広島に連れ戻されて、屋敷内の離れに幽閉された山陽だが、生涯を通じて父を恨み続けたようには見えない。父の死は生前のわだかまりを緩和したであろうし、死後、父の遺稿を集めて一族の人々と共に『春水遺稿』十五巻の出版に努力したことにもそれは窺われる。そのことを山陽畢生の仕事『日本外史』の著述と関連づけて考えておきたい。

二、西遊の動機と『日本外史』

『日本外史』は平氏から徳川氏に至る日本の武家の歴史を述べた全二十二巻からなる書物である。それは『史記』の「世家」に学んで漢文で書かれた（詳しくは拙著『読み継がれる史記――司馬遷の伝記文学』Ⅲ2「『日本外史』と『史記』世家」参照）。

『日本外史』は山陽の数多い著作の中でも、彼の代表作といってよいだろう。たとえば吉川幸次郎《よしかわこうじろう》（一九〇四～八〇）は山陽の詩に関しては、ほぼ同時代の漢詩人梁川星巌《やながわせいがん》（一七八九～一八五八）などとともに「ある程度おもしろいようですが、どうもやはり中国の詩ほどおもしろくはない」（「中国文明と日本」）とさほど評価しないが、江戸時代の漢文の中で「一番名文は、やはり頼山陽の「日本外史」だろうと思います」（同前）と『日本外史』への評価は高い。吉川の『漢文の話』には例を引いてより具体的にそのよさを論じている（第四「歴史家の文章」の4「日本での祖述」）。

また加藤周一《かとうしゅういち》（一九一九～二〇〇八）の『日本文学史序説』においても資料に新しい発見がなく、事実に誤りが多い点は「歴史家としての不幸」としながらも、その漢文の叙述に関しては「読下しの日本語散文として、緩急の妙があり、適度の誇張と単純化があり、漢語の響きがあたえる一種の感覚

『日本外史』

頼山陽居室（1958年に復元）

的な効果がある」と分析し、「日本語散文の一つの文体の原型を作りだした」と述べている（第九章第四の転換期上「詩人たち」）。さらにそれは偶然ではなく、『日本外史』の文章は最初から訓読のリズムを意識しつつ書かれたという（齋藤希史『漢文脈と近代日本』第一章など）。

　そうした漢文の妙もさることながら、歴史が必然の流れによって動くことを示した点は、幕末・維新期において尊王倒幕に燃える勤皇の志士たちの思想的支柱となり、天皇家の歴史を描いた『日本政記』とともに当時の青年たちに広く支持された（中村真一郎「頼山陽」『日本史探訪　第十三集』参照）。その思想的な影響の大きさという点からしても、『日本外史』は山陽の代表的著作といってよいだろう。

　そしてまた山陽自身の意識という点でも同じことがいえた。『日本外史』の草稿は彼が脱藩事件をおこして連れ戻され、邸内の離れ（現頼山陽居室）に幽閉された、二十代前半の四年間にほぼでき上がっていたといわれる。この書物の完成と公刊は山陽の生涯の目標であり、生前の刊行こそならなかったが、文政十年（一八二七）、楽翁侯（松《まつ》平定信《だいらさだのぶ》）に浄写本が呈上され、日の目を見た。完成を記念して作られた詩「修史偶題十一首」其の二には執筆に呻吟する自身の姿を描い

ていう、

蠹《と》冊《さつ》紛披して煙海深く、
毫を援《と》り下さんと欲して復た沈吟。
愛憎恐らくは枉《ま》げん英雄の跡、
独り寒灯の此の心を知る有り。

「蠹」は「蠧」の古字で、「蠹冊」は虫が食った書物の意。「紛披」は散乱するさま。「煙海」はもやのようにたちこめる煙草のけむり。寒灯のもと古書にうずもれて史実を究め、撰述に明け暮れるさまが回想されている。

また「其の九」にはいう、

二十余年我が書を成し、
書前　酒を酹《そそ》いで一たび鬚《ひげ》を掀《あ》ぐ。
此の中《うち》　幾個《いくこ》の英雄漢、
吾が曲筆なきを諒得《りょうとく》するや無《いな》や。

文政十年は山陽四十八歳、離れに幽閉されて『日本外史』の草稿にとりかかっていた二十代の頃からするとまさに「二十余年」である。「鬚を撚ぐ」は感激してにっこり笑うさまである「髯を撚ぐ」の「髯《ゼン》」（ほおひげ）を押韻の都合上「鬚《シュ》」（あごひげ）としたものか。ちなみに斎藤拙堂「頼山陽の書後題跋の後に題す」には「髯を持って顧盼《こげい》し、古今を揚推《ようかく》す」とこの時の様子を述べる（伊藤吉三『山陽遺稿詩註釈』参照）。

これらの詩には『日本外史』を書き上げた満足感と感慨が歌われているが、「愛憎恐らくは枉げん英雄の跡」「我が曲筆なきを諒得するや無や」などの句から、同時に彼自身の筆が史実を曲げていないかとの恐れも感じていたことが窺われる。

実際、『日本外史』における史実の誤りに関しては、山陽は完成前からずっと気にかけていた。文化十三年（一八一六）正月八日、弟子の小野蘇庵にあてた手紙に、「近江」と「丹波」について誤りの指摘があったのに答えて、「近江と丹波は、けしからぬ間違也。シカシ、史に箇様の間違ある事は、不㆓独一頼襄㆒也、自㆓史（記）漢（書）《（ママ）》已然」と述べ、こうした誤りは自分だけでなく、『史記』『漢書』より以来すでにあった、と弁解している（徳富猪一郎ほか編『頼山陽書翰集 上巻』）。この口吻にはやや開き直っている印象もないではないが、実際の山陽は史実の誤謬をかなり気にかけており、完成にいたるまでの間、その誤りを修正すべく方々への資料の貸与を申し入れていたことは『全伝』などから明らかである。

しかし結果としてそれは解決しなかった。史書としての『日本外史』に対する批判は、頼惟勤《らいつとむ》責任編集『日本の名著 頼山陽』、中村真一郎『頼山陽とその時代』などに詳しいので、ここでは贅言しない。

話を九州漫遊の年、文政元年に戻すと、山陽は同年十月二十三日に岡を訪れ、十一月一日に出立するまで一週間滞在し、田能村竹田と交流した。その時の交遊を山陽の言葉を中心に、竹田が漢文で記録したものが『卜夜快語《ぼくやかいご》』として残っているが、その十月二十三日夜の条にはいう、

山陽曰わく、「予は喪に京に居り、今年二月、国に除服す。蓋《けだ》し倚廬《いろ》三年、朝夕哭泣の余、先子の遺書を校し、傍ら『山陽外史』を修し、日夜刻苦して、精竭《つ》き神尽きたり。除服の後、意まさに遍《あまね》く九州の山水を観て、以って竭尽《けつじん》する所の精神を養わんとす。ここに於いて飄然として西せり。」

文中に『山陽外史』とあるのは『日本外史』を指す。これによれば、山陽は京都で父春水の喪に服し、郷里広島で三回忌の法要を終える。この間、かたわら『日本外史』の撰修に日々努力し、精神を擦り減らしていたというのだが、それは恐らく時期的に見て上述したように、記述の誤りを指摘されるなどして、史実との整合性を図るのに腐心したことを指すと思われる。そして喪が明けたのを機に、九州漫遊を試み、当地の山水に遊んで疲弊した精神を解放し、英気を養おうとしたのであろう。

九州漫遊中の詩の多くはのちに「西遊稿」上・下として『山陽詩鈔』巻三・四に収められるが、そ

の序文（『西遊稿』自序）には、

> 余憂《うれい》に居ること三歳、戊寅に帰り展す。既に祥して頗《すこぶ》る廓然たるを覚え、遂に鎮西《ちんぜい》に遊んで、吟歌を以って余憂を排遣すれば、吻《くちびる》を衝《つ》いて嚢《のう》に溢《あふ》る。

と述べ、喪明けの祭り（祥）を終えたあとの空虚な気分を取り去ることを西遊の動機とし、『日本外史』のことには触れない。しかしこれは公刊する詩集中の自序だからいわば外向けの発言であろう。それよりも気心の知れた親友竹田との歓談が書き留められた『卜夜快語』の方に本音が現れていると見るならば、この九州漫遊の動機には、春水の喪が明けたことと同時に『日本外史』撰修というライフワークからしばしば自身を解放しようとする心の動きがあったと考えられよう。

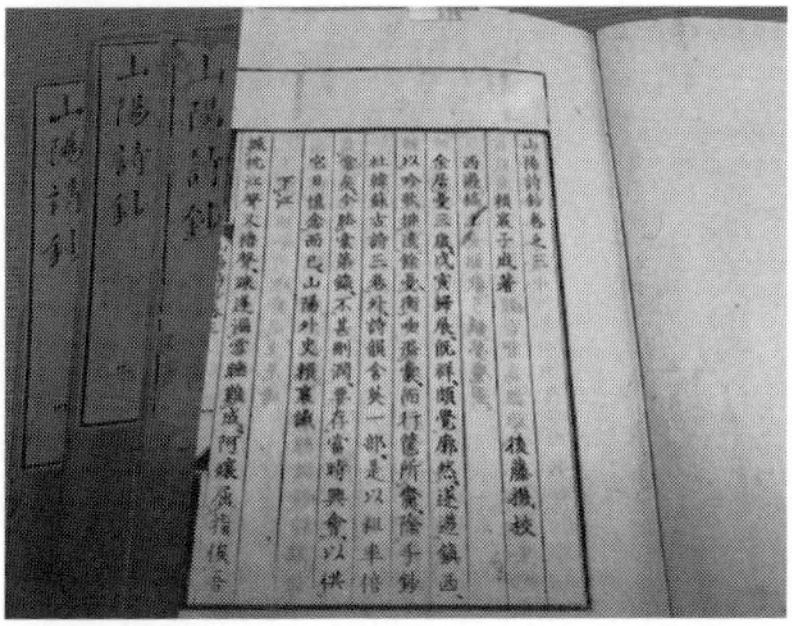
『山陽詩鈔』

そしてこの二つの事柄は無関係ではない。というのはそもそも『日本外史』は父春水の構想に始まるからである。

文化七年（一八一〇）七月二十六日、広島藩士築山嘉《つきやまか》平《へい》にあてた書簡では、愚父壮年之頃より、本朝編年之史、輯申度志御座候処、官事繁多に而、十枚計致かけ候儘にて、相止申候。私儀、幸隙人に御座候故、父の志を継、此業を成就仕、日本にて必要之大典とは、芸州之書物と、人に呼せ申度念願に御座候。

とある。父が構想した「本朝編年の史」がのちの『日本外史』の出発点となったという認識であり、すなわち『外史』は父子二代に亙る事業と述べられている。これは言うまでもなく、紀伝体史書の嚆矢ともいえる司馬遷《しばせん》（前一四五？～前八六？）の『史記』が父司馬談《しばたん》（？～前一一〇）の遺志を引き継いで書かれたことを意識したものだろう。なぜなら上述したごとく『日本外史』は『史記』世家に倣って著された書物であるから。ただ司馬遷の場合は父と同じ太史令の官に就き、親子二代ともに史官であるとの強い自覚があったのに対し、山陽の場合はいわば一介の町儒者であって、春水が広島藩儒であったのとは立場を異にしていた。先の書簡に父を「官事繁多」といい、自身を「隙人」とするのはその違いを示すが、のちに西遊の地鹿児島で作った「麑洲　逆旅の歌《げいしゅうげきりょ》」には「蹴踖自ら憐れむ《しゅくせき》一書生」という。この「一書生」という言い方には世間知らずという卑下とともに、つまるところ役人でも商人でもない、学者・文人であるという矜持も含んだ自覚があるだろう。

このように山陽は親子二代の事業として『史記』を完成させた司馬遷に自身を擬しつつも、司馬遷が父とともに同じ官だったのとは異なって、父春水のように儒官にはなれなかった。だがかえってそのことが『日本外史』を書き続けることを可能にし、最終的には父念願の事業を達成し、長い年月に亙る父との感情的な軋轢も克服することができたのではなかろうか。

三、計画のない旅

九州漫遊の動機についてみてきたが、いずれにしても九州の山水に触れて自己の精神を解放するのが目的であったとすれば、最初からいつまでと期限を定めて出発したのではなかっただろう。文字通り「漫遊」と呼ぶに相応しい旅であった。

文政元年五月二十三日に山陽は長崎に着いたが、その二日後、母梅颸《ばいし》にあてた次の書簡からもそれは窺える。すなわち、

是よりは一覧相済候へば、早々帰路に赴申候積に御座候へ共、大暑に相成、……先々当地にて暑を過し候て上の事に可レ仕、相成事に候へば、薩・肥へもまわり（ママ）帰申度、何れ冬にも可二相成一と奉レ存候。

とあるように、九州を一通り遊覧して早々に戻るつもりだったが、思いのほか暑いため、まずは長崎で暑さをやりすごし、それから鹿児島や熊本へも回りたいので、帰りは冬になりそうだという。

またなお長崎滞在中の八月二十一日、やはり梅颸にあてて、

是迄参候て、肥後・薩摩へ参候事やめ候も、無二本意一故候、……どふ《(ママ)》で御国へは霜月ならでは帰り申まじくと存候。

と述べ、これからさらに熊本・鹿児島へ行きたいため、どのみち十一月にならなければ帰れそうにないとの見通しを知らせる。実際に山陽が梅颸のいる広島に帰着するのは翌文政二年の二月だったから、この旅がいかにはっきりとした計画のないものだったかが知られよう。

四、西遊中の漢詩の評価

九州漫遊中に作られた漢詩は、『山陽詩鈔』巻三・四に「西遊稿上・下」として精選して収録される。「吟歌を以って余憂を排遣すれば、吻を衝いて嚢に溢」れた（「西遊稿」自序）というこれらの作品こそは、山陽の九州漫遊における最大の収穫であろう。

西遊中の詩については「彼の詩鈔中で最も面白き部分」（徳富蘇峰『頼山陽』第十八、詩人としての山陽）、「新しい詩材を発見して、彼の生涯のうちで、もっとも豊麗で実りある詩的世界が展開する」（入谷仙介『頼山陽　梁川星巌』解説）など後世における評価は高い。山陽自身の意識はどうだったかといえば、天保三年（一八三二）八月二十六日、彼の最初の弟子であり、著作の整理を手伝っていた後藤《ごとう》

松陰《しょういん》（一七九六〜一八六四）あての書簡に、

時ニ、河（内屋）儀助出版の拙集も、関心之一也。第一二冊・西遊冊之外、未レ刻処のさしてもなき詩は、板下料を損にして、ぐつとへし、其以後、数年の詩を合刻シタキモノ也。何則西遊後さしてもなき詩多し。……

とあるように、「西遊」の詩は本人にとっても「拙集」すなわち『山陽詩鈔』に収めて出版してよい、満足のゆくものだったと考えられる。

一般に人口に膾炙している山陽の詩は、たとえば「鞭声粛粛……」で始まる「不識庵《ふしきあん》の機山《きざん》を撃つ図に題す」（『山陽詩鈔』巻一）であろう。これは不識庵こと上杉謙信《うえすぎけんしん》（一五三〇〜七八）と機山こと武《たけ》田信玄《だしんげん》（一五二一〜七三）という戦国時代の両雄の戦いに取材した作品である。

また徳富蘇峰『吉田松陰』には「彼の尊王敵愾《てきがい》の志気は、特に頼襄《らいのぼる》の国民的詠詩、及び『日本外史』より鼓吹《こすい》し来《きた》れるもの多しとす」（第二、家庭の児）、「松陰の父百合之助常道……そのかく好んで読む所は……茶山・山陽の勤王詠史《きんのうえいし》等の諸詩文、分けて山陽「楠公墓下《なんこうぼか》の詩」などにて、日々二子と米舂《こめつき》、畑うちの片手に自《みず》からこれを誦し、またその二子（松陰兄弟なり）に誦せしめたり」（同）という。ここに「楠公墓下の詩」というのは南北朝時代の武将楠木正成《くすのきまさしげ》（?〜一三三六）の墓前で作った「楠河州の墳に謁して作有り」（『山陽詩鈔』巻一）のことであろう。こうした「勤王詠史等の諸詩文」

が幕末の志士吉田松陰《よしだしょういん》（一八三〇～五九）の尊王思想に影響を与えたことを示唆しているが、それは松陰にとどまらず、当時の尊王倒幕を目ざす青年たちの心を強くとらえた。山陽は「新しい史詩の開拓者」（入谷仙介『頼山陽　梁川星巌』解説）と言われるように、彼の詠史詩は歴史のロマンに高い調べを与えたものとして評価が高いが、西遊中の詩の多くはそれとはまた別の類に属する。

山陽が九州漫遊中に作った詩は、旅先で目にした異郷の風物に心を動かされて出来上がったもので、詠史詩とは異なる一ジャンルをなす。これは西遊の第一の成果といえよう。さらには現地で揮毫した自筆の詩巻――いわゆる「西遊詩巻」――が残っており、それは第二の成果といってよい。そして、第三の成果として耶馬渓の発見がある。以下、この三つの点を中心に西遊中の詩について概観してみよう。

五、西遊中の漢詩の特色

山陽が各地の風物を写した詩からいくつか特徴的なものを見てみよう。

山陽は九州に入る前、下関に約二か月滞在した。この間の作品については後の章で詳しく述べるが、ここでは「戯れに赤関竹枝を作る八首」其の一（『山陽詩鈔』巻三）をとり上げておきたい。

「赤関《あかまがせき》」は下関の旧称。「竹枝」は唐の劉禹錫《りゅううしゃく》に始まる民歌風の作品で、当地の風土や男女の恋情などが多く歌われる。「赤関竹枝」はしたがって下関特有の風俗が題材となっており、「其の一」では壇ノ浦の戦いで敗れて入水した安徳天皇を祭った先帝会《せんていえ》（現在の先帝祭）を詠じる。

憐れむべし児女　先皇を説く、
幾隊《いくたい》の紅妝《こうしょう》　幾《いく》弁香。
簪笏《しんこつ》前に満ちし人見えざるも、
金釵《きんさい》猶お鷺鵷《ろえん》の行を作《な》す。

起句・承句は先帝会で子どもや女性たちが安徳天皇の故事を語り継ぎながら、列をなして美しく化粧をし、焼香するさまを述べる。転句で時代は平安末期へと飛ぶ。天皇の御前に満ちていた公卿や女官の姿はもはやない。それを受けた結句は、再び先帝会の情景に戻り、しかし今もなお金のかんざしをつけた女性が朝廷の役人たちのように整然と列をなす、と結ぶ。

「紅妝」の「妝」は「粧」に通じ、化粧をすること。『山陽詩鈔』で「敉」に作るのは恐らく「妝」の誤刻であり、『頼山陽詩集』でも「敉」とするが、ここでは「妝」に改める。「弁香」の「弁」（原文は「瓣」）は花弁、つまり花びらのことで、そのような形に作られた線香で焼香をする。「鷺鵷」はサギと伝説上の神鳥である鵷雛《えんすう》で、整然と飛ぶさまを朝廷の百官に喩える。以上のように、この詩では先帝会という下関の風俗を描きながら、同時に平家衰亡の歴史的なロマンへと読む者をいざなう。

長崎では「長碕謡十解」（『山陽詩鈔』巻三の表題による。『頼山陽詩集』では「長碕謡十二解」）が作られた。「長碕」は長崎。「解」は連作の絶句の一首の意で、「十解」はすなわち十首の絶句である。なおこの連作の最初の表題は「長碕竹枝」であったことが「西遊詩巻」から知られる。つまりこの詩もさきの下関の詩と同様、長崎の風俗を写した作品である。

ここではその第五首、当時の出島の様子を歌った詩をみよう。

扇洲の楼下　槳《かじ》を盪《うご》かすこと遅く、
碧檻　紅灯　玉卮《ぎょくし》閃《ひらめ》く。
試みに船窓に倚《よ》って姉妹を呼べば、
認む他《か》の夜宴に胡児に侍《はべ》るを。

「扇洲」は出島。当時ここにオランダ人が隔離されて住んでいた。日本人の立入りも制限されていたが、その中で遊女は立入りを許される数少ない存在であった。

遊女は出島の蘭館の下をゆっくりと漕ぎ進む船に乗っている。「碧檻」は文字通りには青く塗られた手すり。以下の「紅灯」と色の対照をなすとともに、遊女屋を意味する「青楼」を連想させる語であり、ギヤマンの酒器「玉卮」がきらめくのは、蘭館ならではの光景である。遊女は船窓によりかかって「姉妹」すなわち仲間の遊女を呼んでみる。すると彼女はちょうど夜の宴会で「胡児」――オランダ人の相手をしているところであった。

「長碕謡十解」にはこの種の、遊女の姿を通して出島の風俗を描いた詩が何首か存する。この連作の初案が「西遊詩巻」に見えることはすでに述べたが、その末尾で山陽は次のような弁解をしている。

余が鬓已《すで》に二毛にして情況復た昔日に非ず。強いて綺語《きご》を為し、徒《いたず》らに口業《くごう》を造るは、亦た聊か風俗を紀《しる》し它日の観玩に供するのみ。読者幸《ねが》わくは認めて揚州の小杜と為す莫かれ。

自分はもはやごましお頭で若い頃のような元気はないが、と前置きした上で、汚《けが》れた言葉を表す「綺語」、言葉による悪業《あくごう》を表す「口業」といった仏教語を用い、このようななまめかしい詩を作るのは、あくまでも風俗を記録して後世に残すためという。だから揚州で浮き名を流した唐の杜牧《とぼく》（八〇三〜八五二）と一緒にしてもらっては困る。

この弁解めいた後書きは「西遊稿」では削り取られているが、今日的に見ても西遊中の詩が各地の風俗を描いた点で価値をもつことは確かであろう。

風俗ではなく、風景を写した詩としては冒頭にも言及した「天草洋に泊す」が有名である。こうした自然の風景を描いた詩も西遊中の収穫の一つであった。「天草洋に泊す」の初案がよく知られる「雲か山か……」で始まる現行の詩の名調子とはかなり異なるものだったこと、またそれが「西遊詩巻」に見えることにもすでに触れた。この詩の推敲過程については、花本哲志「頼山陽の九州旅行をめぐって」に詳しいので、ここでは贅言せず、次に同じく九州漫遊における大きな成果である「西遊詩巻」について触れておきたい。

六、「西遊詩巻」の価値

「西遊詩巻」とは山陽が九州漫遊の途中、文政元年九月に鹿児島で河南《かわみなみ》源兵衛に与えた自筆の詩巻である。現在は明治十九年（一八八六）に発刊された複製本『山陽先生真蹟西遊詩』によって比較的容易に見ることができる。ここに収められている漢詩五十二首の全容については後の訳注に譲り、「西遊詩巻」がいかなる価値をもつかに関してのみ述べておこう。

「西遊詩巻」は一言でいえば、頼山陽という当時第一級の漢詩人が初めて旅した九州で各地の風光に触れ、新たな詩材を得て一気に作られた漢詩の一部を、彼自身の書によっていち早く当地の名士に示したものといえる。その五十二首の内訳は各地の風物を歌ったものが四十三首、題画詩が九首であり、前者は地域別には京坂～山陽道中六首、下関十五首、博多四首、長崎十一首、天草二首、鹿児島五首である。

以上のうち題画詩、すなわち「題画像七首」のみは以前に作った詩であると考えられるが、他はすべて西遊中の作品である。従って、「西遊詩巻」は当時にあっては、最新の作品をコンパクトにいち早く読めたということ、しかもそれが山陽自筆の書によるものだったという点で大きな価値をもつものであった。そして「詩巻」という方法がそれを可能にしたのである。

現代から見れば没後の翌年に出版された『山陽詩鈔』に収める「西遊稿」が、推敲を経て完成した決定版である。しかし逆に考えると「西遊詩巻」はそこに至るまでの作詩の過程を窺うことのできる貴重な資料である。また改作される前の作品という意味では、当時の山陽が見た生の感慨・実景を伝えるものともいえよう。

「西遊詩巻」には『山陽詩鈔』に収められなかった詩が五十二首中、十三首含まれている（具体的にはⅣ章「訳注」参照）。ここには二つの意味があるだろう。第一に十三首はこの「詩巻」によって保存され、残ったといえる。その点でとても貴重である。第二に残りの「西遊稿」に収められた詩は山陽自身ができがよいと考えていたものである。これは五十二首中、三十九首であるから、かなりの確率である。「西遊詩巻」は初案ではあるが、すぐれた詩が多いといえよう。

なお山陽は薩摩において、薩摩藩儒で書家の鮫島白鶴《さめしまはつかく》（一七七二～一八五九）とも会っており、「西遊詩巻」の後書に「南薩の河南雅契に似《しめ》す」と見えるところの「河南」を「白鶴」に作るものがある（『頼山陽文集』巻八に収める「自書西遊詩巻後」）。このことから、鮫島白鶴に与えた詩巻が存在したことが窺われる。筆者が以前、北九州市の書家・故森士郷《もりしきょう》氏に見せていただいた詩巻も「白鶴」となっているものであった。

元鹿児島市立西郷南洲顕彰館長の高柳毅氏によれば、これらとは別に清水某に書き与えた詩巻があり、二〇一四年に同館で開催した「頼山陽が見た薩摩」展で展示された。このことは『敬天愛人』第三十一号に載せる同氏の解説に詳しい。

七、耶馬渓の発見

最後に耶馬渓《やばけい》の発見について述べよう。これも九州漫遊の成果として忘れてはならないものである。耶馬渓とは大分県の西北部、山国川《やまくに》の上流から中流にかけて、さまざまな奇岩と渓谷によって形成された景勝地のことで、菊池寛《きくちかん》（一八八八～一九四八）の小説「恩讐の彼方に」の舞台としても知られている。そして、当地の人々にとっては見慣れて珍しくもなかったその「山国谷《やまくにたに》」を初めて絶景であると世に知らしめ、そこに「耶馬渓」という新しい名前を与えたのが山陽であった。

耶馬渓発見の契機は、この九州漫遊において旧知の僧雲華《うんげ》と再会するために、文政元年十二月、日田から中津の正行寺《しょうぎょうじ》へ向かったことにある。その道中、耶馬渓を通ってその天然の風景の美に感嘆した山陽は、正行寺滞在後、雲華に導かれて改めて耶馬渓探勝に出かける。その際の感慨を詠じた絶句八首は「豊前に入《い》り耶馬渓を過ぐ。遂に雲華師を訪い共に再び遊ぶ。雨に遇って記有り。又た八絶句を得たり」と題して「西遊稿」（『山陽詩鈔』巻四）に収められている。なおもと九首あり、『頼山陽詩集』には「九絶句」を収める。「耶馬の渓山は天下に無し」の句で知られる「其の一」が有名だが、ここでは「其の八」を挙げよう。

万巌《ばんがん》 影は砕く碧潺湲《へきせんえん》、

「耶馬渓図巻」竹下本 部分（個人蔵。写真提供：頼山陽史跡資料館）

看るに慣れて行人渾《すべ》て等閑《とうかん》。
古《いにし》えより喧伝せる羅漢寺《らかんじ》は、
何ぞ知らん剰水《じょうすい》と残山となるを。

前半の二句では新たに発見した耶馬渓の山水美について述べる。「潺湲」は水がさらさらと流れるさま。あおみどり色の山国川の流れには岩という岩の影が映って、水の上ではこなごなに砕けてゆらめく。だが道を行く当時の人々はこの見慣れた風景のよさに気づかずなおざりにしている。

後半の二句は旧来の名勝であるとされてきた羅漢寺は実は耶馬渓に比べればとるに足りぬものだと詠じる。羅漢寺は延元三年（一三三八）創建の寺院で、五百羅漢を安置した無漏窟とよばれる岩屋の美が古来盛んに言い伝えられてきた。しかしそれはあくまでも人口の美である。耶馬渓という天然の山水に比較するとその余りもの、残りかすにすぎない。

結句に見える「剰水」「残山」の二語は、杜甫の詩「鄭広文《ていぶんこう》に陪して何《か》将軍の山林に遊ぶ十首」の其の五に、「剰水　滄江《そうこう》破れ、

残山　碣石《けっせき》開く」とあるのに拠る。杜甫の詩では何将軍の山荘の泉や林を、青々とした長江が破れ出た余りの水、禹の時代の名山である碣石が展開した名残りの山という。庭園のたたずまいの美に雄大な川や山の残像を感じとろうとする趣向だが、山陽の詩はそれを逆手に取って、耶馬渓こそ長江・碣石のごとき大河・名山であり、羅漢寺はその残余でしかないと歌っている。山陽が杜甫を第一の詩人と認識し、その影響を受けていたことはⅡ章「西遊する頼山陽と『杜韓蘇古詩鈔』」で述べるが、ここにもそれが窺えよう。

耶馬渓に感激した山陽は「耶馬渓図巻」を画いて絵画の形でもその山水の美を表現しようとし、また耶馬渓発見に至る一部始終は「耶馬渓図巻記」（『山陽遺稿』巻七）に書かれて今に伝わる。なお雲華へ贈られた「耶馬渓図巻」、いわゆる雲華本は現在、所在不明であるが、文政十二年（一八二九）、弟子の橋本竹下《はしもとちっか》のために再び画いた竹下本「耶馬渓図巻」は今でも実物を見ることができる。

以上述べてきたように、「西遊稿」として『山陽詩鈔』に収められる漢詩の数々、それに漏れた詩も含んだ自筆の詩巻である「西遊詩巻」、耶馬渓の発見とそれを記念した詩文と絵画は、漢詩人頼山陽の九州漫遊における大きな収穫として二百年後の今もその光を失わない。次章では九州漫遊中の山陽がどのように詩を作っていたか、その様相を垣間見ることとしたい。

Ⅱ章　西遊する頼山陽と『杜韓蘇古詩鈔』

一、いかにして詩材を貯えたか

（一）頼山陽の漢詩

昔の日本の知識人は単に漢文を読むのみならず、綴ることができた。もちろん生まれつきそうであったのではない。師について漢文を習い、平素より漢籍に親しみ、そのための努力を怠らなかった。

ここでは頼山陽という江戸後期の文人についてその工夫の一端を見ることにする。山陽は漢文による膨大な著作を残した。『日本外史』『日本政記』といった歴史書のほか、『山陽詩鈔』『山陽遺稿』『日本楽府』等の詩文があり、『頼山陽全書』に収められている。

山陽がすぐれるのは散文であって、詩はそうでもないとする説がある。Ｉ章でも引いたが、吉川幸次郎は『日本外史』を日本人が書いた漢文として一番の名文としながらも、漢詩については「どうもやはり中国の詩ほどおもしろくはない」（「中国文明と日本」）とさほど評価はしていない。

しかし、たとえば彼が西遊中、つまり三十代の終わりに九州へ旅した際に作った漢詩は、その詩集『山陽詩鈔』巻三・四に「西遊稿」上・下として収められ、旅先の風光を歌ってなかなか見事なものである。この西遊中の詩を中心に、山陽が一文人として中国古典にどのようにあい対し、それをどう取り込んだかを一瞥してみたいと思うのである。

（二）「中原一髪青何在」の句をいかに得たか

頼山陽が生涯ただ一度の九州への大旅行に出発する前、下関に逗留していたのは、文政元年（一八一八）三月から四月にわたる一か月あまりのことである。彼は四月二十二日に小倉へ向かおうとしたのを二十四日に延期した。木崎愛吉『頼山陽全伝』（『頼山陽全書』所収、以下『全伝』と略記）文政元年四月二十四日に次のような記載がある。


　廿二日出立、小倉へ向ふべき予定、この日に延期。

　近作十二絶を揮毫して広江家に留贈す、その一首、

　「萍跡悠悠赤馬関。登レ高聊復餞レ春還。中原一髪青何在。眼尽天低鶻没間。」

　舟中、手抄本杜・韓・蘇及び香山・山谷・空同の詩を耽読して、遊歴中の詩材を貯へつゝあつた。

（圏点原文）


「近作十二絶」とあるのは「広江氏に寓すること二旬、別れに臨んで近製の十二絶を録し、主人の翁に留贈す」（『頼山陽詩集』巻11）という連作の絶句十二首のこと。「広江家」は広江《ひろえ》殿峰《でんぽう》の家。山陽は下関にいた間の大半をこの家に滞在した。殿峰は下関滞在時の山陽における経済的、精神的支柱ともいうべき間柄であった。二十二日に発つはずだったのを二日延期して、山陽が殿峰、すなわち詩題にいう「主人の翁」に贈った詩十二首のうち、『全伝』は次の一首をあげる。

萍跡悠悠赤馬關
登高聊復餞春還
中原一髮青何在
眼盡天低鶻沒間

萍跡《へいせき》悠悠たり赤馬関《あかまがせき》、
登高聊《いささ》か復《ま》た春を餞《おく》って還る。
中原《ちゅうげん》一髪 青何《いず》くにか在る、
眼は尽《つ》く天低《た》れ鶻《こつ》の没する間《あいだ》。

「赤馬関」は現在の下関をいう。あてのない旅路をはるばると下関までやってきた山陽は、小高い山に登って春の酒宴を催す。そして、ひとすじの髪のように青く見える中国大陸はどこにあるのだろうと、空のはてのハヤブサの飛ぶ影が隠れるあたりにじっと目をこらしている。

ところでこの詩は、後半の二句が北宋随一の文豪蘇軾《そしょく》（一〇三六～一一〇一）の「澄邁駅《ちょうまいえき》の通潮閣《つうちょうかく》二首」の第二首、

餘生欲老海南村
帝遣巫陽招我魂
杳杳天低鶻沒處
青山一髮是中原

余生老いんと欲す海南の村、
帝 巫陽《ふよう》をして我が魂《こん》を招かしむ。
杳杳《ようよう》たり天低《た》れ鶻の没する処、
青山 一髪 是れ中原。

を踏まえる。これは、海南島に流された詩人が許されて中国本土に帰る時の喜びを歌ったものだ。山陽の詩の第三、四句「中原　一髪　青何くにか在る、眼は尽く天低れ鶻の没する間」は、蘇軾の詩の第三、四句「杳杳たり天低れ鶻の没する処、青山　一髪　是れ中原」を明らかに意識していることが見て取れよう。「舟中、手抄本杜・韓・蘇及び香山・山谷・空同の詩を耽読して」とあるように、山陽は蘇軾以外に杜甫《とほ》（七一二〜七七〇）、韓愈《かんゆ》（七六八〜八二四）、白居易《はくきょい》（七七二〜八四六）ら唐代を代表する詩の大家たち、蘇軾と並ぶ北宋の詩人黄庭堅《こうていけん》（一〇四五〜一一〇五）、明の古文辞派李夢陽《りぼうよう》（一四七二〜一五二九）らの詩からも「遊歴中の詩材を貯へつゝあつた」のだった。

㈢　自編の選集『杜韓蘇古詩鈔』

さて、『全伝』の続きにはさらに、

又、三月中、自写、杜・韓・蘇古詩鈔の後に書する文を見るに、竪五寸・巾四寸強の紙片（四方罫線）に、それが書かれてゐる。或は遊歴中に懐中した小冊子の一片ではないかとおもふ。

とある。

ここに「杜・韓・蘇古詩鈔の後に書する文」というのは、『杜韓蘇古詩鈔』のあとがきに相当する文で、杜甫・韓愈・蘇軾の古詩を山陽が自分で選んで書き写し、携帯していたことがわかる。先に

「手抄本杜・韓・蘇」とあったのがそれである。また「西遊稿」の自序に、父春水《しゅんすい》の三回忌を終え、その空しい気分を晴らすべく九州を旅行して詩歌を作ったことを、

余 憂《うれい》に居ること三歳、戊寅に帰り展す。既に祥して頗《すこぶ》る廓然《かくぜん》たるを覚え、遂に鎮西《ちんぜい》に遊んで、吟歌を以って余憂を排遣すれば、吻《くちびる》を銜《つ》いて嚢《のう》に溢《あふ》る。而して行篋《こうきょう》の齎《もたら》す所は、手鈔の杜韓蘇古詩三巻を除くの外、詩韻含英一部のみ。是《ここ》を以って粗率 常に倍す。

というが、文中に「手鈔の杜韓蘇古詩三巻」とあるのも同じ書物であろう。「詩韻含英」は作詩の際のいわば韻ごとに分類した単語帳。この二冊のみを携えての道中の吟詠であるので、不完全さにおいて平生の二倍であると卑下する。ともあれ『全伝』に「遊歴中に懐中した小冊子」というのはこの、杜甫・韓愈・蘇軾の古詩を集めた自編の選集であろう。ひとまずこれを『杜韓蘇古詩鈔』と呼ぶことにする。

山陽が編んだ杜甫・韓愈・蘇軾の詩の選集として現在見られるのは『杜詩評鈔』と『韓蘇詩鈔』である。『杜詩評鈔』四巻は清の沈徳潜《しんとくせん》（一六七三～一七六九）が選んだ杜甫の詩三百十七首に山陽が評語をつけたもの。

『韓蘇詩鈔』七巻は、「韓昌黎詩鈔」四巻と「東坡詩鈔」三巻からなり、『頼山陽全書』の一冊「頼山陽全集」下巻にも収める。それぞれ韓愈の詩六十九首、蘇軾の詩八十九首を収める。「東坡詩鈔」

は古詩のみであるが、「韓昌黎詩鈔」には近体の詩二十八首を含む。『山陽先生書後』巻下に「韓蘇古詩鈔の後に書す」という書後（あとがき）が残っていることからすると、もともと古詩のみを集めた『韓蘇古詩鈔』があった。これが上述の『杜韓蘇古詩鈔』の一部なのか、全く別なものなのかはわからないが、ともかくそれにのちに近体詩を加えて『韓蘇詩鈔』と改題したと考えられる。しかし書後を読む限りにおいては現存する『韓蘇詩鈔』は近体詩が加わったことを除き、『韓蘇古詩鈔』と大きく異なるものではないことが想像できる。しばらく『韓蘇詩鈔』によって山陽自編の選集にどのような特色があるのかを窺ってみよう。

二、『韓蘇詩鈔』に見る山陽の文学観

(一) 杜詩を読むために韓蘇の詩を読む

『韓蘇詩鈔』に山陽が施した工夫については、「韓蘇古詩鈔の後に書す」からある程度知られる。この「書後」は三度に分けて書かれているが、第一の「書後」では杜甫を理解するために韓愈・蘇軾の詩を読まねばならないという山陽の見識が示される。

杜詩を読むに、必ず韓・蘇の詩を合わせ読むは、猶お孟を読めば『論語』を解すべきがごとし。又た香山・山谷及び明の李空同を読むは、猶お『法言』・『中説』を読めば、その摸擬して到らざ

る処を見るがごとし。

杜詩を読むためには同時に韓・蘇の詩を読まねばならない。それは『孟子』を読むと『論語』が理解できるようなものだ。さらには、白居易、黄庭堅、李夢陽といった杜詩を理想とした詩人の詩を読むといかに杜甫がえらいかがわかる。それはあたかも『法言』・『中説』が『論語』を摸擬しながら『論語』には到底かなわないのと同じだ。

そこで山陽が選んだ韓・蘇の詩には次のようなものがある（以下、杜甫、韓愈、蘇軾の詩題は便宜上、それぞれ仇兆鰲《きゅうちょうごう》の『杜詩詳注』、東雅堂本『昌黎先生集』、馮応榴《ふうおうりゅう》の『蘇文忠公詩合注』によって示し、巻数もそれらによる）。

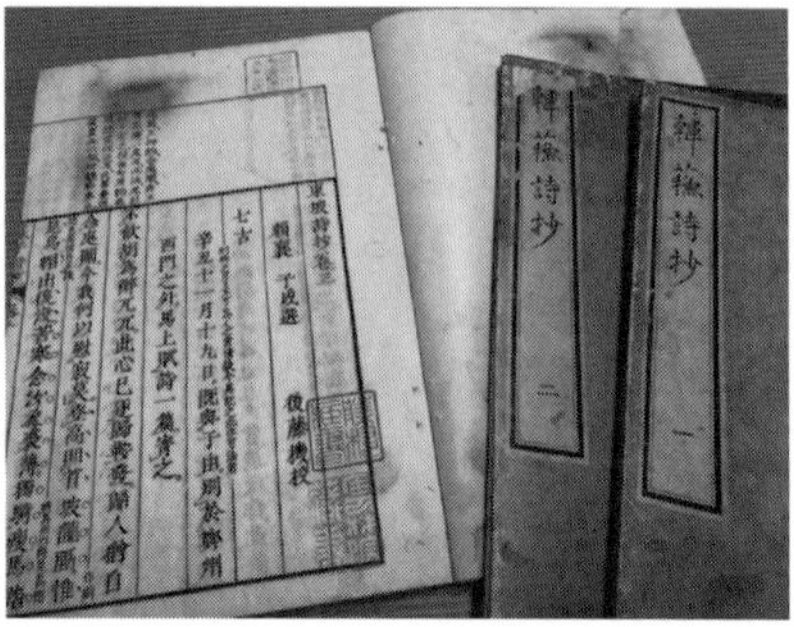

『韓蘇詩鈔』

韓愈の「虞部盧四《ろし》が翰林銭七《せんしち》に酬《むく》ゆる赤藤杖《せきとうじょう》の歌に和す」（巻4）。これは杜甫の「桃竹杖《とうちくじょう》の引《いん》、章《しょう》留後《りゅうご》に贈る」（巻12）に学んでいる。ちなみに蘇軾の「鉄拄《しゅ》杖」（巻20）は、杜・韓の二作を受け継ぐもの。しかしこれは「東坡詩鈔」には採られていない。

韓愈の「汴泗《べんし》交流す、張僕射《ちょうぼくや》に贈る」（巻3）。これは杜甫の「冬狩行《とうしゅこう》」（巻12）に学ぶ。

韓愈と蘇軾の「石鼓《せっこ》の歌」（韓巻5、蘇巻4）。これは杜甫の「李潮《りちょう》が八分小篆《はっぷんしょうてん》の歌」（巻18）がその淵源である。

山陽はこれらの詩を読むと、その変化の道筋をほぼ窺うに足るという。ともあれこうした観点から韓・蘇の詩を選んだ彼の発想ははなはだすぐれている。単に詩を読もうとする人の発想ではなく、古典に学んで自身でも詩を作ろうとする人のそれであるといえる。

杜甫を古今第一の詩人とする認識は山陽も同じであって、『韓蘇詩鈔』を編んだのもまずもって杜甫の詩を理解するためである。よって、「論詩絶句二十七首」其の二十六（『山陽遺稿』巻二）に、

評姿群観宋元膚　姿を評して群がり観《み》る宋元の膚《ふ》、
論味争收中晩腴　味わいを論じて争い収む中晩の腴《ゆ》。
斷粉零香合時嗜　断粉零香　時の嗜《この》みに合《がっ》す、
問君何苦學韓蘇　君に問う何を苦しんでか韓蘇を学ぶ。

と、宋・元詩、中・晩唐詩の形式と美を断片的にちりばめる当時の流行とは一線を画して、韓愈と蘇軾に学ぼうとする自己の立場を主張するのは、杜甫を第一とする認識に立ってのものでもある。

（二）韓詩・蘇詩の特色を新たに見出す

次に第二の「書後」では、蘇軾の古詩は韓愈の詩と戦う意図の下に作られていると考える。つまり、韓愈を目標にして、同じような題材で詩を作ろうとしたとする。そのような観点から彼が選んだ詩に

次のようなものがある。

韓愈「石鼓《せっこ》の歌」（巻5）と蘇軾「石鼓の歌」（巻4）。

韓愈「穎《えい》師の琴《きん》を弾ずるを聴く」（巻5）と蘇軾「賢師の琴を聴く」（巻12）。

韓愈「衡岳《こうがく》廟に謁し遂に岳寺に宿《しゅく》して門楼に題す」（巻3）と蘇軾「登州《とうしゅう》の海市」（巻26）。

韓愈「鄭群《ていぐん》簟《てん》を贈る」（巻4）と蘇軾「蘄簟《きてん》を寄せて蒲伝正《ほでんせい》に与う」（巻25。これは現行の『韓蘇詩鈔』には見えない。もとの『韓蘇古詩鈔』にはあったのかしれない。なお蘄簟は蘄州で産する竹で編んだござのこと）。


以上の詩、山陽の判定では「石鼓の歌」のみ両軍引き分けで、その他は韓愈の優勢。その他、山陽が優れると考える韓愈の詩に「汴州《べんしゅう》乱《らん》す」（巻2）、「雉帯箭《ちたいせん》」（巻3）、「東方半《なか》ば明らかなり」（巻3）があって、蘇軾の詩にはこのような力強さはないとする。一方、「饋歳《きさい》」（巻3）、「守歳」（巻3）、「潁《えい》に泛《うか》ぶ」（巻34）、「眼医王彦若《おうげんじゃく》に贈る」（巻25）などには蘇軾ならではの絶妙な言葉遣いがあり、それは韓愈にはないものである。

このように、山陽は韓・蘇の有名な詩をただ取ってきたのではなく、それぞれの特色を発揮した詩を努めて選んでいる。

その結果、韓愈においては「南山の詩」（巻1）や「月蝕の詩、玉川子《ぎょくせんし》の作に効《なら》う」（巻5）など、蘇軾ではいわゆる次韻詩の数々が選に漏れる。それらの詩に見られる奇抜さ、豪放さといった特徴は、ただ学力、腕力を見せつけるものであり、一度読めば興が尽きてしまう。後世の韓蘇に学ぶ者はそうした点ばかり追いかけて取捨選択を知らぬ、として、金・元詩の第一人者元好問《げんこうもん》（一一九〇～一二五七、遺山《いざん》と号す）、博学で鳴らした清初の銭謙益《せんけんえき》（一五八二～一六六四、牧斎《ぼくさい》と号す）と朱彝尊《しゆいそん》（一六二九～一七〇九、竹坨《ちくだ》と号す）、自然の性情を尊ぶ「性霊説」を唱えた袁枚《えんばい》（一七一六～九七）・趙翼《ちようよく》（一七二七～一八一四）・蔣士銓《しようしせん》（一七二五～八五）の乾隆《けんりゆう》三大家といった諸家が批判されている。

韓詩の「南山」「月蝕《げつしよく》に和す」等と、東坡の諸次韻と、並《なら》びに硬語排奡《はいごう》、特《た》だ腹笥《ふくし》腕力を示すも、一覧して索然たり。後人の韓蘇を学ぶ者、専ら此れ等を慕う。遺山・牧斎・竹坨及び乾隆三家の類は、皆是れなり。取捨を知らずと謂うべきなり。

（三）蘇軾詩に見る「士大夫の善謔」

では蘇軾の詩の長所をいかなる点に見るか。第三の「書後」では、世の人々が感心する饒舌さ（「広長なる舌」）にではなく、「舌を収めて尽《ことごと》くは展《の》びざる者」の方に蘇詩の価値があるとする。そうした見方から選んだ詩が次のものである。

「試院に茶を煎《に》る」（巻8）
「四月十一日、初めて荔支《れいし》を食《く》らう」（巻39）
「林逋《りんぽ》詩の後に書す」（巻25）
「晁説之《ちようえつし》が『考牧図』の後に書す」（巻36）

「韓幹《かんかん》が牧馬の図に書す」（巻15）
「真を写す何充《かじゅう》秀才に贈る」（巻12）
「秧馬《おうば》の歌」（巻38）
「軾《しょく》 近ごろ月石硯屏《げつせきけんぺい》を以って子功《しこう》中書公に献じ、復た涵星硯《かんせいけん》を以って純父《じゅんぽ》侍講に献ず。……」（巻36）
「孫莘老《そんしんろう》 墨妙亭の詩を求む」（巻8）
「次韻して舒《じょ》教授が余の蔵する所の墨を観るに答う」（巻16）
「郭祥正《かくしょうせい》が家に酔うて竹を石壁上に画《えが》く。郭 詩を作りて為《ため》に謝す。且つ二古銅剣を遺《おく》る」（巻23）
「法恵寺《ほうえじ》の横翠閣《おうすいかく》」（巻9）
「王定国《おうていこく》の蔵する所の『煙江畳嶂図《えんこうじょうしょうず》』に書す」（巻30）
以上の詩はみな饒舌すぎず簡約すぎず、言葉に過不足がなく、描写力においてすぐれている。
「九月十五日、邇英《じえい》に論語を講じ篇を終《お》う、……」（巻29）
「御容《ぎょよう》を写せる妙善《みょうぜん》師に贈る」（巻15）
この二首の詩は、言葉遣いが重々しく上品でよく練れている。
また弟の蘇轍と別れる際の諸作は、最も素朴でしかも真情がこもっており、人の心を動かす。
山陽は言う、以上のもろもろの詩が、表面上はふざけて笑い戯れているようでありながら、堅固な意志を保持している点を見なくてはならない。後世の詩人たちは精神を捨てて、表面だけをすくってしまった。それでは学問を好むとはいえない。ふざけているようであっても、蘇軾のは「士《し》大夫《たいふ》の善謔」（読書人の巧みな冗談）。それに対して明の袁宏道《えんこうどう》（一五六九～一六一〇）、清の袁枚《えんばい》（一七一六～九七）らは、蘇軾を宗としながら実は酒宴の太鼓持ち、男女の仲介人がするような悪ふざけの域をでていない。

諧浪笑傲はその貌にして、鉄心石腸はその神《しん》なるを看るを要す。後人その神を舍《す》てて其の貌を襲うは、学を好む者に非ず。蘇詩は戯ると雖も猶お士大夫の善謔のごとし。明清の二袁の如きは、乃ち幇間《ほうかん》・牽頭《けんとう》のみ。

三、西遊中の詩と杜詩・韓詩・蘇詩

（一）杜甫からの影響

頼山陽がこのような韓愈と蘇軾の詩の選集を編んだのは、上述のように杜甫の詩を理解するためだった。よって彼の詩も杜甫の詩から大きな影響を受けている。西遊中の詩からそうした点が窺える詩を一、二取り上げよう。

周防道上

藝薇沿海路紆回　　芸薇 海に沿って路紆回《うかい》し、
常看豫峯雲外堆　　常に看る予峰の雲外に堆《うずたか》きを。
看到周防青始了　　看て周防《すおう》に到れば青《せい》始めて了《お》わり、
豊山代送黛光來　　豊山代って黛光《たいこう》を送り来たる。（『山陽詩鈔』巻3）

「芸薇」は芸備、つまり芸州と備州。「予峰」は伊予の峰。「豊山」は豊前の山々。山陽は九州への旅行に先立って、父・春水の三回忌法要のために京都から広島に帰省した。文政元年三月六日に広島を出発して、同十四日に下関に到着しているが、詩はその道中の風景を詠じたもの。とりわけ注目すべきは三句目に、周防に来て青い山並みが初めて途切れる、と歌った箇所で、これは杜甫の「岳《がく》を望む」（巻1）の詩に「岱宗《たいそう》 夫《そ》れ如何《いかん》、斉魯 青《せい》未だ了《おわ》らず」とあるのから借りてきた表現である。

佐嘉《さが》に至り、諸儒要《もと》められて会飲す。
鯨肉の供有り、席上得《う》る所の韻を用い戯れに長句を作る

巨鬣掀潮噴雪花　　巨鬣《きょりょう》 潮を掀《あ》げて雪花を噴《ふ》き、
萬夫攢矛海門譁　　万夫 矛を攢《あつ》めて海門 譁《かまびす》し。
肥海捕鯨耳曾熟　　肥海 鯨を捕るは耳曾《かつ》て熟す、

何料鮮肉到齒牙
片片肪玉截芳脆
金虀玉膾曷能加
他日所食非眞味
鹽藏況經運路遐
君不見先侯戈鋋殪豕蛇
此物戢鬐上銕叉
多士方遭偃武日
取侑文酒愛柔嘉
羨君筆力能掣渠碧海涯
恨吾酒量不如渠吸百川波

何ぞ料《はか》らん鮮肉　歯牙に到らんとは。
片片たる肪玉　芳脆《ほうぜい》を截《き》り、
金虀《せい》玉膾《かい》　曷《なん》ぞ能《よ》く加えん。
他日食《く》らう所は真味に非ず、
塩蔵　況んや運路の遐《とお》きを経《ふ》るをや。
君見ずや先侯の戈鋋《かせん》　豕蛇《しだ》を殪《たお》し、
此の物　鬐《ひれ》を戢《おさ》めて鉄叉《てつさ》に上《のぼ》るを。
多士方《まさ》に遭う偃武《えんぶ》の日、
取りて文酒を侑《すす》め柔嘉を愛す。
羨む君が筆力の能く渠《かれ》を碧海の涯《はて》に掣《せい》するを、
恨む吾が酒量の渠《かれ》が百川の波を吸うに如《し》かざるを。（『詩鈔』巻3）

佐賀、鍋島藩の藩儒らと会食に、思いがけず鯨の肉が出たという詩。「肥海」は肥前の海。そこでとれた新鮮な鯨は、「金虀玉膾」手のこんだ美しい料理や、「塩蔵」塩漬けの鯨にまさる。「君見ずや」以下は、鍋島侯が先祖代々、ほこを手に暴虐な敵を退治してきたことを、鯨をさすまたに仕留めたさまにたとえている。

さてこの詩では末尾の二句が杜甫「戯れに六絶句を為《つく》る」其の四（巻11）の「未だ鯨魚を碧海の中《うち》

に掣せず」、同じく「飲中八仙の歌」（巻2）の「飲むことは長鯨の百川を吸うが如し」を踏まえる。とくに前者はすぐれた文豪が不在であるのを述べたもので、その文筆の力強さを大海に鯨魚を捕ることで表現する。山陽が藩儒らの「筆力」を同じたとえで賞賛するのは杜甫に学んでいるのである。

（二）韓愈からの影響

次に、韓愈に関係した詩としては「亀嶺《きれい》に過《よぎ》り、諸岳を臨眺す。蓋し肥薩日隅分界する処なり」（『詩鈔』巻4）という古詩がある。亀嶺は薩摩の大口《おおくち》（現在の鹿児島県伊佐市）から水俣へ抜けるのに越える峠をいい、肥後、薩摩、日向、大隅の四国の境界を分ける位置にある。やや長い詩なのでいくつかに分けて示す。

一嶺蟠四國　　一嶺　四国に蟠《わだかま》り、
瞰視萬山低　　瞰視《かんし》すれば万山低し。
雄拔者五六　　雄抜なる者五六、
指點自不迷　　指点自《おのずか》ら迷わず。

この四国にまたがった峠から見ればどの山も低く感じるが、その中で抜きん出ているものがどれかと言われると、迷わずに数え上げることができる。以下、その秀峰の紹介。

櫻岳在吾後
依依未分攜
阿蘇在吾面
迎笑如相徯
溫山與霧嶠
俯仰東又西
何圖九國秀
攢簇擁馬蹄

桜岳《おうがく》　吾が後《しりえ》に在り、
依依として未だ携《けい》を分かたず。
阿蘇　吾が面《おもて》に在り、
迎え笑って相い徯《ま》つが如し。
温山《うんざん》と霧嶠《むきょう》と、
俯仰す東又《ま》た西。
何ぞ図《はか》らん九国の秀、
攢《あつ》まり簇《むら》がって馬蹄を擁《よう》せんとは。

桜島の諸岳は後ろにあって離れがたく、阿蘇山は前にあって笑顔で迎え、温泉《うんぜん》（雲仙）岳と霧島連峰は東西にうつむいたり仰向いたりする。このようにして九州の秀峰が、旅するわが馬の蹄《ひづめ》の下を取り囲んでいるのだ。

肥隅兩灣海
渟泓碧玻瓈
列仙森玉立

肥隅　両湾の海、
渟泓《ていおう》たり碧《みどり》の玻瓈《はり》。
列仙　森《しん》として玉立し、

鑑貌整冠笄　貌を鑑みて冠笄《かんけい》を整う。
譬之人軀幹　之を人の軀幹《くかん》に譬うれば、
腰尻與腹臍　腰尻《こう》と腹臍《せい》と。
此嶺是脊膂　此の嶺《みね》は是れ脊膂《せきりょ》、
表裡道程齊　表裏　道程斉《ひと》し。

肥後と大隅の海は深い緑色に澄み、並び立つ仙女のような山々はその水に自身を映して容姿を整える。山々は人の身体に喩えるなら腰と尻、腹と臍《へそ》のようで、この峠はいわば背骨だから表（腹と臍）からも裏（腰と尻）からも通じている。

吾今上其頂　吾れ今　其の頂《いただき》に上り、
右挈又左提　右に挈《たずさ》え又た左に提《ひっさ》ぐ。
靈祕無遯隱　霊秘　遯隠《とんいん》無く、
何異照水犀　何ぞ照水の犀《さい》に異ならん。
厚福享可愧　厚福　享《う》くること愧《は》ずべし、
寧無詩句題　寧《いずく》んぞ詩句の題する無からんや。
恨吾無傑語　恨むらくは吾れ　傑語無く、

空吐氣如霓　　空しく吐く気　霓《にじ》の如きを。

手を取り合って峠の頂上にやって来ると、犀の角を燃やして水中を照らした（晋の温嶠《おんきょう》の故事）ように、霊峰は隠れるところなくはっきり見える。身に余る幸福を得てせめて詩を作らずにはいられないが、残念ながら絶景に見合う言葉が出てこない。

天風吹衣袂　　天風　衣袂《いべい》を吹き、
我馬亦長嘶　　我が馬も亦た長く嘶《いな》く。
欲笑一衡嶽　　笑わんと欲す一衡岳《こうがく》、
當時狂昌黎　　当時　昌黎《しょうれい》を狂せしむるを。

風は衣服に吹きつけ、わが馬はいななく。そして末尾の二句「笑わんと欲す一衡岳、当時　昌黎を狂せしむるを」が問題にすべき箇所である。「衡岳」はすなわち衡山《こうざん》、中国の五岳の一つで南岳ともいう。「昌黎」はいうまでもなく韓愈だが、韓愈が華山《かざん》に登って下りられなくなり、発狂、慟哭した故事は、李肇《りちょう》『唐国史補』（巻中）が記載するところで、よく知られている。その意味で、日柳燕石《くさなぎえんせき》『山陽詩註』がこの部分の注として『唐国史補』を引くのは正しい。しかし華山と衡山とは別の山である。

一方で三宅樅台『山陽詩鈔集解』は「衡岳」の方に注目して韓愈の「衡岳廟に謁し遂に岳寺に宿《しゅく》して門楼に題す」（巻3）から、「我れ来たって正に秋雨の節に逢い、陰気晦昧《かいまい》にして清風無し。心を潜めて黙禱すれば応《こた》え有るが若《ごと》く、豈に正直《せいちょく》の能《よ》く感通するに非ずや。須臾《しゅゆ》にして静かに掃《はら》って衆峰出《い》で、仰いで見るに突兀《とっこつ》として青空を撐《ささ》う」の六句を引く。これは韓愈が衡岳の頂に登った時、秋雨の季節とてじめじめして風もなかったが、心静かに黙禱するうちに、霧がはれて衆峰が目の前に現れたさまを歌う。発狂とは何の関係もないが、山陽は韓愈の発狂、慟哭の事実を勘違いして衡岳と結びつけた可能性がある。

山陽のこの詩は亀嶺から肥後・薩摩・日向・大隅の四国の山々を眺望して作られたものである。そうした詩を作るにあたって同類の作品である韓愈の「衡岳廟に謁し……」の詩が念頭にあったことは想像に難くない。この韓愈の詩は『韓蘇詩鈔』所収の一首であるから、西遊中に携えていた『杜韓蘇古詩鈔』三巻にも収められていた可能性がある。山陽は「衡岳廟」の詩に親しむうちに、韓愈の衡山での出来事を発狂の故事と関連付けて詩の題材にしてしまったのかもしれない。いずれにしても霊妙なる南岳衡山に登ったことを記した「衡岳廟」の詩は、山陽が「亀嶺」の詩を作る上で確実に念頭にあった古典の一つであると考えられよう。

また同様の詩に豊後に入り、九重《くじゅう》峠を越えた時の様子を記す「九重嶺」（『詩鈔』巻4）がある。『全伝』によれば、文政元年十月のこと。これは一部のみを示す。

吾來秋冬際　　吾れ来たる秋冬の際、
北風轎欲颺　　北風に轎颺《きょうあ》がらんと欲す。
譬如上龍脊　　譬《たと》えば竜脊《りゅうせき》に上《のぼ》り、
冷然淩大荒　　冷然として大荒《たいこう》を淩ぐが如し。

旧暦で十月といえばすでに秋と冬の境目である。強い北風に吹き付けられて乗っている轎《かご》ごと飛ばされようとする。それはまるで竜の背骨に乗って天空に昇っていくかのようだ。

「大荒」は大空。韓愈の「雑詩」（巻5）、すなわち、世の中に取り残された気分がして崑崙山《こんろんざん》に登っているうちに下界では億万年が過ぎた、と奇想天外な雑感を述べた詩の末尾に「翩然《へんぜん》として大荒《たいこう》より下り、被髪して騏驎《きりん》に騎《の》る」、こうなっては髪を振り乱したまま麒麟に乗って空から降りるしかない、と歌う。蘇軾が韓愈を顕彰した碑文「潮州韓文公廟の碑」もこれを踏まえて「翩然として被髪し大荒に下れ」と結ぶように有名な句である。山陽のこの詩では「騏驎」が「竜脊」に、「翩然」が「冷然」に変わってはいるが、明らかに韓愈を取り込んでいる。

(三)「雲か山か……」と蘇詩

蘇軾との関連では、「広江氏に寓すること二旬、……」の詩が「澄邁駅の通潮閣二首」（巻43）の第二首に依拠していることにはすでに触れたが、「澄邁駅……」の詩が山陽の代表作の一つである「天草洋に泊す」（『詩鈔』巻4）にも影響を与えたことはよく知られている。

天草洋に泊す

雲耶山耶呉耶越　　雲か山か呉か越か、
水天髣髴青一髪　　水天　髣髴　青一髪。
萬里泊舟天草洋　　万里　舟を泊す　天草の洋、
烟横篷窻日漸沒　　煙は篷窓に横たわって日漸く没す。
瞥見大魚波間跳　　瞥見す大魚　波間《はかん》に跳《おど》るを、
太白當船明似月　　太白　船に当たって明らかなること月に似たり。

この詩がそもそも長崎の詩人・吉村迂斎《よしむらうさい》（一七四九〜一八〇五）の「葭原雑詠《あしわら》」十二首の其の二「三十六湾　湾　湾に接し、搏桑《ふそう》　西に尽《つ》く白雲の間。洪濤万里国無きが如し、一髪晴れて分かつ呉越の山」からヒントを得たとされていることは、その初案、

眠驚船底響寒潮　　眠《ねむり》より驚《さ》めて船底に寒潮響き、
天草洋中夜繫橈　　天草洋中　夜　橈《かじ》を繫ぐ。
太白一星光似月　　太白の一星　光　月に似たり、

波間照見巨魚跳　　波間に照らし見る巨魚の跳るを。

から、大きく変貌して、新たに「水天　髣髴　青一髪」の句を得ていることで頷ける（Ⅳ章27参照）。しかしそれ以前にやはり「澄邁駅……」の一句「青山　一髪　是れ中原」から得るところが大きかったのではなかろうか。ちなみにこの句に基づく「青一髪」の語は下関の壇ノ浦を題材とした「壇浦行」（『詩鈔』巻3）でも、「南のかた予山を望めば青一髪」と見えている。これも「初稿、『海鹿』以下、タゞ数句ヲ著クルニ過ギザリシヲ、後ニ改メテ、コノ定稿ヲ得タルナリ」（『頼山陽詩集』巻11注）とあるように、あとで付け加わったものである。

「天草洋に泊す」に関してさらにいえば、人口に膾炙する一句目「雲か山か呉か越か」の名調子も、蘇軾「王定国の蔵する所の『煙江畳嶂図』に書す」（巻30）の詩に見える「山か雲か遠くして知る莫し」を意識したものだっただろう。この詩は『韓蘇詩鈔』所収のもので、『杜韓蘇古詩鈔』に含まれていたならばそこからも「遊歴中の詩材」を得た可能性がある。

(四)　蘇詩からの借用

そのほか明らかに蘇軾の句から借りてきた表現と思しきものは、たとえば先に挙げた「壇浦行」の冒頭に見える。

畿甸之山如龍尾　畿甸《きでん》の山は竜尾の如く、
蜿蜒曳海千餘里　蜿蜒《えんえん》　海に曳《ひ》くこと千余里。
直到長門伏復起　直《ただ》ちに長門《ながと》に到って伏して復《ま》た起こり、
隔海豐山呼欲譍　海を隔てて豊山《ほうざん》　呼べば譍《こた》えんと欲す。

近畿から竜の尾のように曲がりくねる山並み、つまり中国山地がずっと千里余りも西にのびて、長門下関で一旦海にもぐり、関門海峡を隔てて、また豊前《ぶぜん》の山として現れる。その海峡の間は、呼べば応答が返ってきそうな近さだ。

さて、この最後の句「海を隔てて豊山　呼べば譍えんと欲す」に類似した表現が、蘇軾「望海楼晩景五絶」（巻8）の第三首に「岸を隔つる人家　喚べば譍えんと欲す」と見える。これは偶然の類似とは思われない。

さらに一歩進んで蘇軾の句をそっくり使ったものもある。「長碕謡十二解」（『詩集』巻11）の第五首である。

白榜青尊乘暮天　白榜　青尊　暮天に乗じ、
撐過海船繫橈邊　海船を撐過《とうか》して橈辺《じょうへん》を繫《つな》ぐ。
請君莫咲銀杯小　請う君咲《わら》う莫かれ銀杯の小なるを、

涵得東呉萬里船　　涵《ひた》し得たり東呉万里の船。

夕暮れの長崎の海に酒だるを携えて漕ぎ出し、一献傾ける。どうか笑わないでくれ、銀の杯が小さいのを、この小さい杯にはるばる東呉に向かう船をすっぽり浸すことができるのだから。「東呉」は長江下流域の南京や蘇州のあたりのこと。

三句目「請う君咲う莫かれ銀杯の小なるを」は蘇軾の「銀杯の小なるを笑う莫《な》かれ。喬太博《きょうたいはく》に答う」（巻12）の詩に「請う君笑う莫かれ銀杯の小なるを」とあるのを、「笑」を「咲」に変えたほかはそっくり借用する。なお、西遊中の詩を選んで知人に揮毫して与えた「西遊詩巻」には、「第三は、坡翁（蘇軾）の全句を用う」とはっきり詩の脇に書き記している（Ⅳ章23Ｂ参照）。

（五）頻用した蘇詩の典故

蘇軾の詩に学んで、山陽が好んで用いた典故がある。それは「子由《しゆう》の『澠池《べんち》懐旧』に和す」（巻3）という律詩の中に見えるが、該当部分を含む前半の四句をあげる。

人生到處知何似　　人生到る処《ところし》知んぬ何にか似たる、
應似飛鴻踏雪泥　　応《まさ》に似たるべし飛鴻《ひこう》の雪泥《せつでい》を踏むに。
泥上偶然留指爪　　泥上に偶然指爪《しそう》を留《とど》むるも、

鴻飛那復計東西　　鴻飛んでは那《なん》ぞ復た東西を計《はか》らん。

これは旅の連続ともいえる人生を、渡り鳥である鴻《おおとり》が雪の泥土に下りてきてはまた飛んでいくさまに喩える。偶然、泥の上に爪あとが残っても、一旦飛び去れば、東西のどこへ向かったかは計り知れない。

人生を旅の連続とする蘇軾の思想に西遊中の山陽は共感して、しばしば自身の詩の中にもこれを典故とした感慨を歌った。

東遊回首廿年餘　　東遊首《こうべ》を回《めぐ》らせば廿《にじゅう》年余、
鴻爪春泥跡有無　　鴻爪春泥　跡有無《あとうむ》。
（「台道、上田翁が家に宿して谷文晁《たにぶんちょう》が画ける芝海図に題す」『詩鈔』巻3）

これは江戸に上った若年の頃を回想し、その東遊の跡が記憶のかなたに薄れてしまったことをいう。

何圖鴻爪跡　　何ぞ図《はか》らん鴻爪の跡、
復寄鷯枝安　　復《ま》た鷯枝《りょうし》の安きを寄せんとは。（「僦居五首」其の二『詩鈔』巻3）

山陽の京都における知人武元登々庵《たけもととうとうあん》（一七六七〜一八一八）の寓居であった長崎の富観楼に滞在した時の作で、登々庵を鴻に喩える。したがって「鴻爪の跡」はその遊歴の跡である富観楼のこと。そこへ鷦鷯《みそさざい》が深林の中の一本の枝に巣くうがごとく、今、山陽自身が旅の途中で逗留しているのである。

雪泥聊託冥鴻跡　　雪泥聊《いささ》か託す冥鴻の跡、
萍水新同振鷺盟　　萍水《へいすい》新たに同じうす振鷺の盟《ちか》い。
（「熊府《ゆうふ》にて辛島《からしま》教授招飲す。先人の友なり。此れを賦して奉呈す。幷《なら》びに座に在りし諸儒に贈る」『詩鈔』巻4）

熊本での作。この地にしばらくとどまって、萍《うきくさ》と水が出会うごとく、当地の賢者たちと清らかな交わりを結ぶことにしよう。「振鷺の盟い」とは、鷺《さぎ》が群がって真っ白に見えるような、清廉潔白な賢人の交友のこと。

肥山雲霧薩海風　　肥山の雲霧　薩海の風、
回首游蹤總雪鴻　　首《こうべ》を回《めぐ》らせば游蹤総《すべ》て雪鴻。（「茶山翁に贈る」『詩鈔』巻4）

これはすでに西遊を終えて神辺の廉塾に立ち寄り、菅茶山に贈ったもの。あの九州への旅、肥後の山々、薩摩の海も、今にして振りかえると、一瞬のはかない遊歴の跡でしかない。

秋兎痕分畫南北　秋兎《しゅうと》痕《あと》は分かつ画の南北、
春鴻跡記客西東　春鴻　跡は記す客の西東。（「殿峰翁像の賛」『詩集』巻15）

さらに後の文政五年、下関での山陽の後援者・広江殿峰が死去した時に、広江氏を偲んで作った詩である。広江家に集まった文人たちの絵は南宗画と北宗画の流派に分かれ、東西に散った旅人の当時のはかない足跡を残している。「秋兎」は筆の異称。『詩集』に「秋免」に作るのは誤りであろう。

四、おわりに

以上、杜甫、韓愈、蘇軾に限定したが、頼山陽が中国の古典に学び、それを自身の表現に積極的に取り込もうとしたものを取り上げてみた。とくに西遊中の諸篇は彼が残した作品の中でも最もすぐれている作品群の一つと思われるが、そうした詩作のために山陽が少なからぬ努力と工夫を行っていたことが垣間見えるのではなかろうか。

山陽と韓愈・蘇軾の関係についていえば、山陽はこの二公に心酔したがゆえに、その詩も二公の詩によく似るのだ、とする説を江戸末期の儒学者斎藤拙堂《さいとうせつどう》（一七九七～一八六五）が『韓蘇詩鈔』の序文で述べている。

余嘗て山陽翁と交熟し、その人と為《な》りを知る。骨力は昌黎《しょうれい》（韓愈）に似、才識は東坡《とうば》（蘇軾）に似たり。故に平生尤も二公に心酔す。その詩詞に於ける、亦た然り。乃ちその詩を取って手ずから之を鈔し、備《つぶ》さに評語を加え、篋中に寘《お》き、時に出《いだ》して之を諷誦す。是を以ってその作る所の詩も、亦た克《よ》く焉《これ》に肖《に》る。

ここに「その詩を取って手ずから之を鈔し、備さに評語を加え、篋中に寘き、時に出して之を諷誦」したというのは『韓蘇詩鈔』七巻のことだが、彼が西遊中に携えたであろう『杜韓蘇古詩鈔』三巻がどのような書物であったか見てみたい気がする。その手垢にまみれた嚢中の小冊子こそ、当時の日本の知識人が見た中国古典の一つの典型であると思われるのである。

Ⅲ章　「西遊詩巻」と二つの跋文

一、はじめに

頼山陽には文政元年（一八一八）、三十八歳の時に、西遊つまり九州への旅の途中で知人に書き与えた自筆の詩集「西遊詩巻」があり、それは木崎愛吉『頼山陽全伝』（『頼山陽全書』所収。以下『全伝』と略記）文政元年九月に「野菜町の支店（本店は阿久根）に来合せた河南源兵衛に招かれ『西遊詩巻』を揮毫す」と見えるものである。文中にいう「野菜町」とは、現在「天文館」の呼び名で親しまれる鹿児島市中心繁華街の一部で、今は「中町ベルク」通りと称される一帯のことであろう。ここは古くは各地から集まった野菜の露店が多数立ち並ぶ賑やかな通りで「野菜町通《やせまっど》」と言われていた。鹿児島に来た山陽はそこで阿久根の豪商河南源兵衛と出会い、「西遊詩巻」が書かれることとなる。

山陽の詩集としては、その没後の翌年（天保四年・一八三三）に出版された刊本『山陽詩鈔』（以下『詩鈔』と略記）がいわば決定稿である。『詩鈔』は全八巻から成り、文政八年の作までを収めているが、このうち巻三、四がそれぞれ「西遊稿」上、下と題され、西遊中の詩で占められる。「西遊詩巻」に書かれた詩が、『詩鈔』所収の詩との差異が際立っている点で貴重な資料であることはⅣ章の「西遊詩巻」訳注（以下「訳注」と略記）で改めて触れる。

『全伝』には続いて「この詩巻は、明治十九年秋、その孫源吉の手に複製され（東京・東陽堂刊）、『発レ京』より長崎にて作れる伊丹の醸『七星春歌』までを書し、『文政紀元歳次戊寅秋九月。雑二録途次所㆑得拙詩㆒。似㆓南薩河南雅契㆒。咲正。頼襄』の識語あり、巻首には、三条梨堂公の『詞華墨妙』の四大字を置き、重野成斎・頼支峰の跋を附してゐる」と述べ、二つの跋文の一部を書き下し文で引用している。ここに、孫源吉の手で複製されたとあるのが、「訳注」において底本とした『山陽先生真蹟西遊詩』（河南源吉、明治十九年・一八八六）という書物である。

　詩巻が『山陽先生真蹟西遊詩』に収められた時、それに附せられた重野成斎・頼支峰の跋文は、「西遊詩巻」の成立や山陽の作詩の姿勢を知る上での貴重な資料であり、「西遊詩巻」の解題としての意味をもつ。そこで本章では『山陽先生真蹟西遊詩』について紹介した上で、二つの跋文を活字におこし、訓読・語釈・口語訳をつけて参考に供したい。

二、『山陽先生真蹟西遊詩』について

　『国立国会図書館蔵書目録　明治期　第5編　芸術・言語』七六頁に「山陽先生真蹟西遊詩　阿久根町（鹿児島県）　河南源吉　明19・8　17丁　41cm　和装」という記載が見える。すなわち『山陽先生真蹟西遊詩』は、当時の鹿児島県阿久根町、現在の同県阿久根市の河南《かわみなみ》源吉が明治十九年（一八八六）八月に出版した書物で、大きさはタテ約四一センチ×ヨコ約二七センチ、一頁分がほぼA3判の和装本である。書名の読みは「サンヨウ　センセイ　シンセキ　サイユウシ」（同目録）。現在は国立国会図書館デジタルコレクションでインターネット公開がなされている。以下、この書物の体裁・内容に

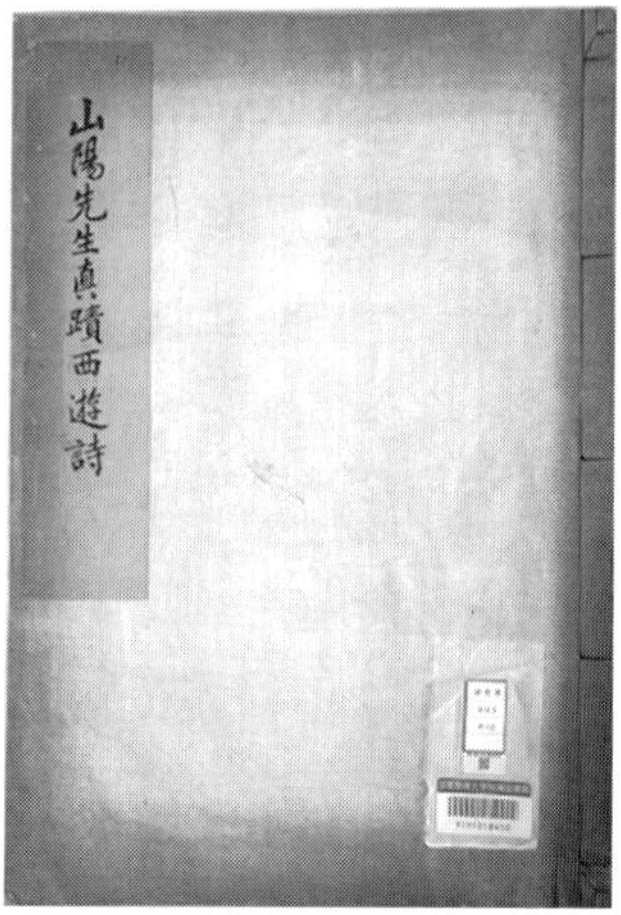

『山陽先生真蹟西遊詩』表紙
（京都教育大学附属図書館蔵）

ついて、あらましを示す。

表紙には「山陽先生真蹟西遊詩」の題簽があり、裏表紙の次の紙から二丁分を使って、一頁に一字ずつ「詞華墨妙」の四字が大字で書かれている。これは三条実美《さんじょうさねとみ》の書で、次の頁に「実美題」と記され、「藤実美印」という回文の白文印と「梨堂」の朱文印がある。三条実美（一八三七〜九一）は、公家・政治家。本姓を藤原といい、梨堂はその号。書物が出版された当時は、内閣の内大臣であった。そして、その裏側の頁の中央に「明治十九年新秋　東陽堂写真石版」と隷書体の活字の記載がある。

次の頁、すなわち四丁めから詩の本文が始まり、すべて山陽の自筆と思われる書で書かれている。この部分が書物の大半を占め、全部で十一丁ある。その最後の頁に前掲の「文政紀元歳次戊寅秋九月。雑録途次所得拙詩。似南薩河南雅契。咲正。頼襄」の識語があり、末尾に「頼襄之印」の朱文印、「頼氏子成」の白文印が押されている。

そのあとの三丁、六頁分に跋が収められるが、うち初めの四頁が重野成斎の跋文で、そのあとの二頁が頼支峰の跋文である。これもそれぞれ自筆の書と思しきものである。本書では京都教育大学附属図書館が所蔵する同書によって、詩の本文からこの跋文までを影印し、附録3に収めて参考に供した。

最後に奥付があり、「明治十九年八月四日版権免許」とあって、出版人は、「鹿児島県薩摩国阿久根河南源吉」となっている。

三、重野成斎・頼支峰の跋文について

次に、重野成斎・頼支峰の二つの跋文から、「西遊詩巻」の成立に関わる記述を拾ってみよう。

重野《しげの》成斎（一八二七～一九一〇）は、薩摩藩士、のち帝国大学文科大学教授。名、安繹《やすつぐ》。字、士徳。成斎はその号。当時、一等編修官に任ぜられ、『大日本編年史』の編纂に従事していた。

頼支峰（一八二三～八九）は、漢学者。名、復。字、士剛。号、支峰。山陽の次男。著に『神皇紀略』五巻などのほか、重野成斎との共著で『編年日本外史』十六巻がある。

重野成斎の跋文によれば、山陽は薩摩に来ると、鮫島白鶴《さめしまはっかく》と伊地知《いじち》季幹《すえもと》の二人から招待された。このことは『全伝』文政元年九月に「海岸の酒楼にて、藩儒鮫島白鶴〔名元吉・字黄裳・別号鼓川・称吉左衛門―四十六歳―成斎旧師〕、及び伊知地《（ママ）》季幹〔後、季善・通称猪兵衛―海門外姪、上ノ平の伊知地《（ママ）》と呼ばれ、その平と伊に取つて飛来山房の号あり〕に迎へらる。伊地知は、江戸遊学中の旧友であつた。―『廿歳江門旧酔侶』の七絶を作る」と見える。

成斎の跋文には、続いて「『詩鈔』に二人と鹿児島港で飲酒する作を載せている」とあるが、これは『詩鈔』巻四に収める「鮫嶋伊知地《（ママ）》二子邀飲余於港上酒樓伊曾識余於江戸者〔鮫島・伊知地の二子、

邀《むか》えて余を港上の酒楼に飲ましむ。伊は曽《かつ》て余を江戸に識《し》る者なり)」の詩を指す。詩にはいう「桜洲の山色 水煙に涵《ひた》し、日落ち津楼 酒半ば酣《たけなわ》なり。廿歳《にじっさい》江門の旧酔侶、相い逢うて一笑す薩城《さつじょう》の南」。すなわち『全伝』にいう「『廿歳江門旧酔侶』の七絶」である。

鮫島白鶴(一七七二〜一八五九)は成斎の書の師匠であった。成斎は白鶴から聞いた話として「わが藩(=薩摩藩)は、中央から遠く離れた所に位置し、関所を閉じてよそ者を入れなかった。文化・文政年間になって、一たび禁制を解いたところへ、山陽がちょうどやって来た。都の著名人は田舎者にまだ慣れていなかった。ただ河南源兵衛だけが商売の関係で京・大坂を行き来して、山陽が名家であるのを知っており、この詩巻を書くように求めた。山陽は鹿児島にあること十日ばかりの間に、実力を示す機会がないのに堪えきれず、ずば抜けた筆の勢いによって五十二首を一巻に収め、とうとう世にもまれな大きな宝となった」と「西遊詩巻」が書かれるに至った経過を綴っている。

河南《かわみなみ》源兵衛《げんべえ》は、阿久根の豪商河南家が代々名乗った襲名である。河南家は中国河南省を出身地とし、江戸時代の初期、明国から移り住んで阿久根に帰化した。初め藩の唐通事であり、のちに御用商人として琉球貿易などに従事した。

鹿児島に来た頼山陽に出会って「西遊詩巻」を揮毫させたのは頼支峰の跋によれば六代目河南根綿《もとつら》で、その時代に家運は最盛期を迎える。それを受けた七代根心《もとなか》(一八一二〜八五)は家業を引き継いで発展させるとともに、和歌・俳句・浄瑠璃芝居などにも造詣が深く、阿久根の経済・文化の向上に大きく貢献した。そして根心の子の根茂《もとしげ》がすなわち「詩巻」を『山陽先生真蹟西遊詩』として出版した河南源吉である。

「西遊詩巻」が書かれて以後のことは支峰の跋文に詳しい。支峰の跋文では、河南源兵衛が山陽に書かせた「西遊詩巻」をその子孫が大切に守っていったさまを述べて次のようにいう。「根綿君はこれを大切にしてしきりに鑑賞した。あとつぎの根心君は父のあとを受けてこれを珍蔵し、みだりに人前に出さなかった。孫の根茂君もまた祖先と同様にこれを大切に保管した」。

また、一説として「西南戦争の後、陸軍少将谷干城《たにたてき》君が鹿児島を巡視し、帰路阿久根を経由して、河南氏の所に至り、『あなたの家に頼山陽の詩巻を珍蔵していると聞いている。どうか見せてもらいたい』と頼んだ。根心君は、『わかりました。前に西南の役が起こった際、家族や老人・子どもを他郷に避難させました。山陽先生の詩巻も同じように向こうに置いてあります。どうか暫くお待ち下さいますように』と答えた。それを持ち帰り谷少将に見せたところ、少将は熟視して大変喜び、感謝して辞去した」というような事実があったとも記す。谷干城（一八三七～一九一一）は、軍人・政治家。西南戦争においては熊本鎮台司令長官として活躍した。あるいはこうした人物の存在が「西遊詩巻」が『山陽先生真蹟西遊詩』として世に出るにあたっての一つの機縁となったかもしれない。

以上の成斎・支峰の跋文は、他に「詩巻」から『詩鈔』への詩の推敲過程、山陽の作詩の苦心などにも触れて興味深い。以下、二つの跋文の全文を訓読・補注・口語訳を附して順に掲げる。

重野成斎の跋文

右山陽自書西游詩五十二首、與刊本詩鈔所載大有異同。如壇浦行、海鹿吹波鼓聲死之前、詩鈔更有纖甸之山如龍尾以下長短十四句。赤關留別七古八句、詩鈔改爲五律。自長埼至薩磨途上所得五首第一眠驚船底響寒潮七言絶句、詩鈔改爲雲耶山邪吳耶越短古一篇、題曰泊天草洋。其他或換韻脚、或變句法、塗抹改竄、不一而足。如題龜元鳳女畫竹代校書袖笑憶江辛夷二絶、全篇改作、不留一字。又詩鈔不收者、有七絶八首七古二首。詩鈔西游詩首小敍曰、胠橐第錄、不甚刪潤。要以存當日情興。今彼此對校、序言似失實。聞山陽恆曰、謂我才敏、非知我者。謂我勉強刻苦、眞知我者。蓋世人眩山陽才學、以爲一揮天成、咳唾珠玉。而不知其從千鍊萬磨中得來也。若使其十分刪潤、恐篇篇無完膚。惟其存情興。故止於是耳。此可以觀山陽本領。山陽修外史、弱冠起草、西遊時、稿略成。年已三十九。後數年、始出示人。其畢生錘鍊弗措。所以流播久益盛焉。山陽之來薩、鮫島白鶴翁暨伊地知某延接。詩鈔載與二子飲酒麑港作是也。翁爲余書師。嘗語予曰、當時惟知山陽善詩耳。及後讀外史、始知其大手筆矣。吾藩僻在一方、閉關不通外人。化政之際、一解國禁。而山陽適來。上國聞人未熟鄉人耳。獨河南源兵以賈事往來京攝、知其爲名家、乞書此卷。山陽在麑城旬日、不堪脾肉生、乃用二十分筆力、錄五十二首於一卷、終爲希世洪寶。麑城諸子之於山陽、所謂交臂失之者、而河南氏之傳此卷、則後世之揚子雲也夫。源兵孫源吉將印刷頒同好。余因乞梨堂相公、書詞華墨妙四字於卷首、遂書一言於後。

明治十九季丙戌夏七月下浣

成齋重埜安繹士德甫　白文印　重野安繹

朱文印　成齋

訓読

右、山陽の自《みずか》ら書《しょ》せし西遊詩《さいゆうし》五十二首、刊本『詩鈔』の載《の》する所と大いに異同有り。「壇浦行《だんぽこう》」の如きは、「海鹿《かいろく》波を吹いて鼓声《こせい》死す」の前に、『詩鈔』更に「畿甸《きでん》の山は竜尾の如《ごと》く」以下長短十四句有り。「赤関留別」の七古八句は、『詩鈔』改めて五律と為す。長埼《ながさき》より薩摩《さつま》に至る途上に得《う》る所の五首の第一「眠《ねむり》より驚《さ》めて船底に寒潮響く」の七言絶句は、『詩鈔』改めて「雲か山か呉か越か」の短古一篇と為し、題して「天草洋に泊す」と曰《い》う。其の他或いは韻脚を換え、或いは句法を変じて、塗《と》抹改竄《まつかいざん》するもの、一《いつ》にして足らず。「亀元鳳《きげんぽう》の女《じょ》の画竹に題す」「校書袖笑《そでさき》に代わって江辛夷《こうしんい》を憶う」の二絶は、全篇改作して、一字を留《とど》めず。又た『詩鈔』の収めざる者に、七絶八首・七古二首有り。『詩鈔』西游詩の首《はじめ》の小叙に曰わく、「嚢《ふくろ》を胠《ひら》いて第《た》だ録し、甚だしくは刪潤《さんじゅん》せず。要するに当日の情興を存するを以ってす」と。今、彼此《ひし》対校するに、序の言 実を失うに似たり。聞く、山陽恒《つね》に曰わく、「我れ才敏なるを謂うは、我れを知る者に非ず。我れ勉強刻苦するを謂うは、真に我れを知る者なり」と。蓋し世の人 山陽の才学に眩《まど》いて、以為《おも》えらく一揮《いっき》天成し、咳唾珠玉をなすと。而《しか》して其の千錬万磨の中《うち》より得来たるを知らざるなり。若《も》し其の十分をして刪潤せしめば、恐らくは篇篇完膚《かんぷ》無からん。惟《た》だ其れ情興を存す。故に是《ここ》に止《とど》まるのみ。此れ以って山陽の本領を観るべし。山陽『外史』を修むるに、弱冠にして起草し、西遊の時、稿略《ほぼ》成る。年已《すで》に三十九。後《のち》数年にして、始めて出《いだ》して人に示す。其れ畢生錘錬《ひっせいすいれん》して措《お》かず。流播《りゅうは》すること久しくして益《ます》ます盛んなる所以なり。山陽の薩に来たるや、鮫島白鶴翁《さめしまはっかくおう》と伊地知某《いじちなにがし》と延接す。『詩鈔』に二子と麑港《げいこう》に飲酒するの作を載す、是れなり。翁は余《よ》が書師たり。嘗《かつ》て予《わ》れに語って曰わく、「当時惟だ山陽の詩を善くするを知るのみ。後に『外史』を読むに及んで、始めて其の大手筆《だいしゅひつ》なるを知る。吾が藩 一方に僻在《へきざい》し、関を閉じて外人《がいじん》を通ぜず。化政の際、一《ひと》たび国禁を解く。而して山陽適《たま》たま来たる。上国の聞人《ぶんじん》未だ郷人《きょうじん》に熟《な》れざるのみ。独り河南《かわみなみ》 源兵のみ賈《あきない》の事を以って京摂に往来し、其の名家たるを知り、此の巻を書《しょ》せんことを乞う。山陽 麑城《げいじょう》に在ること旬日《じゅんじつ》、脾肉《ひにく》の生《しょう》ずるに堪えず、乃ち二十分の筆力を用《も》って、五十二首を一巻に録し、終《つい》に希世の洪宝となる。麑城の諸子の山陽に於ける、いわゆる臂《うで》を交《まじ》えて之を失う者にして、河南氏の此の巻を伝うるは、則ち後世の揚子雲《ようしうん》なるかな」と。源兵の孫源吉まさに印刷して同好に頒《わ》かたんとす。余因りて梨堂相 公《りどうしょうこう》に乞《こ》うて、「詞華墨妙」の四字を巻首に書《しょ》せしめ、遂に一言を後《のち》に書《しょ》す。

明治十九年丙戌夏七月下浣《かかん》

成斎重野《しげの》安繹《やすつぐ》士徳甫

補注

〔壇浦行〕「訳注」15。〔赤関留別七古八句〕「西遊詩巻」において「発赤関留別諸友」の詩題で見える詩。「訳注」18。〔詩鈔改為五律〕この「五律」とは、「発赤関留別広江父子」（『詩鈔』巻三）を指す。〔長埼〕長崎。〔薩磨〕薩摩。〔眠鷺船底響寒潮七言絶句〕「訳注」27。〔題亀元鳳女画竹代校書袖笑憶江辛夷二絶〕「訳注」21及び「訳注」26。〔全篇改作、不留一字〕前者が「過元鳳題其女少琴墨竹」（『詩鈔』巻三）に、後者が「戯代校書袖笑憶江辛夷」（『詩鈔』巻三）に改められたと見ると、すっかり面目を一新している。〔又詩鈔不収者、有七絶八首七古二首〕「七絶八首」は、「訳注」3・4・8・9・10・13・14及び「訳注」23Bの詩を、「七古二首」は「訳注」7及び「訳注」22の詩を指すであろう。〔詩鈔西遊詩首小叙〕『詩鈔』巻三「西遊稿上」の最初につけられた短い序文を指す。現行の『詩鈔』の本文に拠って訓読で示すと「余 憂に居ること三歳、戊寅に帰り展す。既に祥して頗《すこぶ》る廓然たるを覚え、遂に鎮西に遊んで、吟歌を以って余憂を排遣すれば、吻《くちびる》を衝《つ》いて嚢《のう》に溢《あふ》る。而して行篋《こうきょう》の齎《もたら》す所は、手鈔《しゅしょう》の杜韓蘇古詩三巻を除くの外《ほか》、詩韻含英一部のみ。是《ここ》を以って粗率 常に倍す。今、嚢《ふくろ》を胠《ひら》いて第《た》だ録し、甚だしくは刪潤せず。要するに当日の興会を存し、以って它日の憶念に供するのみ。山陽外史頼襄《らいのぼる》 識す」とあり、この跋とは若干の文字の異同がある。〔脾肉生〕『三国志』蜀書・先主伝の裴松之《はいしょうし》注に引く『九州春秋』に「（劉備）髀裏に肉生じたるを見て、慨然として流涕す」とあるのに拠る。「脾肉」は「髀肉」に同じく、ももの内側の贅肉。劉表のもとに身を寄せていた劉備が、馬に乗る機会もないために足に贅肉がついたのを嘆いた故事から、実力を発揮するチャンスに恵まれない喩え。〔交臂失之〕『荘子』田子方篇に「吾れ身を終うるまで汝と一臂を交えてこれを失う」とあるのに拠る。片方の腕と腕を組むような親しい間柄なのにその関係が失われることを元来言うが、転じてその場にいながらみすみす好機を逃す意に用いる。〔揚子雲〕前漢の文人揚雄《ようゆう》（前五三〜一八）のこと。子雲は字。『漢書』揚雄伝には、名利に無欲で、古を好んで道を楽しみ、文章によって名を残そうとしたという。〔甫〕字に添える語。

口語訳

以上の山陽が自書した西遊詩五十二首は、刊本『山陽詩鈔』に載せているものと大いに異同がある。たとえば「壇浦行」では、「海鹿波を吹いて鼓声死す」の前に、『詩鈔』では更に「畿甸の山は竜尾の如く」以下長短十四句がある。「赤関留別」の七言古詩八句は、『詩鈔』では五言律詩に改められている。長崎から薩摩に至るまでの道中に作った五首の一首目「眠より驚めて船底に寒潮響く」の句で始まる七言絶句は、『詩鈔』では「雲か山か呉か越か」の短い古詩一篇に改められ、題して「天草洋に泊す」という。その他あるものは韻字を換え、あるものは句法を変えており、装飾を施し書き換えを行った詩が少なくない。「亀元鳳の女の画竹に題す」「校書袖笑に代わって江辛夷を憶う」の二首の絶句は、全篇にわたって改作され、原形を一字一句とどめていない。一方、『詩鈔』に収録されていないものに、七言絶句八首・七言古詩二首がある。『詩鈔』の西遊詩の巻頭の小序に、「袋から取り出した原稿をそのまま収録しており、あまり手を加えていない。つまるところ当日の情趣を保存するためである」とある。今、『詩鈔』とこの自筆の西遊詩とを相互に対照してみると、小序の言はどうも事実からはずれているようだ。山陽は常々「私が才気に頼っているというのは、私のことを知らない人である。刻苦勉励していると認めるのが、本当に私を理解している人だ」と言っている。思うに世の人々は山陽の才能・学問に眩惑されて、彼が一たび筆に手をつけるやいとも簡単に詩が完成し、一言一句みな珠玉のような美しさを自然に具えるものと思い込んでいる。そしてそれが実は長い間の苦心努力の中から出来上がったものであるのを知らない。もしそのすべてに推敲を加えたなら、恐らくはどの詩もすっかり変わってしまっただろう。ただ当時の情趣を残しておこうとしたために、この程度の書き換えですんでいるのだ。ここに山陽の本領を見ることができる。山陽が『日本外史』を編纂した際、二十歳で起草し、西遊の時には、原稿はほぼ完成していた。当時すでに三十九歳。その後数年たって、はじめて人前に出した。一生涯修練を積んでやまなかったのであって、だからこそ長く世に広まり、ますます多くの人に読まれているのである。山陽は薩摩に来ると、鮫島白鶴翁と伊地知某《なにがし》（季幹）の二人から招待された。『詩鈔』に二人と鹿児島港で飲酒する作を載せているのが、それである。鮫島翁は私の書の先生である。かつて私に語って、「当時は山陽が詩だけが上手なのだと思っていた。だが、のちに『日本外史』を読んで、はじめて彼が大文章家であるのがわかった。わが藩は中央から遠く離れた所に位置し、関所を閉じてよそ者を入れなかった。文化・文政年間になって、一たび禁制を解いたところへ山陽がちょうどやって来た。都の著名人は田舎者にまだ慣れていなかった。ただ河南源兵衛だけが商売の関係で京・大坂を行き来して、山陽が名家であるのを知っており、この詩巻を書くように求めた。山陽は鹿児島にあること十日ばかりの間に、実力を示す機会がないのに堪えきれず、ずば抜けた筆の勢いによって五十二首を一巻に収め、とうとう世にもまれな大きな宝となった。鹿児島の諸子にとって山陽は、いわば『臂《うで》を交《まじ》えてこれを失う（近くにいながら機会を逸する）』ものであったから、河南氏がこの詩巻を伝えたことは、後世の揚子雲といえようか」と言った。源兵衛の孫源吉がこれを印刷して同好の士に配ろうとした。私はそこで三条梨堂大臣に頼んで「詞華墨妙」の四字を巻首に書いてもらい、かくてその後に一言を書き記しておく次第である。

明治十九年夏七月下旬

成斎重野安繹士徳甫

頼支峰の跋文

余嘗聞先人居憂三歳、文化戊寅、歸展廣島先塋。既祥、遂遊鎭西。自蓺經防長、入豐後前、經筑肥至長嵜。自長崎航天草洋、入肥後、由南薩入麑島。路歷阿久根、留河南根綿君有日、此詩卷成於其際。君愛玩不置。嗣子根心君受而珍藏之、不輙出似人。孫根茂君護此如祖先。今茲夏根茂君有故至京、攜詩卷、至余家、請題一語爲副。余驚喜拂座、焚香漱口、敬而展之、使子弟輩侍覽。蓋戊寅發京到麑隝、古今體詩凡五十有二首、有小書、有大書、間又插自註、詳其所由作。字體皆謹愼、毫無磊落自肆之態。雖旅次倥偬、至文字丁寧如此。其勤藝業可欽也。壇浦詩、覺有尾無首而無腹、未能無遺憾也。後見刪潤、覺始可見也。其他首首有皆改作。至天草洋詩七絕、後改作短古、詩句壯闊、眞天草洋詩也。北條霞亭菊池五山評此詩爲絕唱。此卷與現行詩鈔對照、可以見作者之刻苦。復等之所以當最爲警也。又聞丁丑之變後、陸軍少將谷干城君巡察麑嶌、帰路經阿久根、造河南氏、請曰、聞子之家藏頼山陽詩卷。請見之。根心君曰、諾。嚮有西鄕之變、使家族老少避他鄕。山陽先生詩卷又置它鄕焉。請暫待焉。既持持還似谷少將。少將熟視大喜謝去。余觀先人眞蹟不少、如此卷所罕覯也。根茂兄、請保存之。

明治丙戌五月　　頼復識

白文印　頼復之印

朱文印　頼氏士剛

訓読

余嘗《かつ》て聞く、先人 憂《うれい》に居ること三歳、文化戊寅《ぼいん》、帰りて広島の先塋《せんえい》に展す。既に祥《しょう》し、遂に鎮西《ちんぜい》に遊ぶ。芸《げい》より防長《ぼうちょう》を経て、豊後前に入《い》り筑肥を経て長崎に至る。長崎より天草洋を航《わた》って、肥後に入り、南薩より麑島に入る。路阿久根《あくね》を歴《へ》て、河南《かわみなみ》 根綿《もとつら》君に留《とど》まること日《ひ》有り、此の詩巻《しかん》其の際に成る。君《きみ》愛玩して置かず。嗣子根心《もとなか》君受けて之を珍蔵し、輒《すなわ》ち出《いだ》して人に似《しめ》さず。孫根茂《もとしげ》君此れを護《まも》ること祖先の如し。今茲《こんじ》の夏根茂君故《ゆえ》有って京に至り、詩巻を携《たずさ》え、余《よ》が家に至り、一語を題して副と為さんことを請う。余驚喜して座を払い、香を焚《た》き口を漱《すす》ぎ、敬《つつし》んでこれを展《の》べ、子弟の輩をして侍《じ》して覧《み》しむ。蓋《けだ》し戊寅に京を発して麑隝《かごしま》に到るまで、古今体の詩凡《およ》そ五十有《ゆう》二首、小書有り、大書有り、間《ま》ま又た自註を挿《さしはさ》み、其の由って作る所を詳《つまび》らかにす。字体は皆な謹慎にして、毫《ごう》も磊落自肆《らいらくじし》の態無し。旅次倥偬《こうそう》なりと雖も、文字の丁寧なるに至ること此《か》くの如し。其の芸業を勤むること欽《うやま》うべきなり。「壇浦《だんのうら》」の詩、尾《び》有り首《しゅ》無くして腹《ふく》無く、未だ憾《うら》みを遺《のこ》す無き能《あた》わざるを覚ゆ。後《のち》に刪潤《さんじゅん》せられて、始めて見るべきを覚ゆ。其の他首首皆な改作する有り。「天草洋」の詩七絶に至っては後に短古に改作して、詩句壮闊《そうかつ》、真の天草洋の詩なり。北条《ほうじょう》 霞亭《かてい》・菊池《きくち》五山《ござん》、此の詩を評して絶唱と為す。此の巻、現行の『詩鈔』と対照すれば、以って作者の刻苦を見るべし。復等《ら》の当《まさ》に最も警《いまし》めと為すべき所以なり。又た聞く、丁丑《ていちゅう》の変の後、陸軍少将谷干城《たにたてき》君麑島を巡察し、帰路阿久根を経《へ》て、河南氏に造《いた》り、請うて曰わく、「聞く子《し》の家に頼山陽の詩巻を蔵すと。請う之を見ん」と。根心君曰わく、「諾。嚮《さき》に西郷の変有り、家族老少をして他郷に避けしむ。山陽先生の詩巻又た它郷《たきょう》に置けり。請う暫く待て」と。既にして持ち還り谷少将に似《しめ》す。少将熟視して大いに喜び謝して去る。余 先人の真蹟を観ること少なからざるも、此《か》くの如き巻は罕《まれ》に覯《み》る所なり。根茂兄、請う之を保存せよ。

明治丙戌五月　　頼復識《しる》す

補注

〔先人〕亡父。すなわち山陽を指す。**〔帰展広島先塋〕**『全伝』文政元年（文化十五年）二月五日に「暮六ッ頃、広島邸に著す」とある。**〔祥〕**喪が明ける時の祭（大祥）のこと。『全伝』同二月十九日に「三年祭〔大祥〕」とある。山陽の父春水は文化十三年（一八一六）二月に没した。**〔由南薩入麑島〕**「南薩」は阿久根のあたりを指しているように文脈からは読めるが位置的には合わない。なお、「西遊詩巻」の末尾にも「南薩の河南雅契」という。**〔旅次倥偬〕**「壇浦行。李長吉の体に倣う」（「訳注」15）の詩の自注に「今、此の地を経て、一長歌を作り、以って其の事を叙せんと欲するも、旅況倥偬にして、未だ及ぶに暇あらざるなり」とある。**〔北条霞亭〕**一七八〇～一八二三。漢詩人。名、譲。字、子譲。霞亭はその号。山陽とは、文化八年（一八一一）に京都に出てきた時に初めて遇い、交わりを結んだ。**〔菊池五山〕**一七六九～一八四九。漢詩人。また、化政・天保期の詩壇における批評家で、同時代の詩人の詩を取り上げて批評したものに『五山堂詩話』十巻・補遺五巻がある。**〔評此詩為絶唱〕**霞亭・五山の評は『詩鈔』巻四に収める「泊天草洋」の詩の欄上にそれぞれ「北條子譲、此の詩を以って西遊の第一と為す」「五山云う、子譲、眼高なり。余も亦た曽て取りて詩話中に置き、実に絶唱と為す」というように見え、さらに五山の評はもと『五山堂詩話』補遺巻三に見える。**〔丁丑之変〕**西南戦争（一八七七年）のこと。**〔持持〕**この二字のうち一字は衍字であろう。

口語訳

私はかつてこのように聞いている。亡父は喪に服すること三年、文化十五年、広島に帰省して祖先の墓に参った。祥の祭を終えると、そのまま九州に旅立った。すなわち芸州から周防・長門を経て、豊後・豊前に入り、筑前・肥前を経て長崎に至った。長崎から天草洋を船で渡って、肥後に入り、南薩から鹿児島に入った。阿久根を通り、河南《かわみなみ》　根綿《もとつら》君宅に暫く逗留し、この詩巻はその際に出来上がった。根綿君はこれを大切にしてしきりに鑑賞した。あとつぎの根心《もとなか》君は父のあとを受けてこれを珍蔵し、みだりに人前に出さなかった。孫の根茂《もとしげ》君もまた祖先と同様にこれを大切に保管した。今年の夏、根茂君が所用で上洛し、詩巻を携えて、私の家に来られ、これに添えるべき一語を題するよう依頼された。私は驚喜して座席の塵を払い、香をたき、口をすすぎ、恭しくこれを敷き広げ、門人たちも呼んでそばで鑑賞させた。思うに文化十五年に京都を出発して鹿児島に到るまでの、古体及び今体の詩すべて五十二首、小字の書も大字の書もあり、時に自注をはさんで、その詩が作られた由来を明らかにしている。字体はいずれも慎み深く、みじんも自分勝手なところがない。旅の慌しい中であっても、文字についてはこれほどまでに丁寧である。その技芸の習得に努める姿は尊敬に値するものだ。「壇浦行」の詩は、末尾はあるが最初と真ん中がなく、遺憾に思っていた。後に添削が加えられて、はじめて鑑賞に堪えるものになった。その他の詩という詩にはすべて改めたところがある。「天草洋」の七言絶句の場合は後に短い古詩に改められた結果、詩句に雄壮な気迫が具わり、正真正銘の天草洋の詩になった。北条霞亭・菊池五山は、この詩を評して絶唱と言っている。この詩巻を、現行の『詩鈔』と対照してみると、そこに作者の非常な苦心を見ることができる。私どもが最も教訓としてよい所以である。またこのようにも聞いている。西南戦争の後、陸軍少将谷干城君が鹿児島を巡視し、帰路阿久根を経由して、河南氏の所に至り、「あなたの家に頼山陽の詩巻を珍蔵していると聞いている。どうか見せてもらいたい」と頼んだ。根心君は、「わかりました。前に西南の役が起こった際、家族や老人・子どもを他郷に避難させました。山陽先生の詩巻も同じように向こうに置いてあります。どうか暫くお待ち下さいますように」と答えた。やがてそれを持ち帰り谷少将に見せたところ、少将は熟視して大変喜び、感謝して辞去したとのことである。私は亡父の真蹟を数多く見ているが、これほどの詩巻はめったに見たことがない。根茂兄には、どうかこれを大切に持っていていただきたい。

明治十九年五月　　頼復しるす

附記　「補注」に見えるアラビア数字（及びアルファベット）はすべてⅣ章の「訳注」において詩に便宜的につけた番号（記号）を指す。

Ⅳ章　「西遊詩巻」訳注

一、はじめに

頼山陽が文政元年～二年（一八一八～一九）における九州漫遊の中で作った詩は、彼の詩集『山陽詩鈔』の巻三～巻四に「西遊稿」上・下として収められている。これは、山陽の詩歌中の白眉といえるもので、彼が道中に目にした風物や各地での文人との交友が歌われている。

すでに述べたように、この「西遊稿」とは別に知人に与えた山陽自筆の詩集「西遊詩巻《さいゆうしかん》」が存在するが、「西遊詩巻」は「西遊稿」からの抜粋ではない。旅行中に揮毫したものだから当然、成立としては、定稿である「西遊稿」に先んじ、後述するごとく「西遊稿」と一致しない部分がしばしば見られることが注目される。ここに訳注という形で「西遊詩巻」に収めるすべての詩を紹介するのはその理由からである。

本訳注は、Ⅲ章で述べた『山陽先生真蹟西遊詩』を底本とする。底本を活字におこすにあたっては、『山陽詩鈔』（以下『詩鈔』と略記）及び『頼山陽詩集』（『頼山陽全書』所収。以下『詩集』と略記）を参照したが、俗字略字は原則として正字体に改めた。

「西遊詩巻」に取られた詩を現行の「西遊稿」と比較してみると、字句の異同がかなりあることに気づく。これは「西遊詩巻」が成ってから「西遊稿」として『詩鈔』に収録されるまでに、山陽自身が何度も手を加えた結果であろうと思われる。「西遊詩巻」は、いわば「西遊稿」の詩の初案をある部分保存したものと言え、従って、そうした山陽詩の推敲過程を窺う意味で少なからぬ意義をもつものである。注釈の際には、努めて『詩鈔』『詩集』との異同を記述して、参考に供した。

訳注においての主な参考文献は、日柳燕石『山陽詩註』、三宅樅台『山陽詩鈔集解』、伊藤吉三『山陽詩鈔新釈』、頼成一・伊藤吉三『頼山陽詩鈔』、入谷仙介『江戸詩人選集8　頼山陽　梁川星巌』、水田紀久・頼惟勤・直井文子『新日本古典文学大系66　菅茶山　頼山陽　詩集』などである。

伝記的な事柄は主として木崎愛吉『頼山陽全伝』（『頼山陽全書』所収。以下『全伝』と略記）に依り、一部、中村真一郎『頼山陽とその時代　上・中・下』を参照した。

本訳注の作成に関しては、関係資料の閲覧に際して、国立公文書館・九州大学附属図書館・下関市立大学附属図書館・京都教育大学附属図書館のご好意にあずかった。記して、感謝申し上げる次第である。

なお、注釈の便宜上、以下のように詩に番号や記号を付した。連作のもの及び詩題を欠くものは括弧内に初句を示す。

1発京　2浪華諸友泛舟相送　3山陽途上　4帰省芸州遂西遊出境　5始望豊山　6厚狭駅　7長府邂逅旧友田廷錫留宿轟飲府城外有潮満潮乾二島　8廷錫内人索書戯作　9廷錫又令内人理吾髪　10題劉先主像　11題源鎮守献弓鎮夢魘図　12赤関遇大含禅師師将東遊観富岳賦贈　13題禅師画蘭余平生愛蘭京寓有盆栽在　14赤関寓居題嵐峡春遊図　15檀浦行　16赤関竹枝詞　A（誰向滄

溟収玉魚）Ｂ（駐蹕鮫宮歳幾過）Ｃ（畳畳春帆破海煙）Ｄ（万罌摂酒附商舟）Ｅ（幾点漁灯乱月光）Ｆ（蔵橙戸戸及東風）17（緑酒紅灯酔眼迷）18発赤関留別諸友　19筑前尋亀元鳳　20寓松子登家賦即事　21題亀元鳳女少琴画竹　22為子登題画枇杷　23長碕竹枝　Ａ（肥海松魚始上街）Ｂ（白榜青尊乗暮天）Ｃ（朝朝挙案与眉斉）Ｄ（眼語相承両意同）Ｅ（鬢側釵横夢一場）Ｆ（碧欄紅燭閃瓊卮）Ｇ（煙波源処是蘇州）Ｈ（金鬣芳柔圧海腴）24長碕寓楼作　25戯題自画山水似校書袖笑　26又代袖咲憶芸閣　27（眠驚船底響寒潮）28（温山遥面阿蘇山）29（危礁乱立大濤間）30（一澗平分南北州）31（路遇朝鮮俘獲孫）32魔洲旅舎歌　33題画像七首　Ａ武侯　Ｂ壮繆　Ｃ青蓮　Ｄ武忠　Ｅ和靖　Ｆ文忠　Ｇ武穆　34七星春歌

二、「西遊詩巻」訳注

1　發京

疎篷漏雪夢難成
響枕江聲又櫓聲
阿母竢吾應屈指
知無今夜始開程

京《きよう》を発《はつ》す

疎《そ》篷《ほう》雪《ゆき》を漏《も》らして夢《ゆめ》成《な》り難《がた》く、
枕《まくら》に響《ひび》く江声《こうせい》又《ま》た櫓声《ろせい》。
阿《あ》母《ぼ》 吾《わ》れを竢《ま》って応《まさ》に指《ゆび》を屈《くっ》すべし、
知《し》るや無《いな》や今夜《こんや》始《はじ》めて程《てい》を開《ひら》くを。

京都を出発する
舟の粗い苫《とま》の透き間から雪が漏れてなかなか寝つけず、枕もとには川の流れの音や舟を漕ぐ櫓の音が響いてくる。／母は自分の帰省を指折り数えて待っているに違いないが、今夜やっと出発したというのを知っているだろうか。

『詩鈔』巻三に「下江」と題して収める詩の初案。「下江」の詩は「撼枕江声又櫓声、疎篷漏雪睡難成。阿嬢屈指俟吾久、何識今宵初発程」に改める。『詩集』巻十一にはいずれの詩も収め、「発京」の詩のあとに「初稿」と注記する。〔発京〕山陽は、父春水の三回忌を行うため、文政元年（一八一八）正月、京都を出発し、広島へ向かった。『全伝』文政元年正月に「〔中旬〕。広島へ向ひ発程〔第四帰省〕、伏見より夜舟にて淀川を下る。門人後藤松陰〔廿二歳〕随伴」とあり、そのあとにこの詩を「初稿」と注記して録する。〔疎篷〕粗く編んである舟の苫《とま》。〔江声〕川の流れる音。唐の杜甫の「客夜」の詩に「枕に高し遠江の声」とある。〔櫓声〕櫓で舟を漕ぐ音。『詩集』は「櫓」を「[木+虜]」に作る。〔阿母〕母。〔竢〕待つ。『詩集』は「俟」に作る。〔知無〕知っているだろうか。「無」は疑問を表す語気助詞。〔開程〕出発する意。

2　浪華諸友泛舟相送　浪華《なにわ》の諸友《しょゆう》舟を泛《うか》べて相《あ》い送《おく》る
商船銜尾各維橈　商船《しょうせん》銜尾《かんび》各《おの》おの橈《かじ》を維《つな》ぎ、
中有瓜皮趁早潮　中《うち》に瓜皮《かひ》の早潮《そうちょう》を趁《お》う有《あ》り。

離思多情語不盡
回頭已過十餘橋

離思《りし》 多情《たじょう》 語《かた》って尽《つ》きざるも、
頭《こうべ》を回《めぐ》らせば已《すで》に過《す》ぐ十余《じゅうよ》の橋《はし》。

大坂の友人たちが舟を浮かべて見送る
商船が相連なってそれぞれ櫂《かい》を繋いで停泊する中に、朝潮を追いかけて進む私の粗末な小舟がある。／別れの悲しみは心に感じやすく、いくら語っても語りつくせないが、ふと振り返ると舟はもう十幾つの橋を通り過ぎてしまった。

『詩鈔』巻三、『詩集』巻十一に「発大坂小竹確斎送至尼碕」と題して収める詩の初案。**〔浪華諸友泛舟相送〕**『全伝』文政元年正月に「大坂に在り。小竹・確斎等と同舟、土佐堀川を下り、尼崎まで見送らる」とある。「小竹」は篠崎小竹、「確斎」は竹内確斎。**〔銜尾〕**相連なるさま。**〔維〕**『詩鈔』『詩集』は「停」に改める。**〔橈〕**舟を漕ぐのに用いる櫂。**〔瓜皮〕**瓜皮船のこと。粗末な小舟。山陽が乗っている舟を指すであろう。**〔早潮〕**あさしお。**〔離思多情語不尽〕**「離思」は、別れの悲しい思い。この句は『詩鈔』『詩集』では「離緒紛紛難語尽」に改める。**〔回〕**『詩鈔』『詩集』は「転」に改める。

3 山陽途上
京國春寒製旅衣
未看楳萼弄容輝

山陽《さんよう》の途上《とじょう》
京国《けいこく》 春寒《はるさむ》くして旅衣《りょい》を製《た》ち、
未《いま》だ看《み》ず梅萼《ばいがく》 容輝《ようき》を弄《もてあそ》ぶを。

馬頭一出山陽道　　馬頭《ばとう》一《ひと》たび山陽道《さんようどう》に出《い》ずれば、
玉雪已迎鞭影飛　　玉雪《ぎょくせつ》已《すで》に鞭影《べんえい》を迎《むか》えて飛《と》ぶ。

山陽道の途上にて

春の寒いうちから京都で旅衣を仕立てたが、その頃は梅の木もまだ麗しい花をつけていなかった。／一旦、馬上の人となって山陽道に出てみると、白い花びらがもう私の鞭の影を迎えるように舞い飛んでいた。

この詩は『詩鈔』には見えず、『詩集』巻十一にのみ収める。〔京国〕みやこ。ここでは京都。〔製〕仕立てる。〔梅萼〕梅の花。「楳」は「梅」の異体字。〔容輝〕うるわしい顔かたち。『詩集』は「客輝」に作る。〔馬頭〕馬上。〔玉雪〕雪。転じて白い花を指す。ここでは白梅の花びら。

4　歸省藝州遂西遊出境　　芸州《げいしゅう》に帰省《きせい》して遂《つい》に西遊出境《さいゆうしゅっきょう》す

廣城西去幾羊腸　　広城《こうじょう》西《にし》に去《さ》ること幾羊腸《いくようちょう》、
直接三關道路長　　直《ただ》ちに三関《さんかん》に接《せっ》して道路《どうろ》長《なが》し。
四十八盤行不盡　　四十八盤行《しじゅうはっぱんゆ》けども尽《つ》きず、
盤盤回首望家郷　　盤盤《ばんばん》首《こうべ》を回《めぐ》らして家郷《かきょう》を望《のぞ》む。

芸州に帰省しそのまま西へ旅立って国境を出る

広島から西に曲がりくねった道をどのくらい進んだであろうか、三つの関所につながっていて道のりは長い。／「四十八盤」の難所はどこまでも道が尽きることがなく、くねくねと曲がる道中、ふと振り返って故郷の方角を眺める。

この詩は『詩鈔』には見えず、『詩集』巻十一に「四十八盤」と題して収める。**〔芸州〕**安芸国の別称。**〔西遊出境〕**『全伝』文政元年三月六日に「この日、『晴。昼前、』広島出発、長崎へ向ふ」とある。**〔広城〕**ここでは広島を指す。**〔羊腸〕**道の曲がりくねるさま。**〔三関〕**三つの関所。ここでは上関・中関・下関を指すか。**〔道路〕**道のり。**〔四十八盤〕**山陽道中の難所を指すか。「盤」は、曲がりくねる。宋の黄庭堅の「新喩《しんゆ》道中 元明《げんめい》に寄す。觴字の韻を用う」の詩に「一百八盤 手を携えて上れり」とある。**〔盤盤〕**曲がりくねるさま。唐の李白の「蜀道難」の詩に「青泥 何ぞ盤盤たる」とある。

5　始望豐山　　始《はじ》めて豊山《ほうざん》を望《のぞ》む

藝薇沿海路紆回　　芸薇《げいび》 海《うみ》に沿《そ》って路《みち》紆《う》回《かい》し、
常看豫峰雲外堆　　常《つね》に看《み》る予《よ》峰《ほう》の雲外《うんがい》に堆《うずたか》きを。
看到周芳青始了　　看《み》て周《す》芳《おう》に到《いた》れば青《せい》始《はじ》めて了《おわ》り、
豐山代送翠光來　　豊山《ほうざん》代《かわ》って翠光《すいこう》を送《おく》り来《き》たる。

初めて豊前《ぶぜん》の山々を望む
芸備は海沿いに道が曲がりくねり、高く聳える伊予の山々の峰が雲の間からいつも覗いている。／それを眺めつつ周防《すおう》に至ると青い色をした山並みがここで初めて途切れ、豊前の山々が代わりに緑の光を投げかけてくる。

『詩鈔』巻三、『詩集』巻十一に「周防道上」と題して収める詩の初案。〔豊山〕豊前の山。〔芸薇〕「芸備」と同じ。すなわち芸州と備州を指す。『倭漢三才図会《さんさいずえ》』（巻七十八・備中）によれば、備州（吉備国）はもと「黄蕨国」と呼ばれていた。これに従えばここは「芸蕨」でなくてはならないが、仄字の「蕨」では平仄があわない。よって意味の類似した平声の「薇」の字を借りたのであろう。なお山陽は「始めて廉塾に寓す二首」其の一（『詩鈔』巻二）では吉備のことを「黄薇」、「播州」（同）では備前・備中・備後を総称して「三薇」と言っている。〔紆回〕曲がりくねる。〔予峰〕伊予の山々の峰。〔周芳〕周防の古い表記で『日本書紀』に見える。『詩鈔』『詩集』は「周防」に改める。〔青始了〕杜甫の「岳を望む」の詩に「斉魯　青未だ了らず」とあるのに拠る。〔翠光〕緑色の光。唐の許渾《きょこん》の「陸侍御の林亭に題す」の詩に「遠山雲暁《あき》らかにして翠光来たる」とある。『詩鈔』『詩集』は「黛光」に改める。

6　厚狹驛
驛亭煙火太蕭騷

厚狭駅《あさえき》
駅亭《えきてい》　煙火《えんか》　太《はなは》だ蕭騒《しょうそう》、

山勢西奔如亂濤
玄海赤關知不遠
行逢商擔賣車螯

山勢西《さんせいにし》に奔《はし》って乱濤《らんとう》の如《ごと》し。
玄海《げんかい》 赤関《せきかん》 知《し》る遠《とお》からざるを、
行《ゆ》く逢《あ》う商担《しょうたん》 車螯《しゃごう》を売《う》るに。

厚狭の宿場

宿場の旅館は夕方になると炊事の煙がいかにもうら寂しく、遠く山並みが西方に向かって怒濤のように連なっている。／道々蛤を売り歩く商人に出逢って、もはや玄界灘や下関に遠くないのを知った。

『詩鈔』巻三、『詩集』巻十一に「厚狭市」と題して収める。〔厚狭〕現在の山口県山陽小野田市、JR厚狭駅付近。『全伝』文政元年三月に「厚狭《あさ》に在り、『行逢三商担売二車螯一』の句あり」とある。〔駅亭〕宿場の旅館。〔煙火〕炊事の煙。〔蕭騒〕もの寂しいさま。〔乱濤〕乱れたつ波の意か。〔玄海〕玄界灘。〔赤関〕赤間関《あかまがせき》。現在の山口県下関市。〔行〕道すがら。〔商担〕「商」は行商人、「担」は商人がかつぐ荷物。〔車螯〕ハマグリの一種。

7 長府邂逅舊友田廷錫留宿轟飲府城外有潮滿潮乾二隝

長府《ちょうふ》にて旧友田廷錫《きゅうゆうでんていせき》に邂逅《かいこう》し留宿《りゅうしゅく》 轟飲《ごういん》す。府《ふ》の城外《じょうがい》に潮満《ちょうまん》・潮乾《ちょうかん》の二《に》島《とう》有《あ》り

得酒如潮滿

酒《さけ》を得《う》ること潮《うしお》の満《み》つるが如《ごと》く、

失酒如潮乾
吾因二島名
得知酒中歡
商船來往二隝間
百斛眞珠輸伊丹
此地逢君得不酔
況有鮮鱗雪迸盤
未到赤關且留滯
任它春潮帶雨寒

酒《さけ》を失《うしな》うこと潮《うしお》の乾《ひ》るが如《ごと》し。
吾《わ》れ二島《にとう》の名《な》に因《よ》って、
知《し》るを得《え》たり酒中《しゅちゅう》の歓《かん》。
商船来往《しょうせんらいおう》す二島《にとう》の間《かん》、
百斛《ひゃっこく》の真珠《しんじゅ》 伊丹《いたみ》に輸《ゆず》らんや。
此《こ》の地《ち》 君《きみ》に逢《あ》って酔《よ》わざるを得《え》んや、
況《いわん》や鮮鱗《せんりん》雪《せつ》の盤《ばん》に迸《ほとばし》る有《あ》るをや。
未《いま》だ赤関《せきかん》に到《いた》らずして且《しばら》く留滞《りゅうたい》す、
さもあらばあれ春潮《しゅんちょう》 雨《あめ》を帯《お》びて寒《さむ》し。

長府で旧友の小田《おだ》南陔《なんがい》に会い、その家に泊まって痛飲した。町の沖合いには満珠《まんじゅ》島・干珠《かんじゅ》島の二島があった

潮が満ちるように酒を得、潮が引くように酒がなくなる。／私は「満珠」「干珠」の二島の名前によって、酒の愉しみを知った。／この二島の間を往来する商船によって運ばれてくる百斛の酒には、伊丹の酒といえどもかなわないことだ。／このような地であなたと会って酔わないでいられようか、ましてや新鮮な魚が大皿に盛られているというのに。／まだ下関にたどり着かないが、暫くこの長府の地に逗留することとしよう、たとえ春の潮に寒々と雨が降り注いでいても。

この詩は『詩鈔』には見えず、『詩集』巻十一にのみ収める。『詩集』の注に「詩題、始メ『長府文学小田廷錫。余故人也。要レ余留歓数日。戯作。吾戸蓋自レ此進矣。』ニ作ル」とある。〔**長府**〕現在の山口県下関市の一部。江戸時代は長府藩の中心地で城下町として栄えた。〔**田廷錫**〕小田南陔のこと。藩校敬業館の訓導を経て、侍講になった。『全伝』文政元年四月に「長府に入り、小田南畡（ママ）〔名圭・字廷錫・称順蔵―廿九歳〕を訪ひ留宿」とある。〔**轟飲**〕痛飲する。〔**潮満・潮乾二島**〕長府の沖合いに浮かぶ満珠島・干珠島の二島のこと。「隝」は「島」の異体字。『日本書紀』巻二に、潮の満ちる玉〔潮満《しおみ》つ瓊《に》〕を海水に漬けたら潮がたちまち満ち、潮の引く玉〔潮涸《ひ》る瓊〕を漬けたら潮がひとりでに引くという伝説が見える。〔**吾因二島名**〕ここの「島」の字を『詩集』は「隝」に作る。〔**斛**〕容量の単位。〔**真珠**〕酒。唐の李賀の「将進酒」の詩に「小槽 酒滴って真珠紅なり」とある。〔**輸伊丹**〕伊丹の酒にどうして劣ることがあろうか、という反語の意にとる。山陽が伊丹の酒を好んだことは34「七星春歌」に見えている。それよりもまさると地酒を褒めた句。〔**鮮鱗雪**〕新鮮な魚。〔**任它**〕たとえ〜であっても。

8　廷錫内人索書戯作　　廷錫《ていせき》の内人《ないじん》 書《しょ》を索《もと》む。戯《たわむ》れに作《つく》る

玉腕溪藤兩絕瑕　　玉腕《ぎょくわん》 渓藤《けいとう》 両《ふた》つながら瑕《きず》を絶《た》ち、
强人落墨墨親磨　　人《ひと》に強《し》いて墨《すみ》を落《お》とさしめ墨《すみ》親《みずか》ら磨《す》る。
與君雲鬟爭新樣　　君《きみ》の雲鬟《うんかん》と新様《しんよう》を争《あらそ》うも、
漫縮秋蛇柰拙何　　漫《みだ》りに秋蛇《しゅうだ》を縮《わが》ねて拙《せつ》を奈何《いかん》せん。

廷錫の夫人が私に揮毫を求めてきた。そこで戯れに詩を作った
あなたの白い細腕は剡州《せんしゅう》の紙に劣らず非の打ちどころがなく、無理やり私に字を書かせるために自分で墨をすっていらっしゃる。／私の墨書とあなたの黒々としたまげとでどちらが斬新か形を競ってみるが、この拙い書ときたらやたらに筆をくねくねさせるばかりで、どうしようもない。

この詩は『詩鈔』には見えず、『詩集』巻十一にのみ収める。また『全伝』文政元年四月に次の9とともに録する。**〔廷錫〕**7の注参照。**〔内人〕**夫人。**〔玉腕〕**夫人の美しい手をいう。**〔渓藤〕**剡州名産の紙。剡州は浙江省の県名で、紙の産地。**〔絶瑕〕**少しも欠点がない。**〔墨親磨〕**本来なら「親磨墨」（親ら墨を磨る）というべきところを、韻と平仄の関係でこの語順となった。**〔君〕**廷錫の夫人を指す。**〔雲鬢〕**高く円形に結った美しいまげ。『詩集』『全伝』は「雲鬟」に改める。**〔新様〕**新しい様式。**〔綰秋蛇〕**草書の筆勢が輪に巻いて結ぶような形になっていることをいう。**〔拙奈何〕**自分の拙い書はどうすればよいのだろう。結局、自分の墨書は夫人の美しい黒髪に及ぶべくもない。

9　廷錫又令内人理吾髪　　廷錫《ていせき》又《ま》た内人《ないじん》をして吾《わ》が髪《かみ》を理《おさ》めしむ

不獨調羹侑客卮　　独《ひと》り羹《あつもの》を調《ととの》え客《きゃく》に卮《さかずき》を侑《すす》むるのみならず、
平梳理我髪離披　　平《たい》らかに我《わ》が髪《かみ》の離披《りひ》たるを梳理《そり》す。
二毛羞不青青鬢　　二毛《にもう》羞《は》ず青青《せいせい》たる鬢《びん》にあらずして、

應似佗時雪藕絲　応《まさ》に似《に》るべし佗時《たじ》 雪藕《せつぐう》の糸《いと》。

廷錫がさらに夫人に私の髪を整えさせる

夫人は料理を作り、客人に杯をすすめるだけでなく、乱れた私の髪を平らに梳《す》く。／白髪まじりの私は鬢《びん》の毛が黒々としておらず、いつか真っ白になるに違いないのを恥じるばかり。

この詩は『詩鈔』には見えず、『詩集』巻十一にのみ収める。また『全伝』文政元年四月に録する。〔**理吾髪**〕「理髪」は、くしで髪を整える。〔**調羹**〕食物を調理する。〔**卮**〕さかずき。〔**平**〕『詩集』『全伝』は「且」に作る。〔**梳理**〕髪をすく。〔**我**〕『詩集』『全伝』は「吾」に作る。〔**離披**〕不揃いなさま。〔**二毛**〕白髪まじりの人。〔**青青**〕黒々としているさま。〔**鬢**〕頭の左右側面の耳ぎわの毛。〔**佗時**〕将来。〔**雪藕糸**〕若いハスの繊維から取る糸。若いハスは色が白いので「雪藕」という。ここでは白髪に喩える。

10　題劉先主像　　劉先主《りゅうせんしゅ》の像《ぞう》に題《だい》す

雷霆當初故戰兢　雷霆《らいてい》 当初《とうしょ》 故《ことさら》に戦兢《せんきょう》、
蛟龍至竟見飛騰　蛟竜《こうりゅう》 至竟《しきょう》 飛騰《ひとう》を見《あら》わす。
童童一樹柔桑綠　童童《どうどう》たる一樹《いちじゅ》 柔《じゅう》 桑緑《そうみどり》に、
化作蜀山青萬層　化《か》して蜀山《しょくざん》の青《あお》き万層《ばんそう》と作《な》る。

劉備の肖像画に詩を書きつける
雷の音に初めはわざと恐れたふりをしたが、みずちは最後は天に上った。／一本のよく茂った緑のクワの若葉が、蜀の山で幾重にもかさなる青い層と化したように。

この詩は『詩鈔』には見えず、『詩集』巻十一にのみ収める。なお第三・四句が文政八年の作「三国の人物を詠ず。十二絶句」（『詩鈔』巻八・『詩集』巻十八）の「先主」の詩の第三・四句に酷似しており、その詩の初案かもしれない。〔劉先主〕三国時代の蜀の劉備《りゅうび》（一六一～二二三）のこと。〔雷霆〕かみなり。〔故戦兢〕わざと恐れおののく。劉備が曹操《そうそう》と当世の名臣の品定めをしていた時、「当今の英雄は君と私だけだ」という曹操の言葉に驚いて箸をとり落としたことを踏まえる。実際は曹操の言葉に驚いたのを、たまたまこの時に轟いた雷鳴におののいたように装ったので「故に」という。このことは『三国志』蜀書・先主伝の注に引く『華陽国志』に見える。〔蛟竜〕みずち。想像上の動物で、竜の一種。〔至竟〕結局。ついに。〔見飛騰〕みずちは水を得ると、霧や雲をおこして天に昇るという。ここでは劉備が蜀王朝を立てて帝位についたことを指す。〔童童〕よく茂っているさま。〔柔桑〕クワの若葉。劉備の育った家のそばによく茂ったクワの樹があったことが「先主伝」に見える。〔蜀山〕蜀（四川省）の山の総称。〔青〕唐の白居易の「長恨歌《ちょうごんか》」に「蜀江の水は碧に蜀山は青し」とある。〔万層〕幾重にも重なった層の意か。

11　題源鎮守献弓鎮夢魘圖　「源　鎮守《みなもとのちんじゅ》　弓《ゆみ》を献《けん》じて夢魘《むえん》を鎮《しず》むる図《ず》」に題《だい》す

萬骨枯餘唯一弓
龍鍾白首爲誰雄
此身不及脩蛇影
鎭夢猶參宸幄中

万骨《ばんこつ》枯《か》れて余《あま》すは唯《た》だ一弓《いっきゅう》、
竜鍾《りゅうしょう》 白首《はくしゅ》 誰《た》が為《ため》にか雄《ゆう》なる。
此《こ》の身《み》及《およ》ばず脩蛇《しゅうだ》の影《かげ》、
夢《ゆめ》を鎮《しず》めて猶《な》お宸幄《しんあく》の中《うち》に参《まい》るに。

「源義家《みなもとのよしいえ》が弓を献上して白河法皇が夢にうなされるのを鎮める図」に詩を書きつける

いくさに命を落とした幾多の武士たちの骨はみな朽ち果ててただ一本の弓を残すだけだ。この老いた白髪頭はいったい誰のために意気盛んに手柄を立てようとしたのか。／弓は夢を鎮めるために献上されて天子のおそばにあるというのに、それにひきかえ我が身はいつまでも朝廷から報いられず、この一本の弓にも及ばないことだ。

『詩鈔』巻三に「題八幡太郎献弓鎮夢魘図」と題して収める詩の初案。『詩集』巻十一は初案の方を録するが、『詩鈔』と同じ題に改める。なお「西遊詩巻」にはこの詩の後に「藝國頼襄録」（芸国《げいこく》の頼襄《らいのぼる》録《ろく》す）の五字と「頼襄」「子成」の朱文印がある。**〔源鎮守〕**源義家（一〇三九～一一〇六）。平安時代後期の武将で、八幡太郎と号し、陸奥守兼鎮守府将軍となった。**〔献弓鎮夢魘〕**白河法皇が恐ろしい夢にうなされていた時、これを鎮めるため義家に命じて兵器を献上させた。義家が黒塗りの弓を一本献じて法皇の枕元に立てたところ夢にうなされなくなった、と『日本外史』巻二にある。**〔万骨枯余唯一弓〕**『詩集』は「唯」を「只」に作る。『詩鈔』は「百戦瘢痍未酢功」に改める。**〔竜鍾〕**老いさらばえているさま。〔白首為誰雄〕「白首」は、しらが頭。義家を指す。『唐詩選』にとられる陳子《ちんす》昂《ごう》の「祀山《しざん》の烽樹に題して喬《きょう》十二侍御に贈る」の詩に「憐れむべし驄馬の史、白首 誰が為にか雄なる」とある。〔此身不及脩蛇影〕「此身」は義家を指す。「脩蛇影」は大蛇の影。壁にかけてあった弓が杯の酒に映ったのを杜《と》宣《せん》が蛇と間違えた故事（『風俗通義』怪神）を踏まえ、ここでは弓の意に用いる。義家が前九年の役や後三年の役などの東征で戦功を挙げながら、結局低い官位のまま終わったことをいう。『詩鈔』は「黒蛇影」に改める。〔鎮夢猶参宸幄中〕「宸幄」は、天子の居場所に張り巡らしたとばり。『詩鈔』は「得近五雲香暖中」に改める。

12　赤關遇大含禪師師將東遊觀富岳賦贈
　赤関《あかまがせき》にて大含禅師《だいがんぜんじ》に遇《あ》う。師将《しまさ》に東遊《とうゆう》して富岳《ふがく》を観《み》んとす。賦《ふ》して贈《おく》る

吾來泛火海　　吾《わ》れ来《き》たりて火海《かかい》に泛《うか》び、
君往上富山　　君《きみ》往《ゆ》きて富山《ふざん》に上《のぼ》る。
相逢赤關下　　相《あ》い逢《あ》う赤関《せきかん》の下《もと》、
握手暫破顔　　握手《あくしゅ》して暫《しばら》く破顔《はがん》す。
雖無酒腸海不測　　酒腸《しゅちょう》の海《うみ》の測《はか》られざる無《な》しと雖《いえど》も、
自有詩格山難攀　　自《おのずか》ら詩格《しかく》の山《やま》の攀《よ》じ難《がた》き有《あ》り。
共把醒眼評山海　　共《とも》に醒眼《せいがん》を把《と》って山海《さんかい》を評《ひょう》し、
采眞歸來重合歡　　采真《さいしん》帰《かえ》り来《き》たりて重《かさ》ねて合歓《ごうかん》す。

取吾火海火　吾《わ》が火海《かかい》の火《ひ》を取《と》って、
融君富山雪　君《きみ》が富山《ふざん》の雪《ゆき》を融《と》かん。
煎君雲華喫七椀　君《きみ》が雲華《うんげ》を煎《に》て七椀《しちわん》を喫《きつ》せば、
四腋生風凌列缺　四腋《しえき》風《かぜ》を生《しょう》じて列欠《れつけつ》を凌《しの》がん。
與君下視大八洲　君《きみ》と大八洲《おおやしま》を下視《かし》せば、
海如蹄涔山如垤　海《うみ》は蹄涔《ていしん》の如《ごと》く山《やま》は垤《ありづか》の如《ごと》くならん。

禪師不解飮。其山產茶、名曰雲華。此回亦與余茗飲劇談。故云。
禅師《ぜんじ》 飲《いん》を解《かい》せず。其《そ》の山《やま》、茶《ちゃ》を産《さん》し、名《な》づけて雲華《うんげ》と曰《い》う。此《こ》の回《たび》亦《ま》た余《よ》と茗飲劇談《めいいんげきだん》す。故《ゆえ》に云《い》う。

下関にて大含禅師《だいがんぜんじ》に会った。禅師は富士山を見に東へ旅立とうとしていた。そこで詩を作って贈った

私は東から来て肥後の海に浮かぼうとし、あなたは西から行って富士山に登ろうとする。／この下関で会い、握手して暫し顔をほころばせた。／あなたの酒量はさほど多くはないが、詩の格調にはおのずと他者の追随を許さぬ高さがある。／ともに醒めたまなざしで山海の景物を評し、とらわれない自由の世界に帰ってなお一層喜びを共にした。／私が行こうとする肥後の海（火海）の火で、あなたが登ろうとする富士山の雪を溶かそう。／あなたの下さった茶を煎じて七杯めを飲むと、二人とも両腋

から風を生じていなずまの上を凌いで飛ぶような気分になる。／あなたと共に空から諸国を眺めてみたら、きっと海はたまり水、山は蟻塚のように小さく見えるだろう。

大含禅師は下戸であられる。禅師のおられる山では茶を産し、雲華《うんげ》と命名されている。禅師はこの度また私と茶を飲んで愉快に語り合われた。そこで私はこのような詩を作った。

『詩鈔』巻三に「遇大含師師将東遊上岳賦此為贈」、『詩集』巻十一に「遇大含師」と題して収める詩の初案。**〔大含禅師〕**一七七三～一八五〇。豊前国正行寺の学僧。号は雲華《うんげ》。『全伝』によれば、文政元年三月二十四日、富士登山への道中、山陽と下関で出会って、ともに阿弥陀寺（現在の赤間神宮）の先帝会《せんていえ》（現在の先帝祭）を拝観した。山陽と大含禅師との交遊については中村真一郎『頼山陽とその時代（中）』第三部三・西遊中の知人たち一九二～二〇〇頁に詳しい。**〔吾来泛火海、君往上富山〕**「火海」は肥後の海。肥後の「肥」は古くは「火」と書いた。『詩鈔』『詩集』はこの二句を「吾泛火海君富山」の一句に改める。**〔相逢赤関下、握手蹔破顔〕**『詩鈔』『詩集』は「相逢握手赤馬関」の一句に改める。**〔酒腸〕**酒量。**〔海〕**きわめて多い喩え。**〔把〕**～によって。**〔醒眼〕**ここでは、酒を飲めないがゆえの、酔っていない眼の意。**〔采真〕**自然に任せて作為を弄さない境地。『荘子』天運篇に見える言葉。**〔合歓〕**喜びをともにする。『詩鈔』『詩集』は「尽歓」に改める。**〔雲華〕**茶の別称。**〔四腋生風〕**『古文真宝』前集にとられる唐の盧仝《ろどう》の「茶歌」に「七碗にして喫するを得ず、唯だ覚ゆ両腋習習として清風生ずるを」とあり、美味しい茶を飲んだ後、軽やかに空中に舞い上がる気分になることを「両腋生風」（両腋の下に風が生ずる）という。ここは山陽と禅師の二人なので、「四腋」になった。**〔列欠〕**いなずま。**〔下視〕**高い所から下を見る。**〔大八洲〕**日本の古称。**〔蹄涔〕**牛馬の足跡にたまった水。僅かな量の喩え。**〔垤〕**蟻塚。この最後の句に似た用例としては、『芸文類聚《げいもんるいじゅう》』巻七十八に引く東晋・郭璞《かくはく》の「遊仙詩」に「東海は猶お蹄涔のごとく、崑崙は蟻堆の若し」とある。〔不解飲〕酒が飲めない。『詩鈔』『詩集』ともに「禅師不解飲」以下の二十四字を欠く。但し『詩集』の注に「当時、未ダ酒腸ヲ具ヘズ、雲華、亦飲ニ禁ヘズ、『醒眼』ノ句アル所以。『雲華』ハ、雲華自カラソノ山ニ採リテ製スル所ノ茶銘、即チ取リテ自カラ号トナセルナリ」という。〔茗飲〕茶を飲む。〔劇談〕愉快に語り合う。

13　題禪師畫蘭余平生愛蘭京寓有盆栽在

禅師《ぜんじ》の画蘭《がらん》に題《だい》す。余《よ》 平生《へいぜい》 蘭《らん》を愛《あ》す。京寓《けいぐう》に盆栽《ぼんさい》の在《あ》る有《あ》り

磁斗曾栽玉幾莖　磁斗《じと》曽《かつ》て栽《さい》す玉幾茎《ぎょくいくけい》、
客窻風雨毎關情　客窓《かくそう》 風雨《ふうう》 毎《つね》に情《じょう》に関《かん》す。
輸君橐裡一螺墨　君《きみ》に輸《ゆ》す橐裏《たくり》の一螺墨《いちらぼく》、
密葉疎花隨處生　密葉《みつよう》 疎花《そか》 随処《ずいしょ》に生《しょう》ずるに。

大含禅師が画いた蘭に題する。私はもともと蘭を好む。京都の家にも鉢植えの蘭がある。
磁器製の酒器にこれまで純白の蘭をいくつ育ててきただろうか。旅先では雨や風のたびに家に置いてきたそれらの蘭が気になることだ。／あなたの荷物の中から一枚の墨画が現れて、それにすき間なく茂ったみごとな葉やまばらに咲いた花が描かれているのを見ると、私の蘭などとてもかなわない。

この詩は『詩鈔』には見えず、『詩集』巻十一に「題大含師画蘭似東道〔広江〕殿峰老人」と題して収める。〔禅師〕大含禅師。12参照。〔京寓〕京都の家。〔盆栽〕ここでは鉢植えの蘭を指すか。〔磁斗〕磁器製の酒器の意か。〔玉〕透き通って純白なものを喩える。ここでは蘭を指す。〔客窓〕旅の宿。〔関情〕心を動かす。〔輸〕負けてしまう。〔君〕大含禅師を指す。〔嚢裏〕ふくろの中。〔螺〕墨を数える助数詞。

14　赤關寓居題嵐峽春遊圖　　赤関《あかまがせき》の寓居《ぐうきょ》にて「嵐峡春遊図《らんきょうしゅんゆうず》」に題《だい》す

響洋波浪曉昏譁　　響洋《きょうよう》の波浪《はろう》 暁昏《ぎょうこん》譁《かまびす》しく、
海驛東風不見花　　海駅《かいえき》の東風《とうふう》 花《はな》を見《み》ず。
想得嵐山好時節　　想《おも》い得《え》たり嵐山《らんざん》の好時節《こうじせつ》、
香雲堆裡沸箏琶　　香雲堆裏《こううんたいり》 箏琶《そうは》沸《わ》くを。

赤關西北、接玄海處、俗呼闇澤。
赤関《あかまがせき》の西北《せいほく》、玄海《げんかい》に接《せっ》する処《ところ》を、俗《ぞく》に闇沢《あんたく》と呼《よ》ぶ。

下関の仮住まいで「嵐峡春遊図」に題する

響灘《ひびきなだ》の波はひねもす騒がしく、下関では春風は吹くもののまだ桜は咲いていない。／京都の嵐山《あらしやま》では春のよい季節になれば、一面の桜の咲く中、箏《そう》と琵琶の音が響き渡るのを思い出した。

下関の西北、玄界灘《げんかいなだ》に面するあたりを、俗に闇沢《あんたく》と称する。

この詩は『詩鈔』には見えず、『詩集』巻十一にのみ収める。〔嵐峡〕京都の嵐山の麓を流れる大堰川の山峡。〔響洋〕響灘。山口県の西方、福岡県北方の海域。〔波浪〕『詩集』は「放浪」に誤る。但し、注には「『波浪』、初メ『潮信』ニ作ル」とある。〔暁昏〕朝から晩まで。〔海駅〕港。ここでは下関を指す。〔東風〕春風。〔嵐山〕京都市の西にある山。桜の名所。〔香雲〕かぐわしい雲。一説に花が一面に咲くさま。李白の「山僧を尋ねて遇わざるの作」の詩に「香雲遍く山に起こり、花雨 天従《よ》り来たる」とある。〔堆裏〕（香雲が）積み重なっている中に。〔箏琶〕箏と琵琶。箏は竹製の弦楽器で、琴の一種。琵琶は四弦の弦楽器で、胴は梨形、柄に四本の柱があるもの。〔赤関西北……〕この注記は『詩集』には見えない。

15　檀浦行　傚李長吉體　　檀浦行《だんぽこう》　李長吉《りちょうきつ》の体《たい》に倣《なら》う

赤關東口、海山相迫處爲檀浦。平氏擧族挾養和帝投海者也。

赤関《あかまがせき》の東口《とうこう》、海山相《かいざんあ》い迫《せま》る処《ところ》を檀浦《だんのうら》と為《な》す。平氏《へいし》の族《ぞく》を挙《あ》げて養和帝《ようわてい》を挟《さしはさ》み海《うみ》に投《とう》ぜし者《もの》なり。

海鹿吹浪鼓聲死　　海鹿《かいろく》　浪《なみ》を吹《ふ》いて鼓声《こせい》死《し》し、
龍衣出沒狂瀾紫　　竜衣《りゅうい》　出没《しゅつぼつ》して狂瀾《きょうらん》　紫《むらさき》なり。
敗鱗蔽海春風腥　　敗鱗《はいりん》　海《うみ》を蔽《おお》って春風《しゅんぷう》　腥《なまぐさ》く、
蒼溟變作桃花水　　蒼溟《そうめい》変《へん》じて桃花水《とうかすい》と作《な》る。
獨有介蟲喚姓平　　独《ひと》り介虫《かいちゅう》の姓《せい》　平《へい》と喚《よ》ぶもの有《あ》り、

夕陽蘆根當横行
寄語行人休悽惻
榮衰相更誰得識
君不見鬼武之鬼亦不免餓
身後豚犬交相食

夕陽《せきよう》の蘆根《ろこん》 当《まさ》に横行《おうこう》すべし。
語《ご》を寄《よ》す行人《こうじん》 悽惻《せいそく》するを休《や》めよ、
栄衰《えいすい》相《あ》い更《あらた》まること誰《たれ》か識《し》るを得《え》ん。
君見《きみみ》ずや鬼武《きぶ》の鬼《き》も亦《ま》た餓《う》うるを免《まぬか》れず、
身後《しんご》 豚犬交《とんけんこもご》も相《あ》い食《は》みしを。

浦上產蟹。面目猙獰、呼平家蟹。鬼武、源將軍小字。將軍殲平族、未廿餘年、二子相仇、覇業頓墜。余嘗著日本外史、於源平二家興替、最致意焉。今經此地、欲作一長歌、以敍其事、旅況倥偬、未暇及也。姑爲短章、託言傚古。必惹觀者姍笑耳。襄識。

浦上《ほじよう》に蟹《かに》を産《さん》す。面目猙獰《めんもくそうどう》たり、平家蟹《へいけがに》と呼《よ》ぶ。鬼武《きぶ》とは、源 将軍《みなもとのしようぐん》の小字《しようじ》なり。将軍《しようぐん》 平族《へいぞく》を殲《つ》くして、未《いま》だ廿余年《にじゅうよねん》ならざるに、二子《にし》相《あ》い仇《あだ》し、覇業頓《はぎようとみ》に墜《お》ちたり。余嘗《よかつ》て『日本外史《にほんがいし》』を著《あらわ》すに、源平二家《げんぺいにか》の興替《こうたい》に於《お》いて、最《もっと》も意《い》を致《いた》せり。今《いま》、此《こ》の地《ち》を経《へ》て、一長歌《いちちようか》を作《つく》り、以《も》って其《そ》の事《こと》を叙《じよ》せんと欲《ほっ》するも、旅況倥偬《りよきようこうそう》にして、未《いま》だ及《およ》ぶに暇《いとま》あらざるなり。姑《しばら》く短章《たんしよう》を為《つく》り、言《げん》を託《たく》し古《いにし》えに倣《なら》う。必《かなら》ず観《み》る者《もの》の姍笑《さんしよう》を惹《ひ》かんのみ。襄識《のぼるしる》す。

壇《だん》ノ浦《うら》の歌。李賀《りが》の詩体にならう

下関の東岸の、海と山が迫った場所を壇ノ浦と呼ぶ。平家が一族で養和《ようわ》帝を抱いて海に身投げしたところである。

いるかが波を吹いて鼓の音が途絶え、帝の紫色の着物が荒れ狂う波間に漂って見えたり隠れたりしている。／兵士の死体があちこちに浮かぶ海面の上を春風が生臭く吹き、青い海が血潮に染まって赤い水に変わる。／ただ一匹平家を名乗る蟹だけが、夕陽に照らされた葦の根元を横切っている。／さまよっている平家の兵の霊に申し上げる、どうかもう悲しみ嘆かれぬように。栄枯盛衰がこれからどう移り変わっていくかは誰にもわからないのだから。／君は知っているだろう、頼朝《よりとも》の死後、子孫が互いに殺しあって滅び、「鬼武者《おにむしゃ》」と呼ばれた彼の霊を祭る者も絶えてしまったことを。

壇ノ浦に蟹を産する。その顔つきは凶悪であり、平家蟹と呼ばれる。「鬼武」は、源頼朝の幼名である。頼朝が平家一族を滅ぼしてから、わずか二十年余りのうちに、彼の二人の子が互いに憎みあった結果、頼朝が成し遂げた覇業は一気に地に堕ちてしまった。私は以前『日本外史』を著した時、源平二家の興亡に関して、最も多く筆を費やした。この地を踏んだ今、長歌一首を作ってその事を述べたかったが、慌ただしい旅ゆえ、その暇がない。しばらく短い詩を作り、李賀の詩のスタイルを真似して言葉に托す。きっと見た人は笑うに違いないが。襄記す。

『詩鈔』巻三、『詩集』巻十一に「壇浦行」と題して収める詩の初案。それらでは「畿甸之山如竜尾、蜿蜒曳海千余里。直到長門伏復起、隔海豊山呼欲膺。帆檣林立北岸市。吾自平安来、行循山勢与之偕。驚看海門潮勢如奔雷、屈曲与山相撃拝。南望予山青一髪、海水漸狭如嚢括。想見九郎駆敵来、平氏如魚源氏獺。岸蹙水浅誰得脱」の九十八字が「海鹿吹浪鼓声死」の句の前に加わり（但し、『詩集』では「奔雷」を「雷奔」に作る）、『詩集』の注に「初稿、『海鹿』以下、タヾ数句ヲ著クルニ過ギザリシヲ、後ニ改メテ、コノ定稿ヲ得タルナリ」という。〔檀浦〕壇ノ浦。下関の東側の海岸のうち、早鞆の瀬戸と呼ばれる、関門海峡の幅の最も狭い所に面した部分の呼称。源平合戦最後の戦場として知られる。なお「檀」は「壇」の誤り。『詩鈔』『詩集』では「壇」に作る。〔行〕歌謡体の長歌。〔李長吉体〕唐の詩人・李賀（七九一〜八一七）の詩のスタイル。長吉は字《あざな》。李賀の詩は『楚辞』や李白の影響を受けた、幻想的でロマンチシズムに富む作風で知られる。〔養和帝〕安徳天皇。在位一一八〇〜八五。平氏とともに西国に都落ちし、壇ノ浦の戦いの時、平清盛の未亡人時子に抱かれ、わずか八歳で入水した。〔海鹿〕ここではいるかの意。壇ノ浦の戦いの前に、平家敗戦の予兆として一、二千頭のいるかが平家の船の下をくぐっていった故事（『平家物語』巻十一）を踏まえる。なおこの話は『平家物語』の諸本に異同が多く、ないものもある。〔浪〕『詩鈔』『詩集』は「波」に改める。〔鼓声死〕いくさの時に打ち鳴らされるつづみの音が途絶える。ここでは平家の軍が敗れたということ。〔竜衣〕天皇の着物。『詩鈔』は「穉竜」、『詩集』は「穆竜」に改める。〔狂瀾〕荒れ狂う大波。〔紫〕紫衣は君主の衣服であり、安徳天皇の着物が波間に漂うさま。〔敗鱗〕魚の死体。戦死して魚のように水に浮かんだ平家の死体を喩える。〔蒼溟〕青々とした海。〔桃花水〕桃の咲く頃の雪解け水。ここでは海が血潮に染まって赤くなるさま。〔介虫喚姓平〕いわゆる平家蟹のこと。〔夕陽蘆根当横行〕『詩鈔』『詩集』はこの句以下を「沙際至今尚横行。嚳（『詩集』は「鑾」に作る）鏊貂蟬両一夢、唯見海山蒼蒼連神京。山日落、海如墨。何物遮船夜啾唧、吾語冤魂且休哭。汝不聞鬼武之鬼亦不免餒、身後豚犬交相食」に改め、その後に「鬼武源右大将小字」の注がある。〔寄語〕伝言する。〔行人〕旅人。ここでは、戦に敗れて死んだ平家の兵の亡霊を指す。〔悽惻〕悲しみいたむ。〔君不見〕歌謡体の詩で読者の注意を促すため、句の冒頭に置かれる常用語。〔鬼武〕源　頼《みなもとのより》朝《とも》（一一四七〜九九）のこと。幼名を鬼武者といった。〔鬼亦不免餓〕源氏が滅亡したことをいう。「鬼」

は死者の魂で、それが「餓」えるとは、子孫が絶滅して、祖先を祭る者がいなくなることを指す。〔身後〕死後。〔豚犬〕子孫に対する謙称。ここでは頼朝の子孫を指す。〔交相食〕互いに殺し合う。頼朝の子・二代将軍頼家《よりいえ》（一一八二～一二〇四）が、頼朝の妻政子《まさこ》の父北条時政《ほうじょうときまさ》（一一三八～一二一五）によって殺され、さらに頼家の弟・三代将軍実朝《さねとも》（一一九二～一二一九）が、頼家の子公暁《くぎょう》によって殺されたことなどを指す。〔浦上産蟹〕『詩鈔』『詩集』は「浦上」以下の九十二字を欠くが、『詩集』の注に「又、初稿書蹟ニ識語アリ」としてその全文を録する。〔二子〕頼家と実朝。〔余嘗著日本外史、於源平二家興替、最致意焉〕山陽の『日本外史』の初稿は二十代で完成していた。全二十二巻中、巻一～巻四が源平二氏の記述にあてられている。〔倥偬〕切迫し、忙しいさま。〔託言〕『文選《もんぜん》』巻十七所収の西晋・陸《りく》機《き》（二六一～三〇三）の「文の賦」に「或いは言を短韻に託し、窮迹に対して孤《ひと》り興る」とある。〔倣古〕詩題にある「倣李長吉体」のことを指す。〔姍笑〕あざ笑う。

16　赤關竹枝詞　節録六首　　赤関竹枝詞《せきかんちくしし》　六首《ろくしゅ》を節録《せつろく》す

A

誰向滄溟收玉魚　　誰《たれ》か滄溟《そうめい》に向《む》かって玉魚《ぎょくぎょ》を収《おさ》めん、
一龕香火當宸居　　一龕《いちがん》の香火《こうか》　宸居《しんきょ》に当《あ》たる。
滿前簪笏今何在　　前《まえ》に満《み》ちし簪笏《しんこつ》　今何《いまいず》くにか在《あ》る、
幾隊鵷行女校書　　幾隊《いくたい》の鵷行《えんこう》　女校書《じょこうしょ》。

下関の歌　六首を選んで書く
誰ももはや海に向かって玉の魚を手向けはしまい。安徳天皇の霊も今では香がたかれ灯明に照らされた厨子《ずし》の中で安らいでいるであろうから。／天皇の御前に満ちていた高官や官女たちは海の藻くずとなって消えてしまったが、今日の先帝会《せんていえ》では、女郎たちが昔の朝廷の官吏のように何隊か行列をなしている。

〔**竹枝詞**〕楽府《がふ》の一種。七言絶句を形式とし、土地の風土や児女の心情などが歌われることが多い。〔**節録六首**〕『詩鈔』巻三、『詩集』巻十一では「戯作赤関竹枝」と題し、前者は八首、後者は十首を収める。但し、以下の詩のうちEについては、『詩鈔』『詩集』とも「赤関雑詩」の一首とする。このAの詩は、『詩鈔』では八首の第一首、『詩集』では十首の第一首として収め、それらは「可憐児女説先皇、幾隊紅粉幾弁香。簪笏満前人不見、金釵猶作鷺鵷行」に改め、「毎歳三月、諸倡詣阿弥陀寺、称先帝会」の注がある。〔**滄溟**〕海。〔**玉魚**〕玉製の魚。副葬品として用いられた。〔**龕**〕神仏の像を安置する小さな入れ物。厨子。〔**香火**〕仏前に供える香と灯明。〔**宸居**〕天子のお住まい。安徳天皇の霊がそこに存在する、という意。当時、安徳天皇の霊を弔っていたのは阿弥陀寺。一一九～一二〇頁の注も参照。〔**簪笏**〕髪を固定するかんざしと笏。転じてそれを身につけた高官の意で、ここでは、平家の公家たちを指す。〔**鵷行**〕朝廷の官吏の行列。ここでは安徳天皇を祭った先帝会において、官女役の女性が整然と列をなしていることを指す。〔**女校書**〕妓女のこと。

B

駐蹕鮫宮歳幾過
水邊猶見簇嬌娥
至今許著輕羅襪
應爲當年凌緑波

蹕《ひつ》を鮫宮《こうきゆう》に駐《とど》めてより歳幾《としいく》たびか過《す》ぐ、
水辺《すいへん》猶《な》お見《み》る嬌娥《きようが》簇《むら》がるを。
今《いま》に至《いた》るまで著《つ》くるを許《ゆる》す軽羅《けいら》の襪《べつ》、
応《まさ》に為《な》すべし当年《とうねん》 緑波《りよくは》を凌《しの》ぐを。

安徳天皇が入水《じゆすい》してからもう幾年が過ぎただろうか。女官たちは天皇と一緒に海に沈んでしまったが、その水辺にある下関の花街は今も美しい女郎たちで賑わっている。／彼女らには今でも薄絹の足袋を履くことが許されているから、かつて天皇に仕えた女官たちと同じように足袋を履いて軽やかに花街を歩いているだろう。

『詩鈔』は八首の第二首、『詩集』は十首の第二首として収める。この詩はその初案。**〔駐蹕〕**天子が行幸して滞在する。『詩鈔』は「託蹕」に改める。**〔鮫宮〕**鮫人（水中に住むという人魚）がいる所。ここは安徳天皇が壇ノ浦の戦いで入水したことに喩える。『詩鈔』『詩集』は「蛟宮」に改める。**〔簇嬌娥〕**「嬌娥」は美人。『詩鈔』『詩集』は「旧宮娥」に改める。**〔軽羅襪〕**軽い薄絹の足袋。下関の遊女は足袋を履く習慣があった。**〔為〕**『詩鈔』『詩集』は「記」に改める。**〔当年〕**『詩鈔』『詩集』は「朝天」に改める。**〔凌緑波〕**青々とした波を渡って行く。「凌波」は「陵波」と同じで、波に乗って進むように軽やかな美人の歩みをいう。『文選』巻十九に収める三国魏の曹植《そうしよく》の「洛神の賦」に「波を陵《しの》いで微《ようや》くに歩み、羅

轥 塵を生ず」とあるのに拠る。

C

疊疊春帆破海煙
意中人到定今年
明眸一様凝秋水
姊望丹船妹越船

畳畳《じょうじょう》たる春帆《しゅんぱん》 海煙《かいえん》を破《やぶ》る、
意中《いちゅう》の人《ひと》到《いた》るは定《さだ》めて今年《こんねん》ならん。
明眸一様《めいぼういちよう》に秋水《しゅうすい》を凝《こ》らし、
姉《あね》は丹船《たんせん》を望《のぞ》み妹《いもうと》は越船《えつせん》。

何艘もの春の船が海上のもやを破って近づくのが見える。恋人はきっと今年にはやって来るに違いない。／美しいひとみの美人は同じように遠くを凝視して、姉は丹後の船、妹は北陸路の船をじっと見つめている。

『詩鈔』は八首の第三首、『詩集』は十首の第三首として収める。〔**畳畳**〕幾重にも重なりあっているさま。〔**春帆**〕春の船。〔**海煙**〕海上のもや。〔**意中人**〕恋人。〔**定**〕きっと。〔**明眸**〕ぱっちりした目の美人。〔**秋水**〕澄んだ目の喩え。〔**丹船**〕丹後の船。〔**越船**〕北陸方面の船。

D

萬罌攝酒附商舟
堆岸黄包映綠油
醥烈尤推鶴字號
駕人醉夢上揚州

万罌《ばんおう》の摂酒《せつしゅ》 商舟《しょうしゅう》に附《ふ》し、
堆岸《たいがん》の黄包《こうほう》 緑油《りょくゆう》に映《えい》ず。
醥烈《ひょうれつ》尤《もっと》も推《お》す鶴字《つるじ》号《ごう》、
人《ひと》を酔夢《すいむ》に駕《の》せて揚州《ようしゅう》に上《のぼ》らしむ。

おびただしい数の灘や伊丹の酒樽が商船によって運ばれ、岸にうずたかく積まれた黄色いこも被《かぶ》りが緑色の海面に映っている。／香りのよさでは「鶴」の銘柄の酒が第一で、人を気持ちよくして思いのままの境地に至らせる。

『詩鈔』では八首の第六、『詩集』では十首の第六に置く。この詩はその初案。『全伝』文政元年三月二十四日に「初稿」としてやや字句を異にする詩を載せる。〔**万罌**〕おびただしい数のかめ。「罌」はここでは酒樽の意か。『詩鈔』『詩集』は「年年」に改める。〔**摂酒**〕摂津の国の酒。すなわち、灘や伊丹の酒。当時すでに最上級の酒として全国的に販路を持っていた。山陽が伊丹の剣菱《けんびし》を愛飲したのは有名。〔**附**〕車や舟に乗る。〔**堆岸黄包映緑油**〕「黄包」はこも包みの酒樽を指すか。「緑油」は緑水、海岸の水面。この一句を『全伝』は「黄包貯緑堆岸頭」に作り、『詩鈔』『詩集』は「磊落万罌堆岸頭」に改める。〔**醥烈**〕未詳。香りの良い清酒の意か。『全伝』『詩鈔』『詩集』は「清醥」に作る。〔**鶴字號**〕鶴の字がつく酒の銘柄。『全伝』文政元年三月二十四日に「赤関に洋〔灘〕の酒の鶴と単呼〔白鶴〕するものあり」。

〔酔夢〕酔ったり夢を見たりした時のようなわけのわからない状態。〔上揚州〕思いのままの境地に至る。故事に、腰に十万貫の銭を纏い、鶴に乗って揚州に上ることで三つの欲望（揚州の刺史になること、財産を築くこと、鶴に乗って空を飛ぶこと）が満たされるとしたこと（『淵鑑類函』鳥部三・鶴三に引く『殷芸小説《いんうんしょうせつ》』に見える）に基づくが、ここでは「鶴」の銘柄の酒を飲むことで愉快な境地に至る意。また唐の杜牧《とぼく》の「遣懐」の詩の一句「十年一たび覚《さ》む揚州の夢」をも踏まえる。なお『詩鈔』は「揚」を「楊」に作る。

E

幾點漁燈亂月光
桅竿無影夜茫茫
依稀認得泊船處
煙外有人呼賣漿

幾点《いくてん》の漁灯《ぎょとう》 月光《げっこう》を乱《みだ》し、
桅竿《きかん》 影《かげ》無《な》く夜茫茫《よるぼうぼう》。
依稀《いき》として認《みと》め得《え》たり船《ふね》を泊《はく》する処《ところ》、
煙外《えんがい》 人有《ひとあ》り呼《よ》んで漿《しょう》を売《う》る。

月明かりの中、何艘かの漁船のいさり火が見えるが、それ以外は帆柱の影もなく、一面の夜霧に覆われている。／もやの向こうから聞こえる飲み物を売る人の声で、そのあたりに船が停泊しているらしいのがぼんやりわかる。

『詩鈔』『詩集』ともに「赤関雑詩」の第三首として収める。〔漁灯〕漁船の明かり。いさり火。〔桅竿〕

帆柱。〔茫茫〕はっきりしないさま。ここでは夜霧で視界が遮られることをいう。〔依稀〕ぼんやりとして明らかでないさま。

F

藏橙戸戸及東風
和得豚羹味不窮
纖手擘開黄玉顆
愛佗香霧噀春葱

橙《とう》を蔵《ぞう》して戸戸《ここ》　東風《とうふう》に及《およ》び、
豚羹《とんこう》に和《わ》し得《え》て味《あじ》わい窮《きわ》まらず。
纖手《せんしゅ》擘《つんざ》き開《ひら》く黄玉《こうぎょく》の顆《か》、
愛《あい》す佗《かれ》が香霧《こうむ》の春葱《しゅんそう》に噀《ふ》くを。

どの家もみなかぼすを蓄えて春を迎え、河豚料理に絞って無限の味わいを作り出す。／女性がその黄色い果実を剝《む》く時、香ばしい果汁がしなやかな手に向かって弾け飛ぶのにうっとりする。

『詩鈔』は八首の第八首、『詩集』は十首の第八首として収める。この詩はその初案。〔橙〕だいだい、ゆずの類。ここはかぼすを指す。〔戸戸〕家々。どの家も。〔及〕『詩鈔』『詩集』は「候」に改める。〔東風〕春風。〔豚羹〕ここでは河豚を煮た料理をいう。山陽の「赤関竹枝の稿本の後に書す」（『頼山陽全書』所収の『頼山陽文集』外集七四五～七四七頁）に「赤関の人、河豚を食らう。婦人小児と雖も皆な然り。旅客の敢えて食らわざる者を視れば、嗤《わら》って以って怯と為す。余甘んじて嗤咲《ししょう》（＝嘲笑）を受け、而して食らわざるなり。或るひと教うるに一法を以ってし、賽河豚《ふぐもどき》と曰う。その法に、海魚の味わい淡き者を取って、その肉を聶切《しょうせつ》（＝切って薄片にする）し、塩豉《えんし》（＝味噌の類）もてこれを烹《に》る。太《はなは》だ熟《に》ること勿かれ。随って烹、随って取り（＝煮るはしから取り出してゆき）、葱白《そうはく》（＝葱の白い部分）・椒《しょう》紅《こう》（＝トウガラシの外皮）・萊菔《らいふく》（＝大根）の三物の末なる者（＝細かく砕いたり卸したりしたもの）を和して、下《お》とすに橙瀋《とうしん》（＝かぼすの汁）を以ってすれば、風味、西施乳《せいしにゅう》（＝河豚の腹中の白い部分）に髣髴《ほうふつ》たりと云う」とある。〔纖手〕女性の細く柔らかな手。『詩鈔』『詩集』は「纖指」に改める。〔佗〕『詩鈔』『詩集』では「他」に改める。〔哄〕水分を吐き出す。ここではかぼすから香気が弾け飛ぶ意。

〔春葱〕女性のしなやかな手を喩える。

關頭阿彌陀寺安養和帝像。毎歳暮春幾望、妓女成隊進香、曰先帝會。海内妓院、許穿羅襪者、唯赤關耳。稱養和宮人之遺傳承至今。

関頭《かんとう》の阿弥陀寺《あみだじ》 養和帝《ようわてい》の像《ぞう》を安《やす》んず。毎歳暮春幾《まいさいぼしゅんき》望《ぼう》、妓女《ぎじょ》 隊《たい》を成《な》して香《こう》を進《すす》むるを、先帝会《せんていえ》と曰《い》う。海内《かいだい》の妓院《ぎいん》、羅韈《らべつ》を穿《は》くを許《ゆる》す者《もの》は、唯《た》だ赤関《あかまがせき》のみ。養和《ようわ》の宮人《きゆうじん》の遺《い》 伝承《でんしょう》して今《いま》に至《いた》ると称《しょう》す。

下関の阿弥陀寺には安徳天皇の像が安置してある。毎年春三月十四日、妓女たちが隊列を成して焼香する儀式を、「先帝会」と称する。全国の妓楼のうち、妓女に薄絹の足袋を履くのを許しているのは、下関だけである。安徳天皇に仕えた女官たちの遺風が伝承して今なお残っているといわれている。

この五十一字は『詩鈔』『詩集』には見えない。但し、Aの自注に「毎歳三月、諸倡詣阿弥陀寺、称先帝会」、Bの自注に「倡著襪、佗処所無云」とある。なお「西遊詩巻」にはこの後に「子成」の二字と「襄印」「子成」の白文印がある。〔関頭〕国境上の関所、出入口。ここでは下関を指す。〔阿弥陀寺〕現在の赤間神宮。安徳天皇を祭神とする神社であるが、明治以前は寺であった。〔養和帝〕15の注を参照。〔暮春〕陰暦三月。〔幾望〕陰暦の十四日。〔進香〕焼香する。〔先帝会〕安徳天皇の忌日に阿弥陀寺で行われた法会。現在の先帝祭。〔妓院〕妓楼。〔許穿羅襪者、唯赤関耳〕山陽の「赤関竹枝の稿本の後に書す」の文に「倡妓 襪を穿くを得ざるは、法なり。独り赤関のみ然らず。その客を待つや、亦た抗礼（＝対等の礼を行う）して相い下らず。他土の如きに非ずと云う」とある。〔宮人〕宮中の女官。

17

緑酒紅燈醉眼迷
萬檣影裡月高低
憑欄忽覺身爲客
隔水青山是鎮西

緑酒《りよくしゅ》 紅灯《こうとう》 酔眼迷《すいがんまよ》い、
万檣影裏《ばんしようえいり》 月高低《つきこうてい》。
欄《らん》に憑《よ》って忽《たちま》ち覚《おぼ》ゆ身《み》は客《きゃく》たるを、
隔水《かくすい》の青山是《せいざんこ》れ鎮西《ちんぜい》。

酒に酔ってぼんやりした眼で、月光に照らされた多くの帆船が波に従って上下するのを眺める。／欄干によりかかると自分が旅の身にあることに気づかされる。対岸の山々は九州なのだ。

『詩鈔』巻三に「戯作赤関竹枝八首」の第七首、『詩集』巻十一に「戯作赤関竹枝十首」の第七首として収める詩の初案。但し「題赤馬関図」（『詩集』巻六・文化七年）の改作であろう。〔緑酒紅灯〕美酒と赤ちょうちん。〔檣〕帆船。〔憑欄〕『詩鈔』『詩集』は「醒来」に改める。〔鎮西〕九州。

18　發赤關留別諸友　　赤関《あかまがせき》を発《はっ》し諸友《しょゆう》に留別《りゅうべつ》す

煙檣缺處閃暾紅　煙檣《えんしょう》欠《か》くる処《ところ》閃暾《せんとん》紅《あか》く、
候晴短欂乘輕風　晴《せい》を候《うかが》って短欂《たんろ》　軽風《けいふう》に乗《の》る。
一岸山陽地已盡　一岸《いちがん》の山陽《さんよう》　地《ち》已《すで》に尽《つ》くるも、
看君送我情不窮　看《み》る君《きみ》の我《わ》れを送《おく》って情《じょう》窮《きわ》まらざるを。
舟遠回顧君宁立　舟《ふね》遠《とお》ざかって回顧《かいこ》すれば君《きみ》宁立《ちょりつ》し、
影沒厓渚轉曲中　影《かげ》は没す厓渚《がいしょ》転曲《てんきょく》の中《うち》。
相呼猶欲敍心緒　相《あ》い呼《よ》んで猶《な》お心緒《しんしょ》を叙《の》べんと欲《ほっ》するも、
無奈櫓聲亂人語　奈《いかん》ともする無《な》し櫓声《ろせい》　人語《じんご》を乱《みだ》すを。

下関を出発して友人たちと別れる

船の帆が遠くもやにかすんで見えなくなるあたりに、ひらめき輝く真赤な朝日が昇り、空の晴れ具合をうかがいながら私の小さな舟は軽やかな風に乗ってぐんぐん進む。／山陽道の海岸の地はもはや尽き果てたが、私を見送ってくれるあなたの熱い気持ちはいつまでも尽きることがない。／私の乗る舟は下関を出発してどんどん遠ざかる。振り返ると、あなたは岸にじっとたたずんでいるが、舟が動き水路が曲がってゆくうちにその影も水辺に没してしまった。／呼びかけて別れ難い気持ちを伝えようとしても、その声は櫓の音にかき消されて、届きようもない。

『詩鈔』巻四に「発赤関別広江父子作歌」と題して収める詩の初案。『詩鈔』は「雪消檣竿閃暾紅、短艕去乗料峭風。沙際回看君佇立、影没厓渚転曲中。騎歳淹留情難割、離岸後期真遼闊。相呼猶欲叙心緒、無奈艕声乱人語」のように、全体を大幅に改める。Ⅵ章の四も参照。『詩集』巻十一には「発赤関留別諸友二首」と題して収め、四句ずつの二首とする。〔煙檣〕もやにかすんだ船の帆。〔閃暾〕ひらめき輝く朝日。〔候晴〕空の晴れ具合をうかがう。〔短艕〕小舟。「艕」は「櫓」と同じで、舟を漕ぐ櫂のこと。〔一岸〕『詩集』は「一片」に作る。〔山陽〕山の南側。ここでは山陽道の風景の意に用いるか。「発赤関留別広江父子」の詩（『詩鈔』巻三、『詩集』巻十一）に「山陽背指極、鎮右迎顔開」のように、「鎮右」（＝九州）と対になる語として見える。〔佇立〕たたずむ。〔厓渚〕みずべ。〔転曲中〕舟の位置が転じ曲がるうちに。〔心緒〕心情。〔無奈〕どうすることもできない。

19　筑前尋龜元鳳　　筑前《ちくぜん》にて亀元鳳《きげんぽう》を尋《たず》ぬ

藝城分手夢空尋　　芸城《げいじょう》に手《て》を分《わ》かちてより夢《ゆめ》に空《むな》しく尋《たず》ね、

雞黍今朝喜盍簪
四海文章纔屈指
一杯醽醁且論心
長林擁屋鶴巣穏
積水當窻鵬影沈
風樹知君同我感
酒間有涙暗沾襟

鶏黍《けいしょ》 今朝《こんちょう》 盍簪《こうしん》を喜《よろこ》ぶ。
四海《しかい》の文章《ぶんしょう》 纔《わず》かに指《ゆび》を屈《くっ》し、
一杯《いっぱい》の醽醁《れいろく》且《しばら》く心《こころ》を論《ろん》ず。
長林《ちょうりん》 屋《おく》を擁《よう》して鶴巣《かくそう》穏《おだ》やかに、
積水《せきすい》 窓《まど》に当《あ》たって鵬影《ほうえい》沈《しず》む。
風樹《ふうじゅ》知る君《きみ》 我《わ》が感《かん》に同《おな》じきを、
酒間《しゅかん》 涙《なみだ》有《あ》り暗《あん》に襟《えり》を沾《うるお》す。

筑前に亀井昭陽《かめいしょうよう》を訪ねる

あなたと広島で別れてから何度も夢の中だけで訪ねたが、今朝、筑前の地で心からもてなされて、会えたのを喜んでいる。／全国の中でも数少ない名だたる文章家のあなたと、こうして一杯の美酒を酌み交わし、腹を割って語り合うことができた。／家屋を取り囲む深い林はいかにも平和であちこちに鶴が巣を作っているが、大海に面した窓からは鵬が地平線に消えるのが見える。／私も父を失った今、あなたの気持ちがわかるから、酒を飲みながら人知れず涙が襟を濡らすのである。

『詩鈔』巻三、『詩集』巻十一に「亀井元鳳招飲賦贈」と題して収め、『全伝』文政元年四月にも一部を引く。**〔亀元鳳〕** 筑前の儒者亀井昭《かめいしょう》陽《よう》（一七七三〜一八三六）のこと。元鳳は字。『全伝』文政元年四月の条に「亀井昭陽〔四十六歳〕に招かれ、百道林《もゝち》の宅を訪ふ」とある。〔芸城〕広島。〔分手〕離別する。『全伝』の続きに「文化三年、広島以来、十三年目の会見であつた」とある。〔鶏黍〕鶏を殺し、黍《きび》めしを作る。友人を心からもてなす意。『論語』微子篇に「子路を止《とど》めて宿せしめ、鶏を殺し黍を為《つく》りて之を食らわしむ」とあるのに拠る。〔盍簪〕士人の集まり。『易経』豫卦九四に「朋《とも》盍《あ》い簪《あつ》まる」とあるのに拠る。〔醽醁〕「醽」は「醽」に同じ。醽酒と醁酒。美酒の意。〔長林〕『詩鈔』『詩集』は「高林」に改める。〔擁〕つつみ囲む。〔鶴巣〕鶴の巣は、平和で静かな生活を象徴する。唐の王維の「山居の即事」の詩（『三体詩』）に「鶴は松樹に巣くうて遍《あまね》く、人は蓽門《ひつもん》を訪《おとず》るること稀なり」とある。〔積水〕大海。〔鵬影沈〕「鵬」は『荘子』に現れる巨大な鳥の名。昭陽の父・亀井南冥《なんめい》（一七四三～一八一四）が文化十一年に没したことをいう。〔風樹〕親を亡くして、もはや孝養を尽くすことができないことをいう。『韓詩外伝』九に「樹静ならんと欲して風止まず、子養わんと欲して親待たず」とあり、『孔子家語《こうしけご》』致思篇にも殆ど同じ語が見えるのに拠る。〔同我感〕山陽も文化十三年に父春水を失った。

20　寓松子登家賦卽事

松子登《しょうしと》の家に寓《ぐう》し即事《そくじ》を賦《ふ》す

幾椀新茶陶客情
昨來中酒廢杯觥
蘆簾日薄搖無影
瓦鼎風微沸有聲
暑路養痾衣尚熟

幾椀《いくわん》の新茶《しんちゃ》 客情《かくじょう》を陶《とう》し、
昨来《さくらい》 中酒《ちゅうしゅ》 杯觥《はいこう》を廃《はい》す。
蘆簾《ろれん》 日《ひ》薄《うす》くして揺《うご》いて影《かげ》無《な》く、
瓦鼎《がてい》 風《かぜ》微《かす》かにして沸《わ》いて声《こえ》有《あ》り。
暑路《しょろ》 痾《やまい》を養《やしな》って衣《い》尚《な》お熟《じゅく》し、

羈窻作字手常生
共評畫軸消長晝
更喚家童取短檠

羈窓《きそう》字《じ》を作《つく》って手常《てつね》に生《せい》なり。
共《とも》に画軸《がじく》を評《ひょう》して長昼《ちょうちゅう》を消《しょう》し、
更《さら》に家童《かどう》を喚《よ》んで短檠《たんけい》を取《と》る。

松永《まつなが》子登《しと》の家に滞在し、眼前の出来事を詩によむ

昨日来、飲みすぎたので、今日は酒をやめ、何杯かの新茶で旅の憂さをはらす。／葦のすだれは日が弱いために風で揺れても影がなく、素焼きの鍋に湯の沸く音が微かな風で運ばれてくる。／夏の旅路に療養する私は、相変わらず冬の練絹の服を着たまま、こうして旅先においていつも字を書いているが、いっこうに上達しない。／あなたとともに掛け軸を批評しあって長い一日をすごし、日が暮れると下男に燭台を取らせてさらに批評を続ける。

『詩鈔』巻三、『詩集』巻十一に「即事似東道松永子登」と題して収める詩の初案。〔松子登〕松永子登（一七八二～一八四八）のこと。博多の貿易商で、名は豊、字を子登といい、花遁道人と号した。山陽は四月二十六日に博多に入り、以後五月十七日に太宰府に向かうまで、子登宅に滞在した。〔陶〕うさを晴らす。〔中酒〕酒を飲みすぎて気分を悪くする。〔杯觥〕さかずき。〔蘆簾〕葦で編んだすだれ。〔瓦鼎〕湯を沸かす素焼きの鍋。〔養痾〕病気療養する。〔熟〕絹織物が精錬されていること。ここでは夏物の生絹の衣服ではなく、冬物の練絹の服を着ていることをいう。〔生〕未熟であるさま。〔共〕『詩鈔』は「閑」に改める。〔消〕費やす。過ごす。〔長昼〕『詩集』は「長夏」に作る。〔喚家童〕『詩鈔』は「欲呼童」に

改める。〔短檠〕丈の低い燭台。

21　題龜元鳳女少琴畫竹　亀元鳳《きげんぽう》の女《じょ》　少琴《しょうきん》の画竹《がちく》に題《だい》す

柔荑落墨自清雄　柔荑《じゅうてい》　落墨《らくぼく》　自《おのず》から清雄《せいゆう》、
非是尋常林下風　是《こ》れ尋常《じんじょう》の林下《りんか》の風《ふう》に非《あら》ず。
傳得君家盤硬法　伝《つた》え得《え》たり君《きみ》が家《いえ》の盤硬《ばんこう》の法《ほう》、
寫佗龍影翠橫空　佗《か》の竜影《りゅうえい》を写《うつ》して翠《みどり》　空《くう》に横《よこ》たわる。

亀井昭陽の娘・少琴《しょうきん》が画《えが》いた竹に詩を書きつける

しなやかな腕から筆で画き出される竹の絵は自然と上品で力強く、これは尋常の竹林の賢人の趣きではない。／彼女が緑色を紙上にほとばしらせて画いた墨竹を見れば、あなたの家の斬新な画法が伝えられているのがよくわかる。

『詩鈔』巻三、『詩集』巻十一に「過元鳳題其女少琴墨竹」と題して収める詩に「繊指尖辺竜影横、胸中有竹一揮成。匠心何似爺文苦、万葉千枝逐次生」とある。恐らくはその詩の初案。〔亀元鳳〕19の注参照。〔少琴〕亀井《かめい》少琴《しょうきん》（一七九八～一八五七）のこと。昭陽の娘で、名は友、通称を少琴といった。詩画に秀で、同じく筑前の原采蘋《はらさいひん》（一七九八～一八五九）とともに「鎮西二女史」と称された。中村真一郎『頼山陽とその時代（上）』（第一部五・女弟子たち）一一三頁、門玲子《かどれいこ》『女流文学の発見――光ある身こそくるしき思ひなれ』二二〇～二二九頁、前田淑《まえだよし》『江戸時代女流文芸史――地方を中心に――【俳諧・和歌・漢詩編】』二五五～二九一頁参照。〔柔荑〕美人の白くしなやかな手。『詩経』衛風の「碩人《せきじん》」の詩に「手は柔荑の如し」とある。〔落墨〕筆をおろす。〔林下風〕世俗を超越した婦人の趣き。『世説新語』賢媛篇に「王夫人（謝道蘊《しやどううん》）は神情散朗、故《もと》より林下の風気有り」とあるのに拠る。〔盤硬〕旧来のパターンに陥らず、斬新である意。唐の韓愈《かんゆ》の「士を薦む」の詩に、孟郊《もうこう》の詩を評して「空に横たわって硬語を盤《わだかま》らしむ」といったのに拠る。〔竜影〕ここでは墨竹のこと。〔横空〕前掲の韓愈の詩に見える語に基づく。

22　爲子登題畫枇杷　　子登《しと》の為《ため》に画《えが》ける枇杷《びわ》に題《だい》す

纍纍垂金煙雨邊　　累累《るいるい》たる垂金《すいきん》　煙雨《えんう》の辺《へん》、
與楳爭熟孰鮮妍　　梅《うめ》と熟《じゆく》を争《あらそ》って孰《いず》れか鮮妍《せんけん》なる。
著花却是避渠地　　花《はな》を著《つ》くるに却《かえ》って是《こ》れ渠《か》の地《ち》を避《さ》く、
應知雪香難比肩　　応《まさ》に知《し》るべし雪香《せつこう》　肩《かた》を比《ひ》し難《がた》きを。

松永子登のために枇杷の絵に詩を書きつける

そぼふる小雨の中に黄色い枇杷の実がたわわに実り、梅とどちらが美しいか艶やかさを競っている。／花を咲かせるのに梅の咲くところを避けているのは、白い梅の花の美しさには枇杷の花などとうていかなわないからだろう。

この詩は『詩鈔』には見えず、『詩集』巻十一にのみ収める。〔子登〕松永子登。20の注参照。〔累累〕数の多いさま。〔垂金〕木になっている枇杷の実を指す。〔煙雨〕そぼ降る細雨。〔鮮妍〕あでやかで美しい。〔渠〕「他」と同じ。〔応知〕きっと～だと知っているだろう。「応」は推量を表す。『詩集』は「知」を「識」に作る。〔雪香〕白い花。枇杷も白い花を開く。〔比肩〕同等の地位を占める。

23　長碕竹枝　節錄八首　　長碕竹枝《ながさきちくし》　八首《はっしゅ》を節録《せつろく》す

A

肥海松魚始上街　　肥海《ひかい》の松魚《しょうぎょ》始《はじ》めて街《まち》に上《のぼ》り、
火雲四作亂峰堆　　火雲《かうん》四《よ》もに乱峰《らんぽう》の堆《うずたか》きを作《な》す。
連朝少女風方熟　　連朝《れんちょう》　少女《しょうじょ》　風《かぜ》方《まさ》に熟《じゅく》し、
等候洋船入港來　　等候《とうこう》す洋船《ようせん》　港《みなと》に入《い》り来《き》たるを。

長崎の歌　八首を選んで書く

肥州の海の鰹《かつお》が初めて長崎の街に陸揚げされる頃、夏の夕暮れの雲が四方にさまざまな峰の形を作る。／風がきまった方角から吹く六七月になると、毎日、少女はオランダの船が入港するのを待っている。

〔竹枝〕「竹枝詞」と同じ。16の注参照。〔節録八首〕『詩鈔』巻三には「長碕謡十解」（十解は十首の意）と題して十首を、『詩集』巻十一には「長碕謡十二解」と題して十二首を収める。但し以下のうちBは『詩鈔』に見えず、『詩集』の「十二解」の中にのみ収める。このAの詩は『詩鈔』では「十解」の第一首、『詩集』では「十二解」の第一首として収める詩の初案。〔肥海〕肥州の海。『詩鈔』『詩集』は「火海」に改める。〔松魚〕鰹。〔火雲〕夏の夕暮れの雲。杜甫の「多病熱を執りて李尚書を懐い奉る」の詩に「奇峰硉兀《ろつごつ》として火雲升る」とある。〔四〕『詩鈔』『詩集』は「稍」に改める。〔作乱峰堆〕南宋の范《はん》成大《せいだい》の「秋前風雨し頓《とみ》に涼し」の詩に「暮雲渾《すべ》て乱峰の堆きを作す」とある。〔連朝〕毎日。〔熟〕風がきまった方角に吹く意。〔少女〕『詩鈔』『詩集』は「坤位」に改める。〔等候〕待つ。『詩鈔』『詩集』は「等待」に改める。〔洋船〕ここではオランダの船を指す。『倭漢三才図会』巻十四・外夷人物の「阿蘭《おらん》陀《た》」の条に、「商賈を好んで英国に交易す。……其の次官なる者毎年六七月長崎に来る」とある。『全伝』によれば、山陽が長崎に到着したのは五月二十三日のことであり、離れたのは三か月後の八月二十三日であるから、この詩が書かれたのもあるいは「六七月」の頃であったとも想像される。

B

白榜青尊乘暮天
撐過海船繋橈邊
請君莫咲銀杯小
涵得東呉萬里船

白榜《はくぼう》　青尊《せいそん》　暮天《ぼてん》に乗《じょう》じ、
海船《かいせん》を撐過《とうか》して橈辺《じょうへん》を繋《つな》ぐ。
請《こ》う君《きみ》咲《わら》う莫《な》かれ銀杯《ぎんぱい》の小《しょう》なるを、
涵《ひた》し得《え》たり東呉《とうご》万里《ばんり》の船《ふね》。

第三、用坡翁全句

第三《だいさん》は、坡翁《はおう》の全句《ぜんく》を用《もち》う。

私は夕暮れの薄闇に乗じて酒だるを携え、舟を漕ぎ出し、櫓のあたりをつないで停止する。／どうか銀のさかずきが小さいのを笑わないでもらいたい。この小さな杯の中に、はるばる東呉に旅する船をすっぽり浮かべることができるのだから。

第三句は、蘇軾の詩句をそっくり借りて使った。

この詩は『詩鈔』には見えず、『詩集』に「十二解」の第五首として収める。〔白榜〕白木の櫓。転じて船を指す。〔青尊〕酒を入れる容器。〔撐〕さおをさして舟を進める。〔海船〕ここでは山陽の乗る小舟。〔請君莫咲銀杯小〕宋の蘇軾の「銀杯の小なるを笑う莫かれ。喬太博《きょうたいはく》に答う」の詩に「請う君笑う莫かれ銀杯の小なるを」とあるのを用いる。〔涵得東呉万里船〕杯の酒に「東呉万里の船」が映っていることをいう。「涵」は入れる、包みこむ。『詩集』は「涵」に作る。「東呉」は古代中国の呉の地のこと。今の江蘇・浙江両省の東部一帯。杜甫の「絶句四首」其三の詩に「門には泊す東呉万里の船」とある。〔第三……〕この七字は『詩集』には見えない。

C

朝朝擧案與眉齊　朝朝《ちょうちょう》案《あん》を挙《あ》げて眉《まゆ》と斉《ひと》しく、

一狎呉郎是艶妻　一《ひと》たび呉郎《ごろう》に狎《な》るる是《こ》れ艶妻《えんさい》。
看取心情冰雪潔　看取《かんしゅ》す心情《しんじょう》 氷雪《ひょうせつ》の潔《きよ》きを、
鐵漿不肯染瓠犀　鉄漿《てっしょう》 肯《あ》えて瓠犀《こさい》を染《そ》めず。

毎日、お膳を眉と同じくらいまで捧げ持つ遊女の姿は、もうすっかり他国の男になれ親しんだ美しい妻のようだ。／鉄漿で白い歯を黒く染めようとしていないのだが、誰しも彼女の汚れない貞操を見るだろう。

中国人の妾となった遊女を歌った作。『詩鈔』は「十解」の第六首、『詩集』は「十二解」の第七首として収める。この詩はその初案。〔朝朝〕毎日。〔挙案与眉斉〕妻が夫を敬うさま。「案」は脚つきの食膳。『後漢書《ごかんじょ》』逸民列伝の梁鴻《りょうこう》の伝に「（梁鴻）帰る毎《ごと》に、妻為《ため》に食を具《そな》え、敢えて鴻の前に於いて仰視せず、案を挙げて眉に斉《ひと》しくす」とあるのに拠る。〔呉郎〕呉の地の男。「郎」は女性から夫または愛人に対する呼称。『詩鈔』『詩集』は「呉児」に改める。〔艶妻〕美しい妻。〔看取〕見る。「取」は意味のない助字。〔心情〕『詩集』は「心清」に作る。〔氷雪潔〕氷や雪のように純白で貞操が固い。〔鉄漿〕おはぐろに用いる、歯を黒く染める液。かね。当時、結婚した婦人は歯を黒く染める風習があった。〔瓠犀〕ユウガオの種子。転じて綺麗に並んだ美人の歯の喩え。『詩経』衛風の「碩人《せきじん》」の詩の「歯は瓠犀の如し」に拠る。遊女なので一般に婦人のようにおはぐろはしないのである。

D

眼語相承兩意同
添香捧茗指呼中
洞房不用煩傳譯
自有靈犀一點通

眼語《がんご》相《あ》い承《う》けて両《ふた》つながら意《い》同《おな》じく、
香《こう》を添《そ》え茗《ちゃ》を捧《ささ》ぐるも指呼《しこ》の中《うち》。
洞房《どうぼう》用《もち》いず伝訳《でんやく》を煩《わずら》わすを、
自《おのず》から霊犀一点《れいさいいってん》の通《つう》ずる有《あ》り。

目遣いだけで二人は意思の疎通をはかり、香をたき茶をいれて出すのもちょっとした指図で十分である。／寝室でのことも通訳など必要なく、自然と心は通じ合っている。

Cに続いて、長崎の遊女を歌ったものと思われる。『詩鈔』は「十解」の第七首、『詩集』は「十二解」の第九首として収める。この詩はその初案。〔眼語〕目遣いによって気持ちを知らせる。〔添香〕香をたく。〔茗〕茶。〔指呼中〕ちょっとした指図で事が足りる意。なお以上の二句、『詩鈔』『詩集』は「捧茗添香頤指中、双双眼語意何窮」に改める。〔洞房〕奥深い部屋。ここでは特に寝室での事柄を指していう。〔伝訳〕通訳。〔霊犀〕犀《さい》の角。伝説では犀の角の内部には根元から先まで白い筋が糸のように通っており、反応が敏感であるとされていた。これによって二つの心が相通ずることを喩える。〔一点通〕唐の李《り》商隠《しょういん》の「無題」の詩に「心に霊犀一点の通ずる有り」とあるのに拠る。

E

鬢側釵横夢一場
耐佗雲雨盡情狂
眠醒罽帳春如海
銀鼎燒餘安息香

鬢側《びんかたむ》き　釵《かんざし》横《よこ》たわる夢一場《ゆめいちじょう》、
佗《かれ》が雲雨《うんう》の情《じょう》を尽《つ》くして狂《くる》うに耐《まか》す。
眠醒《ねむりさ》めて罽帳《けいちょう》　春《はる》　海《うみ》の如《ごと》し、
銀鼎《ぎんてい》焼《た》き余《のこ》す安息香《あんそつこう》。

気がつけば髪の毛は傾き、簪《かんざし》は外れて横におかれている、夢のような一時、女は男の意のままとなって身を委ねる。／眠りから目覚めると、寝室のとばりの中は銀の香炉でたいていた安息香の香りが残って、春が海のように一面に広がっている。

Dで歌われた遊里の一室における男女の交わりを詠じた詩。『詩鈔』は「十解」の第九首、『詩集』は「十二解」の第十一首として収める。この詩はその初案。**〔夢一場〕**一度の夢。「場」は場面の回数を数える助数詞。**〔雲雨〕**男女の情事。なおこの第二句、『詩鈔』は「尤雲殢雨任他狂」、『詩集』は「尤雲殢雨耐他狂」に改める。**〔罽帳〕**毛織物のとばり。**〔春如海〕**春の気配が広く深く広がるさまをいう。宋の陳徳武の詞「踏莎行」に「一団の和気　春　海の如し」とある。**〔銀鼎〕**ここでは銀製の香炉を指す。**〔安息香〕**スマトラ・ジャワ原産の落葉高木・安息香の樹脂で作った芳香の一種。『詩鈔』『詩集』は「真臘香」に改める。

F

碧欄紅燭閃瓊巵
扇様洲前移棹遅
試倚船窻呼姉妹
認它夜宴侍胡兒

碧欄紅燭《へきらんこうしょく》 瓊巵《けいし》に閃《ひらめ》き、
扇様洲前《せんようしゅうぜん》 棹《さお》を移《うつ》すこと遲《おそ》し。
試《こころ》みに船窓《せんそう》に倚《よ》って姉妹《しまい》を呼《よ》べば、
認《みと》む它《かれ》が夜宴《やえん》に胡児《こじ》に侍《はべ》るを。

出島の蘭館は青い手すりと赤い灯光が玉のさかずきに映ってきらきらと光り、その前を一艘の舟がゆっくりゆっくり漕ぎ進んでゆく。／舟の窓に寄りかかっていた遊女が試しに「姐さん」と呼んでみると、彼女は夜の宴会でオランダ人にお酌しているのがわかった。

出島の蘭館に侍る遊女とその前を通り過ぎる舟の中の遊女のさまを描写した詩。『詩鈔』は「十解」の第五首、『詩集』は「十二解」の第六首として収める。この詩はその初案。〔**碧欄**〕出島の蘭館の青い手すり。〔**紅燭**〕赤い灯光。〔**瓊巵**〕玉杯。〔**扇様洲**〕扇状の形をした中洲。すなわち、ここでは扇形埋立地だった長崎の出島のこと。当時は唯一の貿易地としてここにオランダ人を住まわせており、また遊女は、役人・通訳・特定の商人などとともに出島への出入りを許される数少ない存在であった。〔**移棹遅**〕杜甫の「李十二白に寄す二十韻」の詩に「竜舟 棹を移すこと晩《おそ》し」とある。なお以上の二句、『詩鈔』『詩集』は「扇洲楼下盪槳遅、碧檻紅灯閃玉巵」に改める。〔**姉妹**〕妓女。〔**它**〕彼女の意。ここでは蘭館に呼ばれている遊女の姐さん。『詩鈔』は「佗」、『詩集』は「他」に改める。〔**胡児**〕外国人に対する蔑称。

ここでは蘭館のオランダ人を指す。

G

煙波源處是蘇州
脈脈芳心附海鷗
自慰吾儂勝織女
一年兩度迓郎舟

煙波《えんぱ》源《きわ》まる処《ところ》是《こ》れ蘇州《そしゅう》、
脈脈《みゃくみゃく》たる芳心《ほうしん》　海鷗《かいおう》に附《ふ》す。
自《みず》ら慰《なぐさ》む吾儂《われ》　織女《しょくじょ》に勝《まさ》り、
一年両度《いちねんりょうど》　郎《ろう》が舟《ふね》を迓《むか》うと。

もやがたちこめた水面の行き着く先はいとしい人のいる蘇州であるから、募る思いを鷗《かもめ》にことづける。／一年に二度、彼の船を出迎える私は、織女よりは恵まれていると自ら慰める。

遊女の立場から中国人に対する恋情を詠じたもの。『詩鈔』は「十解」の第八首、『詩集』は「十二解」の第十首として収める。この詩はその初案。**〔煙波〕**もやがたちこめた水面。『唐詩選』に収める崔顥《さいこう》の「黄鶴楼」の詩に「煙波江上　人をして愁えしむ」とある。**〔蘇州〕**ここでは愛人のいる場所を意味する。**〔脈脈〕**心中に波打つ女性の思い。『文選』巻二十九に収める「古詩十九首」其の十に「盈盈たる一水の間、脈脈として語るを得ず」とある。**〔附海鷗〕**鷗に頼んで愛人に思いを伝えてもらう。なお以上の二句、『詩鈔』『詩集』は「盈盈積水隔音塵、穿眼来帆阿那辺」に改める。**〔吾儂〕**「我」と同じ。ここは佳人の自称。**〔織女〕**たなばた伝説の女主人公である織姫。**〔一年両度迓郎舟〕**当時、中国の貿易船は年に二度、長崎に来航していた。従って年一度しか牽牛に逢えない織女に「勝」っているのである。『詩鈔』『詩集』は「舟」を「船」に改める。

H

金鬣芳柔壓海腴
百杯泉釀瀉眞珠
客誇拇戰稍高格
昨夜三贏碧眼奴

金鬣《きんりょう》の芳柔《ほうじゅう》 海腴《かいゆ》を圧《あっ》し、
百杯《ひゃっぱい》の泉醸《せんじょう》 真珠《しんじゅ》を瀉《そそ》ぐ。
客《きゃく》は誇《ほこ》る拇《ぼ》戦《せん》稍《や》や高格《こうかく》なるを、
昨夜《さくや》三《み》たび贏《か》つ碧眼《へきがん》の奴《ど》。

鯛は香り豊かで柔らかいという点で海産物の第一であり、それを肴に泉州《せんしゅう》の酒をたらふく飲んでいる。／客は昨晩、拳《けん》で中国の男に三度勝ったので、自分の方が少しくレベルが上だと自慢している。

『詩鈔』は「十解」の第四首、『詩集』は「十二解」の第四首として収める。この詩はその初案。〔金鬣〕鯛のこと。「鬣」は魚のひれ。鯛を漢語では俗に棘鬣《きょくりょう》といい、『閩書』巻百五十一南産志下・棘鬣魚に「その鬣《ひれ》は棘《とげ》のごとく、紅紫色なり」とある。「大村より舟にて長与に抵《いた》る。長碕を距《へだ》つること十里」（『詩鈔』巻三）の詩に「買い得たり棘鬣の長さ両尺なるを」と見える。「金鬣」はこの呼称に倣ったものであろう。〔芳柔〕香りがよく身が柔らかい意か。〔海腴〕漢語では人参の別名であるが、「腴」には肥えた肉の意があり、ここでは海産物の意に用いる。〔泉釀〕今の大阪府の南部にあたる泉州で作られた酒。〔真珠〕酒のこと。7の注参照。〔拇戦〕宴席で行われる「拳」のこと。指で互いに数を作り、その合計を当てて勝負を競う遊戯。〔稍高格〕『詩鈔』『詩集』では「成高手」に改める。〔碧眼奴〕三国呉の孫権《そんけん》は生まれつき緑色の眼をしていたところから「碧眼児」と呼ばれた。ここではその故事を用い、呉から来た男というほどの意。『詩鈔』は「呉下奴」、『詩集』は「辮髪奴」に改める。「碧眼」はオランダ人のことも意味するから、誤解を避けるために改めたもの。

余鬢已二毛、情況非復昔日。強爲綺語、徒造口業、亦聊紀風俗、供它日觀玩耳。讀者幸莫認爲揚州小杜也。

余《よ》が鬢《びん》已《すで》に二毛《にもう》にして、情況《じょうきょう》復《ま》た昔日《せきじつ》に非《あら》ず。強《し》いて綺語《きご》を為《な》し、徒《いたず》らに口業《くごう》を造《つく》るは、亦《ま》た聊《いささ》か風俗《ふうぞく》を紀《しる》し、它日《たじつ》の観玩《かんがん》に供《きょう》するのみ。読者《どくしゃ》幸《ねが》わくは認《みと》めて揚州《ようしゅう》の小杜《しょうと》と為《な》す莫《な》かれ。

私の鬢の毛はすでに白髪まじりで、もはや昔のようではない。強いて汚《けが》れた言葉を用いて、このような詩を作るという悪業をなしたのは、少しばかりこの地の風俗を書き留めて、後の鑑賞に供しようとするものなのである。読者にはどうか私を酒色に溺れた揚州の杜牧と同一視しないでもらいたい。

以上の四十一字は『詩集』にのみ見える。なお「西遊詩巻」にはこの後に「山陽外史併識」（山陽外史《さんようがいし》併《なら》びに識《しる》す）の六字と「頼」「襄」「間雲孤鶴何天而不可飛」の朱文印がある。〔二毛〕白髪まじり。〔綺語〕

仏教語で閨房の事柄や愛欲に及ぶ汚れた言葉のこと。〔口業〕仏教語でいう「三業」の一つで、言葉による悪業。〔観玩〕鑑賞し、味わう。〔認為〕~と見なす。〔揚州小杜〕唐の詩人杜牧《とぼく》のこと。杜甫と区別して「小杜」という。揚州の役人の時代に酒色にふけり、「十年一たび覚《さ》む揚州の夢」（「懐《おも》いを遣《や》る」）の句がある。16Dの注参照。

24　長碕寓樓作　倣韋蘇州錄以米法

長碕《ながさき》の寓楼《ぐうろう》の作《さく》　韋蘇州《いそしゅう》に倣《なら》い録《ろく》するに米法《べいほう》を以《も》ってす

水窻夕多風
又納月色朗
客贈魚與酒
風月共抵掌
一醉忽瞢騰
不知客已往
斜影猶在窻
臥聽柔櫓響

水窓《すいそう》　夕《ゆうべ》に風《かぜ》多《おお》く、
又《ま》た月色《げつしょく》の朗《あき》らかなるを納《い》る。
客《きゃく》は贈《おく》る魚《うお》と酒《さけ》と、
風月《ふうげつ》共《とも》に掌《たなごころ》を抵《う》つ。
一酔《いっすい》忽《たちま》ち瞢騰《ぼうとう》、
知《し》らず客《きゃく》已《すで》に往《ゆ》きしを。
斜影《しゃえい》猶《な》お窓《まど》に在《あ》り、
臥《ふ》して聴《き》く柔櫓《じゅうろ》の響《ひび》き。

長崎の寓居にての作。韋応物《いおうぶつ》の詩のスタイルを真似して作り、米芾《べいふつ》の筆法で書いた。

水辺の窓は夕方になると風が盛んに吹き、その上に月光がほがらかに冴えている。／客が魚と酒を差し入れてくれたので、それで清らかな風と明月を前にして二人で語り明かす。／一旦酔うとあっという間に夢見心地、気がつけば客はすでに帰っている。／ふと見ると窓からは相変わらず月光が斜めに差し込み、私は横になって静かに響く船のかいの音に耳を傾けている。

『詩鈔』巻三、『詩集』巻十一に「僦居五首」と題し、その第五首として収める詩の初案。長崎で、もと武元登々庵《たけもととうとうあん》（一七六七～一八一八、本姓、明石。名、正質・質《しつ》。字、景文。号、登々庵）の寓居であった富観楼に滞在した時の作。『全伝』文政元年六月五日に「築地・長門屋信蔵《しんぞう》宅の寓居〔富観楼〕に移る。家は、海口に臨み、登々庵の久しく留寓した跡で、楼の額字は、その遺筆であった」と見え、また『詩鈔』『詩集』の題下に「即武〔元〕景文旧寓」の自注がある。武元登々庵と山陽の交友及びその詩については『頼山陽とその時代（中）』（第三部一・京摂の友人たち）三八～四七頁に詳しい。**〔韋蘇州〕**唐の山水田園派詩人韋応物《いおうぶつ》（七三七～?）。『詩集』は詩の末尾に「倣韋蘇州」の注記がある。**〔米法〕**北宋の書家米芾《べいふつ》（一〇五一～一一〇七）の筆法。「西遊詩巻」では詩題とその注記は詩の本文より後にあり、さらに末尾に「襄」と記し、「頼襄」「子成」の朱文印が押される。**〔納月色朗〕**『文選』巻三十一所収の六朝宋・鮑照《ほうしょう》の「君子有所思に代う」の詩に「璇題《せんだい》 行月を納る」とある。**〔客贈魚与酒〕**蘇軾の「後《のち》の赤壁《せきへき》の賦」に「是に於いて酒と魚とを携え、復た赤壁の下《もと》に遊ぶ」とあるのに拠る。『詩鈔』『詩集』は「客携酒与魚」に改める。**〔抵掌〕**感激して拍手する。『史記』滑稽列伝の優孟《ゆうもう》の伝に「掌を抵って談語す」とあるのに基づき、愉快に語り合うさまをいう。**〔瞢騰〕**意識がはっきりせず、ぼんやりしているさま。
〔斜影〕斜めに差し込んでくる月光。

25　戯題自畫山水似校書袖笑　袖笑嘗侍清客江芸閣者

戯《たわむ》れに自画山水《じがさんすい》に題《だい》して校書袖笑《こうしよそでさき》に似《しめ》す　袖笑《そでさき》は嘗《かつ》て清客江芸閣《しんかくこううんかく》に侍《じ》する者《もの》なり

醉墨映佗眉黛靑
綺筵伸紙倩娉婷
知卿曾捧江郎研
得似渠儂泥裡釘

酔墨《すいぼく》　佗《かれ》が眉黛《びたい》を映《えい》じて青《あお》く、
綺筵《きえん》　紙《かみ》を伸《の》ぶるに娉婷《へいてい》を倩《やと》う。
知《し》る卿《きみ》曾《かつ》て江郎《こうろう》の研《すずり》を捧《ささげ》げしを、
渠儂《かれ》が泥裏釘《でいりてい》に似《に》るを得《え》んや。

自分で画いた山水画に戯れに詩を書きつけ、妓女の袖笑《そでさき》にお見せする　袖笑は以前、清国の文人・江芸閣《こううんかく》のそばに仕えていた人である。

美しい敷物の上に紙を敷く仕事を美人にやってもらったので、酒に酔ってかいた画に彼女の眉墨の色が青く反射している。／あなたは、かつて江さまのそばですずりを持って仕えていたとのこと、私の画が彼の「泥裏抜釘」にどうしてかなうでしょうか。

『詩鈔』巻三、『詩集』巻十一に「席上墨戯戯題」と題して収める詩の初案。〔袖笑〕長崎の花街・丸山の妓女。江芸閣の狎妓であった。〔江芸閣〕文化十一年（一八一四）夏の交易船で長崎に来航した清人。字を大楣、印亭・十二瑤台使者と号し、詩・書・画をよくした。〔酔墨〕酔っている時にかいた画。〔映〕

『詩鈔』『詩集』は「輪」に改める。〔佗〕袖笑を指す。『詩鈔』『詩集』は「他」に改める。〔眉黛〕眉墨でかいた女性の眉。『詩鈔』『詩集』は「煙黛」に改める。〔綺筵〕美しい敷物。『詩鈔』『詩集』は「和毫」に改める。〔倩〕頼んで代わりにやってもらう。〔娉婷〕美人。〔江郎〕「郎」は女性から見て愛人の男性を言うことば。23Cに「呉郎」とあるのと同じ。〔得〕反語を表す。〔渠儂〕三人称を表す。〔泥裏釘〕南宋の画家江参《こうさん》が用いた絵画の技法「泥裏抜釘《でいりはってい》」のこと。点苔を描くのに錐《きり》のような長点を打ったのが、泥の中から抜き出た釘のように見えたからそう呼ばれた。

26　又代袖咲憶芸閣　　又《ま》た袖咲《そでさき》に代《か》わって芸閣《うんかく》を憶《おも》う

眼穿鱗羽信沈沈　　眼《め》は鱗羽《りんう》を穿《うが》って信《まこと》に沈沈《ちんちん》たり、
翠袖倚寒江閣深　　翠袖《すいしゅう》　寒《かん》に倚《よ》って江閣深《こうかくふか》し。
三十六灣秋水緑　　三十六湾《さんじゆうろくわん》　秋水緑《しゅうすいみどり》なるも、
不如一寸憶君心　　如《し》かず一寸《いっすん》の君《きみ》を憶《おも》う心《こころ》に。

また袖笑の代わりに江芸閣のことを想う

私はあなたのお手紙を穴があくほど読んで、逢えない気持ちが晴れず、青緑の衣服を着て奥深い江のほとりの高楼の寂しい窓によりかかっています。／三十六湾の秋の水は一様に緑色だが、この秋の水も、私があなたを恋い慕う一寸の真心には、深さにおいて及ばないでしょう。

『詩集』巻十一に「戯代校書袖笑憶江辛夷〔芸閣〕乃叙吾憶也二首」と題し、その第一首として収める。当時、長崎の遊郭には清国からの客が多かったので、知識人が遊女のために恋文を代作してやることがあった（『頼山陽とその時代（中）』第三部一・京摂の友人たち四五〜四六頁参照）。これもその一種。「西遊詩巻」ではこの詩の後に「子成戯録」（子成戯《たわむ》れに録《ろく》す）の四字と「頼」「襄」の朱文印がある。**〔袖咲〕**25に見える袖笑のこと。**〔芸閣〕**江芸閣のこと。**〔眼穿〕**穴のあくほどじっと見つめる。すなわち、非常に待ち焦がれる意。**〔鱗羽〕**魚と雁。転じて手紙の意。**〔沈沈〕**気持ちの重苦しいさま。**〔翠袖〕**青緑色の衣服をまとっていること。袖笑の名とのかけことば。**〔江閣深〕**袖笑が江（ここでは長崎の入江）の奥深くの高楼にたたずんでいることと、江芸閣の名とをかけている。「深」は入江の奥深く。**〔三十六湾〕**「三十六」は数多い意。唐の許渾の「三十六湾」の詩に「三十六湾　秋月明らかなり」、長崎の詩人・吉村迂斎《うさい》の「葭原雑詠」十二首の其二に「三十六湾　湾　湾に接す」とある。**〔一寸〕**心について僅かばかりであるとへりくだって用いる語。

27

眠驚船底響寒潮
天草洋中夜繋橈
太白一星光似月
波間照見巨魚跳

眠《ねむり》より驚《さ》めて船底《せんてい》に寒潮《かんちよう》響《ひび》き、
天草洋中《あまくさようちゆう》　夜《よる》　橈《かじ》を繋《つな》ぐ。
太白《たいはく》の一星《いつせい》　光《ひかり》　月《つき》に似《に》たり、
波間《はかん》に照《て》らし見《み》る巨魚《きよぎよ》の跳《おど》るを。

船底から聞こえてくる冷たい潮の音に安眠を破られ、天草《あまくさ》の海に夜、櫂をつないで舟を泊める。／宵の明星の光はあたかも月光のようで、波間から大きな魚が躍り上がるのを照らし出している。

『詩鈔』巻四に「泊天草洋」と題して収める詩の初案。人口に膾炙する「泊天草洋」の詩は「雲耶山耶呉耶越、水天髣髴青一髪。万里泊舟天草洋、煙横篷窓日漸没。瞥見大魚波間跳、太白当船明似月」と、全体を大きく改めている。『詩集』巻十二には「泊天草洋」の題でいずれの詩も収める。『全伝』文政元年九月一日に「早天、天草島に寄泊。佐敷に入る。『天草洋』の短古は、その初稿、『眠驚船底響二寒潮一。天草洋中夜繋レ橈。太白一星光似レ月。波間照見巨魚跳。』の七絶であったが、長崎にて吉村迂斎の『大村湾』の作、『三十六湾湾又（一作レ接）湾。蜻蜓西尽白雲間。洪濤万里豈（一作レ非）無レ国。一髪青分呉越山』を愛吟して、後に『雲耶山耶』の作を得たといふ。〔第二句は、初め『水天之際見二一髪一』』、また『天際髣髴青一髪。』などに作る〕」とあるが、八月二十三日長崎の茂木を出航後、天草灘を望んでの作と考えるのが通説。〔**天草洋**〕天草灘。熊本県の天草諸島西方の海域。〔**太白**〕いわゆる宵の明星。金星。

28

溫山遙面阿蘇山
山脈逶迤碧玉彎
瀦得海波開一鏡

温山《うんざん》遥《はる》かに阿蘇山《あそさん》に面《めん》し、
山脈《さんみやく》 逶迤《いい》として碧玉《へきぎよく》の彎《わん》。
海波《かいは》を瀦《ちよ》し得《え》て一鏡《いつきよう》を開《ひら》き、

相臨交照兩煙鬟　相《あ》い臨《のぞ》んで交《こも》ごも照《て》らす両煙鬟《りょうえんかん》。

雲仙岳《うんぜんだけ》は海を隔てて遥かに阿蘇山と相対し、青々とした山脈がうねうねと続いて弓なりに曲がっている。／海の波をためた水面が鏡のように開け、雲仙岳と阿蘇山がこの鏡のような海にその姿をかわるがわる映し出している。

『詩鈔』巻四、『詩集』巻十二に「舟中所見」と題して収める詩の初案。〔温山〕雲仙岳のこと。「雲仙」をもとは「温泉《うんぜん》」と書いた。〔逶迤〕うねうねと続くさま。〔碧玉〕青緑色の美しい石。青く澄んだ自然の景物を喩える。〔彎〕『詩鈔』『詩集』は「環」に改める。〔豬〕水をためる。『詩鈔』『詩集』は「滙」に改める。〔一鏡〕くもりのない鏡のような水面。〔交〕『詩鈔』『詩集』は「自」に改める。〔両煙鬟〕雲仙岳と阿蘇山を指す。「煙鬟」は女性の豊かなわげのことであるが、転じて、雲や霧につつまれた連峰の喩えに用いられる。「煙」はもやだが、雲仙や阿蘇について言うのであれば、あるいは噴煙か。

29

危礁亂立大濤間　危礁乱立《きしょうらんりつ》す大濤《だいとう》の間《かん》、
官道沿緣海又山　官道《かんどう》の沿縁《えんえん》　海又《うみま》た山《やま》。
鶻影低迷帆影滅　鶻影低迷《こつえいていめい》として帆影滅《はんえいめつ》し、
天連水處是臺灣　天《てん》　水《みず》に連《つら》なる処是《ところこ》れ台湾《たいわん》。

大きな波の間から険しい岩礁がむらがり立ち、公道の両側は海や山以外に何もない。／ハヤブサの飛ぶ影がぼんやりとして帆船は水平線に隠れて消えてゆき、空と海が連なるあたりは台湾であろう。

『詩鈔』巻四、『詩集』巻十二に「阿嵎嶺」と題して収める詩の初案。「阿嵎嶺」とは阿久根《あくね》のこと。すなわち、現在の鹿児島県阿久根市。『全伝』文政元年九月に「阿久根〔阿嵎《(ママ)》〕嶺を越ゆ」とある。〔危礁〕水面に見え隠れする危険な岩。〔官道〕公道。なおこの第二句、『詩鈔』『詩集』は「決眥西南不見山」に改める。〔鶻影〕ハヤブサの飛ぶ姿。〔低迷〕ぼんやりして定かでないさま。〔帆影〕遠ざかってかすんだ帆船の形をいう。〔滅〕『詩鈔』『詩集』は「没」に改める。〔天連水処〕水平線の果ての、空と海が一続きになる所。なおこの詩の後半の二句は、蘇軾の「澄邁駅の通潮閣二首」の詩の第二首に「杳杳として天は低く鶻の没する処、青山一髪是れ中原」とあるのが意識されているであろう。

30

一澗平分南北州
細沙幽草兩邊秋
曾無所屬唯溪水
幾股潺潺隨意流

一澗《いつかん》平分《へいぶん》す南北《なんぼく》の州《しゅう》、
細沙《さいさ》 幽草《ゆうそう》 両辺《りょうへん》の秋《あき》。
曽《すなわ》ち属《ぞく》する所無《ところな》きは唯《た》だ渓水《けいすい》、
幾股《いくこ》か潺潺《せんせん》として随意《ずいい》に流《なが》る。

一筋の谷川が南と北に公平に国を分け、いずれの地も細かい砂地にこんもりと草むらが茂り、ひとしく秋が訪れている。／薩摩・肥後のどちらにもつかないのはひとりこの谷川だけであって、幾筋かさらさらと気ままに流れている。

『詩鈔』巻四、『詩集』巻十二に「過肥薩界」と題して収める詩の初案。『全伝』文政元年九月七日に「風雨を冒しつゝ、夜に入りて出水口〔薩摩境〕に著し……」とある。〔平分〕公平に分ける。〔南北州〕薩摩と肥後を指す。当時、薩摩の島津氏と肥後の細川氏が互いに力を競っていた。この句、あるいは『唐詩選』に収める李白の「金陵の鳳凰台に登る」の詩に「一水中分す 白鷺洲」とあるのに倣うか。〔細沙〕『詩鈔』『詩集』は「乱沙」に改める。〔幽草〕こんもりと深く茂った草むら。『詩鈔』『詩集』は「深草」に改める。〔曽無〕全く〜しない。〔潺潺〕水の流れるさま。『詩鈔』『詩集』は「潺湲」に改める。

31

路遇朝鮮俘獲孫
窯陶爲活別成村
可憐埴得扶桑土
造出當年高麗盆

路《みち》に遇《あ》う朝鮮俘《ちょうせんふ》獲《かく》の孫《そん》、
窯陶《ようとう》 活《かつ》を為《な》して別《べつ》に村《むら》を成《な》す。
憐《あわ》れむべし扶桑《ふそう》の土《つち》を埴《しょく》し得《え》て、
造《つく》り出《い》だす当年《とうねん》 高麗《こうらい》の盆《ぼん》。

道の途中で遇った朝鮮国の捕虜の子孫たちは、陶器を焼いて生活の糧とし、日本人とは別に一つの村を作っている。／悲しいかな彼らは異国である日本の土を材料として、往年の高麗茶碗を作っている。

『詩鈔』巻四には「薩摩詞八首」の第二首、『詩集』巻十二には「薩摩詞十首」の第二首として収める。

〔俘獲〕戦争において生け捕りにした人。ここでは豊臣秀吉の朝鮮侵攻の際、島津氏が日本に連れて来た陶工たちを指す。〔窯陶〕「窯」は陶器を焼くかまど。「陶」は陶器を焼く意。ここでは二字で窯業の意に用いるであろう。〔為活〕生計を立てる。〔別成村〕朝鮮の陶工たちは薩摩に土地を与えられて窯《かま》をおこし、韓姓をそのまま名乗って代々居住した。〔埴得扶桑土〕日本の土を材料に用いて。〔当年〕往年の。〔高麗盆〕朝鮮半島で焼かれた茶の湯茶碗のこと。高麗茶碗。室町以後、我が国でも着目され、茶碗の主流として流行し、茶道の茶碗として珍重された。薩摩に渡った朝鮮の陶工たちが作った焼き物は、現在の薩摩焼のもととなった。「盆」は比較的底の浅く、平たい器。なお『詩集』に「茶山云。〔結句。原作㆓依旧造成高麗盆㆒。茶山改之〕」とある。

録自長碕至薩摩途上所得五首。

長碕《ながさき》より薩摩《さつま》に至《いた》る途上《とじょう》に得《う》る所《ところ》の五首《ごしゅ》を録《ろく》す。

長崎から薩摩に至る道中で作った五首を書く。

〔録自長碕……〕以上の十三字は「西遊詩巻」にのみ見える。「五首」は27～31の詩を指す。「西遊詩巻」

ではこの後に「山陽外史」の四字と「頼襄之印」の朱文印、「頼氏子成」の白文印がある。

32　麑洲旅舍歌

蛟蜃氣蒸萬家煙
隔岸山影壓城邊
京貨蠻琛列肆鬻
賈舶中襍島夷船
吾來津樓卸行李
九月葛衣暑未已
燒筍醃豚旅飯腥
寄身側肩累跡裡
擧止便儇知攝商
語言輕脆認京妓
蹴踖誰憐一儒生
食時爭席出爭履
萬里誰迫爲此行
逆境未當說不平

麑洲《げいしゆう》　旅舍《りよしや》の歌《うた》

蛟蜃《こうしん》　気《き》は蒸《む》す万家《ばんか》の煙《けむり》、
隔岸《かくがん》の山影《さんえい》　城辺《じようへん》を圧《あつ》す。
京貨《けいか》　蛮琛《ばんちん》　肆《みせ》を列《つら》ねて鬻《ひさ》ぎ、
賈舶《こはく》　中《うち》に雑《まじ》る島夷《とうい》の船《ふね》。
吾《わ》れ津楼《しんろう》に来《き》たりて行李《こうり》を卸《おろ》せば、
九月《くがつ》　葛衣《かつい》　暑《しよ》未《いま》だ已《や》まず。
焼筍《しようじゆん》　醃豚《えんとん》　旅飯《りよはん》　腥《なまぐさ》く、
身《み》を寄《よ》す側肩累跡《そくけんるいせき》の裏《うち》。
挙止《きよし》　便儇《べんけん》　摂商《せつしよう》なるを知《し》り、
語言《ごげん》　軽脆《けいぜい》　京妓《けいぎ》なるを認《みと》む。
蹴踖《しゆくせき》　誰《たれ》か憐《あわ》れまん一儒生《いちじゆせい》、
食《く》らう時《とき》に席《せき》を争《あらそ》い出《い》ずるに履《くつ》を争《あらそ》う。
万里《ばんり》　誰《たれ》か迫《せま》りて此《こ》の行《こう》を為《な》さしめん、
逆境《ぎやつきよう》　未《いま》だ当《まさ》に不平《ふへい》を説《と》くべからず。

閑肚行嚢披書讀
堆薪撐檐尺五明

閑《かん》に行嚢《こうのう》を肚《ひら》き書《しょ》を披《ひら》いて読《よ》めば、
堆薪《たいしん》　檐《のき》を撐《ささ》えて尺五《せきご》明《あき》らかなり。

鹿児島の旅館にて

海の水蒸気が立ちこめ、家々の炊事の煙ともやがかかって、その向こうに対岸の山の輪郭がぐっと町に迫って見える。／このあたりでは都の品物や南方の珍品を売る店が連なり、港に停泊する商船の中には琉球からの船も混じっている。／船着き場にある旅館に旅の荷物をおろした私は、暑さがひかないので九月になっても葛衣を着ている。／焼いたタケノコ、塩漬けの豚など、旅先の生臭い料理を日々口にしつつ、客で混みあう旅館に身を寄せている。／客のうち、動作のすばやいのは大坂の商人、歯切れのよい口調は京都の妓女。／食べる時には座席を奪い合い、出掛ける際には我先に履き物を履こうとする彼らの誰が、ひとりかしこまったこの町儒者などを気にかけたりしよう。／自ら好んで万里の果てまで旅してきたのであるから、このような居心地の悪さにも不平をこぼすべきではない。／手持ちぶさたに荷物をほどいて書物を出して読み始めると、うずたかく積まれた薪と軒の僅かな透き間から光が差し込んでくる。

『詩鈔』巻四、『詩集』巻十二に「麑洲逆旅歌」と題して収める詩の初案。「麑洲」は鹿児島のこと。当時の薩摩の政情・経済情勢をふまえている。〔**蛟蜃**〕みずち。蛟竜。10の注参照。〔**気蒸**〕水蒸気がすっぽり覆う。『唐詩選』に収める孟浩然《もうこうねん》の「洞庭《どうてい》に臨む」の詩に「気は蒸す雲夢《うんぼう》の沢」とある。〔煙〕炊事の煙。〔隔岸〕対岸。『詩鈔』『詩集』は「対岸」に改める。〔山影〕遠くの山の輪郭。ここでは桜島の北岳・中岳・南岳を指す。『詩鈔』『詩集』は「岳影」に改める。〔城辺〕町のほとり。『詩鈔』『詩集』は「城闉」に改める。〔京貨〕都の品物の意か。〔蛮琛〕南方の珍宝。ここでは島津氏に隷属していた琉球を通して南方の諸外国から輸入した品々を指す。〔島夷〕島に住む異民族。ここでは琉球を指す。『詩鈔』『詩集』は「琉球」に改める。〔津楼〕渡し場にある旅館。〔葛衣〕葛布製の夏用の衣類。〔焼筍醃豚〕焼いたタケノコと塩漬けの豚。南方の料理の一種であろう。『詩鈔』『詩集』は「豚肉竹筍」に改める。〔側肩累跡〕肩を斜めにし、足のかかとが接する。すなわち人で混雑するさま。〔便儇〕すばやいさま。〔知摂商〕「摂商」は摂州の商人。『詩鈔』『詩集』は「知」を「認」に改める。〔軽脆〕歯切れのよいさま。『詩鈔』『詩集』は「嬌軟」に改める。〔認京妓〕京都の妓女であるとわかる。袁枚《えんばい》の『随園詩話《ずいえんしわ》』巻五に引く清の楊守知《ようしゅち》の「西湖竹枝」の句「白舫青尊　妓を挟んで遊ぶ、語音軽脆　蘇州なるを認む」に拠るか。『詩鈔』『詩集』は「認」を「知」に改める。〔踧踖〕かしこまっておどおどしているさま。〔誰〕『詩鈔』『詩集』は「自」に改める。〔一儒生〕山陽自身を指す。『詩鈔』『詩集』は「一書生」に改める。〔争席〕座席を奪いあう。うちとけて礼儀にこだわらない様子。『荘子』寓言篇に「其の反《かえ》るや、舎者（＝宿屋の客）之と席を争う」とあるのに拠る。〔万里誰迫為此行〕誰に迫られてこのような万里の果てまで旅をしてきたのか。誰に迫られたのでもない、自ら好んでやって来たのだ、という反語の句。〔当〕『詩鈔』『詩集』は「可」に改める。〔胠行嚢〕旅行用の袋を開ける。『詩鈔』『詩集』は「啓行筐」に改める。〔披〕『詩鈔』『詩集』は「抽」に改める。〔撐檐〕軒を支えている。すなわち軒に届かんばかりの高さになっている。〔尺五〕一尺五寸。きわめて距離が近い喩え。ここでは高く積まれた薪と軒の透き間が非常に狭いことをいう。従って本を読もうにも僅かしか光線が差し込まない。

33　題畫像七首　画像《がぞう》に題《だい》す　七首《しちしゅ》

A　武侯　武侯《ぶこう》

有魚赬尾泣窮冬　魚《うお》有《あ》り赬尾《ていび》　窮冬《きゅうとう》に泣《な》き、
涸轍無人憐喁喁　涸轍《こてつ》　人《ひと》の喁喁《げんぎょう》を憐《あわ》れむ無《な》し。
誰料南陽一勺水　誰《たれ》か料《はか》らん南陽一勺《なんよういっしゃく》の水《みず》、
養渠忽地化爲龍　渠《かれ》を養《やしな》えば忽地《たちまちか》化して竜《りゅう》と為《な》らんとは。

人物画に詩を書きつける　七首
諸葛亮《しょかつりょう》

疲れて尾を赤くした魚が冬に干からびた水溜まりで苦しそうにあえいでいるのを見ても、それを哀れむ人はいない。／誰が想像できるであろうか、この魚に南陽《なんよう》郡からひしゃく一杯の水を与えて養ってやったら、あっという間に竜に変わるということを。

〔題画像七首〕　制作時期の異なる作品を集めて七首としたもの。『詩集』の編年を手掛かりとして考えれば、C・Eは西遊に先立つ文化七年（一八一〇）、D・F・Gは同じく文化十一年（一八一四）に作られた旧作を基にしたものに見えるが、韻律の整い方から判断する限り、むしろ「西遊詩巻」が初案で、『詩鈔』『詩集』所収の諸作はそれに手を加えた定稿であると思われる（但しC・Fは詩題を除けば文字の異同がない）。またA・Bは西遊後の文政八年（一八二五）に連作として完成する「詠三国人物十二絶句」（『詩鈔』巻八、『詩集』巻十八）の一部で、そのうちこのAの詩は、『詩鈔』『詩集』では「十二絶句」の第二に「孔明」と題して収める詩の初案であろう。〔武侯〕三国時代の蜀の丞相諸葛亮のこと。死後、丞相武郷侯の印綬と忠武侯の諡《おくりな》を贈られたことからこう呼ばれた。〔魚〕劉備（10参照）を指す。『三国志』蜀書・諸葛亮伝に見える劉備の言葉「孤《われ》の孔明（諸葛亮）有るは、猶お魚の水有るがごときなり」を踏まえる。〔赬尾〕疲れて赤くなった魚の尾。『詩経』周南の「汝墳《じょふん》」の詩に「魴魚赬尾」の句があり、「毛伝」に、「魚労《つか》るれば則ち尾赤し」と注する。劉備が、荊州の劉表《りゅうひょう》のもとに身を寄せたのち、戦から遠ざかって活躍の場を失い、意気消沈していたことを喩える。〔窮冬〕冬の末の月、陰暦十二月をいう。〔涸轍〕乾いてしまったわだちの水たまり。『荘子』外物篇の、わだちの水たまりから救いを求める鮒《ふな》の話に基づき、困難な境遇をいう。〔噞喁〕魚が水面で口をあけて呼吸するさま。〔南陽一勺水〕諸葛亮を指す。劉備が訪ねた諸葛亮の庵が南陽郡鄧《とう》県の隆中《りゅうちゅう》（現在の湖北省襄樊市）にあった。なお『詩鈔』『詩集』は「一勺」を「半溝」に改める。〔養渠〕劉備がいわゆる「三顧の礼」によって諸葛亮を幕僚に迎え入れたことをいう。〔化為竜〕涸轍の魚のごとくであった劉備が、諸葛亮という水を得て、蜀漢の皇帝という竜に化したことをいう。

B　壮繆

北伐長驅不備呉
髯公終被阿蒙愚

壮繆《そうぼく》

北伐《ほくばつ》　長駆《ちょうく》して呉《ご》に備《そな》えず、
髯公《ぜんこう》終《つい》に阿《あ》蒙《もう》に愚《おろ》かにせらる。

問君曾讀春秋日
亦記秦軍敗殽無

問《と》う君《きみ》曽《かつ》て春秋《しゅんじゅう》を読《よ》む日《ひ》、
亦《ま》た秦軍《しんぐん》　殽《こう》に敗《やぶ》るるを記《しる》すや無《いな》や。

関羽《かんう》

北上して遠く魏の樊城《はんじょう》を攻めた時、呉に対して油断し、あなたはついに呂蒙《りょもう》にしてやられた。／あなたに質問しよう、昔、『春秋左氏伝』を読んだ時に、秦の軍隊が遠方の鄭《てい》を攻めたために殽《こう》の地で敗れたことを覚えていたかどうかを。

『詩鈔』巻八、『詩集』巻十八に「詠三国人物十二絶句」の第三首として「関羽」と題して収める詩の初案。〔**壮繆**〕三国時代の蜀の武将関羽《かんう》のこと。死後、壮繆侯の諡を贈られた。〔**北伐長駆不備呉**〕二一九年、劉備によって関中の前将軍に任命された関羽が、荊州から北上して魏の樊城《はんじょう》を攻めた時、呉の呂蒙の計略にはまり、守備に残しておいた兵をも前線に回してしまったため、呉に背後から攻略されたことを指す。〔**髯公**〕関羽のこと。関羽は立派なひげを蓄えていたので諸葛亮から「髯」（＝ひげ）と呼ばれていたと『三国志』蜀書・関羽伝にある。〔**阿蒙**〕呂蒙《りょもう》のこと。初め一介の武人にすぎなかった呂蒙が、努力して儒者を凌ぐ学問を積んだのに驚いた魯粛《ろしゅく》の言葉「復た呉下の阿蒙に非ず」（『三国志』呉書・呂蒙伝の注に見える）に拠る。〔**愚**〕バカにする。〔**君曽読春秋日**〕関羽が『春秋左氏伝』を好み、その内容をほぼそらんじていたことが「関羽伝」の注に見える。〔**亦**〕『詩鈔』『詩集』は「却」に改める。〔**秦軍敗殽**〕前六二七年、秦の軍隊が遠方にある鄭を攻略しようとして、殽の地で晋に敗れたことが『春秋左氏伝』僖公三十三年に見える。『詩鈔』『詩集』は「秦人殽役」に改める。

C　青蓮

盧嶽雲松未可攀
桃花何處問仙寰
長安市上一杯裡
別有天地非人間

青蓮《せいれん》
盧《ろ》岳《がく》の雲松《うんしょう》未《いま》だ攀《よ》ずべからず、
桃花《とうか》　何《いず》れの処《ところ》にか仙寰《せんかん》を問《と》わん。
長安市上《ちょうあんしじょう》　一杯《いっぱい》の裏《うち》、
別《べつ》に天地《てんち》の人間《じんかん》に非《あら》ざる有《あ》り。

李白

盧《ろ》山《ざん》の雲を凌ぐ松の木にもまだ登ることができず、どこに桃の花びらを流水に浮かべた仙境があるのか見当もつかない。／そして相変わらず長安市中の酒場で一杯また一杯と酒を飲んでいるのだが、そこにも俗界と異なる別世界はあるのだ。

『詩鈔』巻一、『詩集』巻六に「題李白酔図」と題して収める詩。〔**青蓮**〕唐の詩人李白のこと。「湖州《こしゅう》の迦葉《かしょう》司馬の白《はく》は是れ何人ぞと問いしに答う」の詩に「青蓮居士《こじ》謫仙人、酒肆に名を蔵すること三十春」とあるように、彼は自ら青蓮居士と号した。〔**盧岳**〕江西省九江市の南にある盧山のこと。〔**雲松**〕李白の「盧山の五老峰を望む」の詩に「吾れ将《まさ》に此の地にて雲松に巣《す》くわんとす」とあるのを踏まえる。〔**桃**

花〕東晋の陶淵明《とうえんめい》が理想の仙境を描いた「桃花源の記」を連想させる語であるが、直接には李白の「山中問答」の詩に「桃花流水窅然として去る、別に天地の人間に非ざる有り」とあるのを踏まえる。〔問〕訪ねる。〔仙寰〕仙境。以上の二句は、安禄山《あんろくざん》の乱の時、永王の軍に加わって敗れ、罪を得たために、理想とする自由気ままな生活ができなかったことをいう。〔長安市上一杯裏〕『唐詩選』に収める杜甫の「飲中八仙歌」の詩に「李白は一斗 詩百篇、長安市上 酒家に眠る」とあるのに拠る。また「一杯」は李白「山中にて幽人に対酌す」の詩の「一杯一杯復た一杯」を踏まえる。〔別有天地非人間〕「山中問答」の詩の第四句を用いる。

D　武忠

令公孫子似螽斯
何獨膝前羣綵嬉
曾逐虎狼全海宇
蒼生誰不郭爺兒

武忠《ぶちゅう》

令公《れいこう》の孫子《そんし》 螽斯《しゅうし》に似《に》たり、
何《なん》ぞ独《ひと》り膝前《しつぜん》に群綵嬉《ぐんさいたわ》ぶるるのみならんや。
曽《かつ》て虎狼《ころう》を逐《お》って海宇《かいう》を全《まっと》うす、
蒼生《そうせい》誰《たれ》か郭爺《かくや》の児《じ》ならざらん。

郭子儀《かくしぎ》

中書令どのの子孫はいなごのように数が多いが、子や孫たちが色鮮やかな衣服で着飾って、彼の膝元で戯れているだけにとどまらない。／かつて安史の乱では悪党を追い散らして長安・洛陽を奪回し、唐の天下を保ったのだから、人民の中で郭翁《かくおう》の子孫でないものはいないだろう。

『詩鈔』巻二、『詩集』巻九に「郭汾陽聚児孫図」と題して収める詩の初案。〔武忠〕「忠武」の誤り。忠武は唐の武将郭子儀《かくしぎ》（六九七〜七八一）の諡。〔令公〕中書令に対する尊称。ここでは中書令を務めた郭子儀を指す。〔螽斯〕いなご。一説にきりぎりす。『詩経』周南の「螽斯《しゅうし》」の詩を踏まえ、ここでは子孫が多い喩え。郭子儀は数十人も孫がいたため、孫たちが安否を問いに来ても区別がつかず、ただ頷くだけであったと両『唐書《とうじょ》』の郭子儀伝にある。〔群綵嬉〕子や孫が彩り鮮やかな衣服を着て戯れ遊んでいる意。春秋時代、楚の老萊子《ろうらいし》が七十歳になっても幼な子のようにふるまい、色鮮やかな服を着て親を喜ばせた故事（『初学記』巻十七に引く「孝子伝」、『芸文類聚《げいもんるいじゅう》』巻二十に引く「列女伝」などに見える）に拠る。〔虎狼〕凶悪残忍な人の喩え。ここでは安史の乱（七五五〜七六三）の首謀者である安禄山《あんろくざん》・史思明《ししめい》を指す。〔全海宇〕郭子儀が回紇《ウイグル》・西域諸国の援軍を得て、安史の乱で失った長安と洛陽を至徳二年（七五七）に奪回したことを指す。〔蒼生〕人民。『詩鈔』『詩集』は「生霊」に改める。〔郭爺〕郭子儀を指す。「爺」は年長の男性に対する尊称。『詩鈔』『詩集』は「郭家」に改める。

E　和靖

澶淵胡馬簇塵埃
一點不來湖水隈
湖上落楳花滿地
也勝蠟淚積成堆

和靖《わせい》

澶淵《せんえん》の胡馬《こば》　塵埃《じんあい》簇《むら》がるも、
一点《いってん》も来《き》たらず湖水《こすい》の隈《くま》。
湖上《こじょう》　落梅《らくばい》　花《はな》　地《ち》に満《み》ち、
也《ま》た勝《まさ》る蠟涙《ろうるい》の積《つ》んで堆《たい》を成《な》すに。

林逋《りんぽ》
澶州《せんしゅう》では遼《りょう》の大軍が土けむりをあげて攻め込んできたが、ここ西湖《せいこ》のほとりには塵ひとつ飛んでこない。／地面いっぱいに梅の花びらが散り落ちているこの静かな湖畔の毎日は、夜通しの宴会のあげく蠟燭のしずくが地に山をなすようなお役人の生活よりずっとすばらしい。

『詩鈔』巻一、『詩集』巻六に「林逋図」と題して収める詩の初案。〔和靖〕北宋の詩人林逋《りんぽ》（九六七〜一〇二八）のこと。死後、仁宗から和靖先生の諡を賜った。〔澶淵〕澶州（現在の河南省の清豊県・濮陽県・范県にまたがる地）の別称。景徳元年（一〇〇四）、遼の大軍がここへ攻めて来た時、宰相寇準《こうじゅん》が真宗《しんそう》を説得して親征させ、「澶淵の盟」と呼ばれる和議が成立した。〔胡馬〕北方・西域の異民族の軍隊。ここでは遼の軍隊を指す。『詩鈔』『詩集』は「万馬」に改める。〔簇〕多く集まる。『詩鈔』『詩集』は「鬧」に改める。〔一点〕非常に少ない数量をいう。〔湖水隈〕湖のほとりの湾曲した所。林逋が隠棲していた杭州《こうしゅう》西湖の湖畔の地・孤山を指す。なおこの第二句、『詩鈔』『詩集』は「埃点何曽到我梅」に改める。〔梅〕原文の「楳」は「梅」の異体字。林逋は梅の花を愛した詩人として知られる。この第三句、『詩鈔』『詩集』は「愛個落梅香満地」に改める。〔也勝蠟涙積成堆〕「蠟涙」は蠟燭をともした時に垂れる蠟のしずく。寇準は若い頃から富貴で、鄧州《とうしゅう》の知事の時代には宴会を好み、夜通し蠟燭をともしていたので、便所の中にまで蠟のしずくが垂れて地に山をなしていたと北宋の欧陽修《おうようしゅう》の『帰田録』巻一にある。当時の照明として、蠟燭は油を燃料とするランプなどよりも贅沢品であった。この句は、そうした高級官僚・寇準の贅沢な生活よりも、湖畔の梅に囲まれた、林逋の清らかな日々の方がまさる意。なお

『詩鈔』『詩集』は「蠟」を「燭」に改める。

F　文忠

幾帙残編掃白魚
還衝泥濘過村墟
憶靡蓮燭送帰院
坐讀玉堂森寶書

文忠《ぶんちゅう》

幾帙《いくちつ》の残編《ざんぺん》　白魚《はくぎょ》を掃《はら》い、
還《ま》た泥濘《でいねい》を衝《つ》いて村墟《そんきょ》を過《す》ぐ。
憶《おも》うや靡《いな》や蓮燭《れんしょく》　送《おく》られて院《いん》に帰《かえ》り、
坐《ざ》して読《よ》む玉堂《ぎょくどう》に宝書《ほうしょ》森《しん》たるを。

やっと見つけた何帙《ちつ》かの残巻を紙魚《しみ》を払い落しながら読むために、ぬかるみにもかかまわず笠と履き物を借りてまた今日も村里の道を通っている。／覚えているであろうか、かつては翰林《かんりん》学士院に帰るのにも金蓮燭《きんれんしょく》によって送られ、数多くの珍しい書物を何の苦労もなく読むことができたのを。

蘇軾

『詩鈔』巻二に「東坡笠屐図」、『詩集』巻九に「東坡笠屐」と題して収める。北宋の詩人蘇軾が晩年、海南島の儋州《たんしゅう》に流された時の生活ぶりを描いた「東坡笠屐図」を見て作った詩。当時、書物に窮していた蘇軾は、黎子《れいし》の家に唐の柳宗元《りゅうそうげん》（七七三〜八一九）の文集数冊を見つけ、そこに行っては一日中読み耽っていた。ある日雨に遭って笠と履き物を借りて帰ったが、その様子をある人が絵にかいたと『貴耳《きじ》集《しゅう》』巻上に見える。〔文忠〕蘇軾の謚。〔帙〕線装の書物を数える助数詞。〔残編〕欠けた巻のある不完全な書物。ここでは蘇軾が黎子の家で見た柳宗元の文集を指す。〔泥濘〕泥が水を含んでどろどろになっていること。どろ道。〔麼〕疑問を表す助字。〔蓮燭送帰院〕蘇軾が翰林学士の時、宮中での宿直から帰るのに、帝の居室の金蓮燭（ハスの花の形をした黄金製の照明）で照らして送られたことが『宋史』蘇軾伝などに見える。臣下としての最高の栄誉に浴していたことをいう。〔玉堂〕翰林学士院のこと。〔森〕数の多いさま。〔宝書〕貴重な書物。なおこの第四句は、黄庭堅《こうていけん》の「双井《そうせい》の茶　子瞻《しせん》に送る」の詩に「天上の玉堂　宝書森たり」とあるのを踏まえる。

G　武穆

痛飲黄龍志已空
兩河百郡虜塵重
西湖贏得墳三尺
留與遊人認宋封

武穆《ぶぼく》

痛飲《つういん》　黄竜《こうりゅう》　志《こころざし》　已《すで》に空《むな》しく、
両河《りょうが》　百郡《ひゃくぐん》　虜塵《りょじん》重《かさ》なる。
西湖《せいこ》　贏《か》ち得《え》たり墳三尺《はかさんじゃく》、
遊人《ゆうじん》に留与《りゅうよ》して宋封《そうほう》を認《みと》めしむ。

岳飛《がくひ》

黄竜府《こうりゅうふ》に行って痛飲しようと意気軒昂であったのも今やむなしく、河北・河東にまたがる百郡はその後、金や元の軍に侵略されるに至った。／しかし西湖のほとりには今でも岳飛の墓が残って、旅人にここが宋の領土であったことを知らせている。

『詩鈔』巻二、『詩集』巻九に「岳飛」と題して収める詩の初案。**〔武穆〕**南宋の武将岳飛《がくひ》（一一〇三～四一）の諡。**〔痛飲黄竜〕**各地で金軍を破り、得意の絶頂にあった岳飛が部下の武将たちに対して華北回復の決意を述べた言葉「直《ただ》ちに黄竜府に抵《いた》り、諸君と痛飲せん」（『宋史』岳飛伝）に基づく。黄竜府は現在の吉林省農安県。『詩鈔』『詩集』は「唾手燕雲」に改める。**〔両河百郡〕**「両河」は当時の河北・河東の一帯、すなわち現在の河北・山西両省にまたがる黄河以北の一帯を指す。岳飛が金との和議に反対した上書の中に「地を両河に収めんことを期す」の語があったといい（『御批続資治通鑑綱目』巻十四・紹興九年）、また南宋の陸游《りくゆう》の「感憤」の詩にも「両河 百郡 宋の山川」とある。**〔虜塵〕**敵軍の侵略。**〔西湖〕**浙江省杭州市にある湖。このほとりに岳飛の墓と彼を祭った岳王廟がある。**〔贏得〕**手に入れる。勝ちとる。**〔墳三尺〕**「三尺土」というのと同じく、墓の意。**〔留与遊人認宋封〕**「与」は動詞の後に添えて、～してやる。『三体詩』に収める唐の鄭谷《ていこく》の「曲江の春草」の詩に「遊人に留与して一たび酔眠せしめよ」とあるのと同類の表現。旅人のために岳飛の墓を残してやり、そこが宋の領土であったことを知らせるということ。

34　七星春歌

重碧瀲灩張長缾
何縁命名喚七星
腕擘琥珀光迸掌
訝佗寒芒照畫櫺

七星春《しちせいしゅん》の歌《うた》

重碧瀲灩《じゅうへきれんえん》として長缾《ちょうへい》に張《みな》ぎる、
何《なに》に縁《よ》ってか命名《めいめい》して七星《しちせい》と喚《よ》ぶ。
腕《うで》 琥珀《こはく》を擘《ささ》ぐれば光《ひかり》 掌《たなごころ》に 迸《ほとばし》り、
訝《いぶか》る佗《か》の寒芒《かんぼう》 画櫺《がれい》を照《て》らすを。

吾戸雖小嫌甜酒
常恨泉醸不可口
宴酣煩君更往賖
始覺萬愁付一帚
君不見吾胸未能羅二十八宿
猶能向腹藏北斗

吾《わ》が戸《こ》小《しょう》なりと雖《いえど》も甜酒《てんしゅ》を嫌《きら》い、
常《つね》に恨《うら》む泉醸《せんじょう》口《くち》に可《よ》からざるを。
宴 酣《えんたけなわ》にして君《きみ》を煩《わずら》わし更《さら》に往《ゆ》きて賖《おぎの》らしめ、
始《はじ》めて覚《おぼ》ゆ万愁《ばんしゅう》一帚《いっそう》に付《ふ》するを。
君見《きみみ》ずや吾《わ》が胸未《むねいま》だ二十八宿《にじゅうはっしゅく》を羅《つら》ぬる能《あた》わざるも、
猶《な》お能《よ》く腹《はら》に向《む》かって北斗《ほくと》を蔵《ぞう》するを。

七星春の歌

深緑色の酒が長いかめに満々とみなぎっている。これはどのようなわけで「七星春」と命名されたのだろう。／腕で高く持ち上げると琥珀色の光が手のひらにほとばしって、まるで北斗七星の冷たい光が、装飾をこらしたれんじを照らすかのようだ。／自分は酒の飲める質《たち》ではないが甘い酒は真っ平であって、いつも泉州《せんしゅう》の酒が口に合わないのを恨めしく思ってきた。／宴もたけなわになってあなたにさらに伊丹《いたみ》の酒を買って来てもらい、そこでやっと胸中のさまざまな悩みが晴れてゆく気がした次第である。／さあごらん、この私は洛陽の才子のように胸に二十八宿を並べることはできないが、この通り腹に北斗七星を入れることができる。

『詩鈔』巻三、『詩集』巻十一に収める同題の詩の初案。〔七星春〕「七星」は、北斗七星。「七星春」とは『詩鈔』『詩集』に見える自注に「伊丹の酒の名なり。碕港《きこう》（＝長崎港）の致す所は皆泉醸（＝泉州の酒）にして、伊丹は独り此の一品あるのみ。或るひと余を招いて此れを供す。賦して謝す」とあるように伊丹の酒の名で、江戸時代はここで醸造される清酒が最上とされた。なお、李白の「宣城《せんじょう》の善醸 紀《ぜんじょうき》叟《そう》を哭す」の詩に「老春」という酒が見えるように、唐代の中国人は酒の名によく春の字を用いた。当時の詩人間でも唐人に倣って酒名を○○春とするのが流行していたのであろう。〔重碧〕深緑色。杜甫の「戎州《じゅうしゅう》の楊《よう》使君の東楼に宴す」の詩に「重碧 春酒を拈《と》る」とあるように酒の色をいう。〔瀲灩〕水の満ちるさま。〔長瓶〕長い形のかめ。酒を入れておく容器。〔擎〕高く持ち上げる。〔琥珀〕古代の樹脂の化石で、淡黄色、褐色、赤褐色などのもの。ここではそのような鮮やかな色をした美酒。『唐詩選』に収める李白の「客中行」の詩に「蘭陵《らんりょう》の美酒 鬱金《うこん》の香、玉椀盛り来たる琥珀の光」とある。〔画櫺〕「櫺」は窓や欄干の上に取り付けた格子。その美しく飾りつけたものが「画櫺」であろう。〔吾戸雖小嫌甜酒〕「戸」は酒量。白居易の「久しく韓《かん》侍郎を見ず、戯れに四韻を題し以って之に寄す」の詩に「戸大にして甜酒を嫌う」とある。〔不可口〕口に合わない。〔酣〕酒を存分に飲んで歓を尽くしている状態。『詩鈔』『詩集』は「闌」に改める。〔賖〕掛けで買う。〔覚〕「覐」は「覚」の古い字体。〔万愁〕「百愁」「千愁」などと同じく多くの愁いの意。〔付一帚〕一本のほうきにまかせる。蘇軾の「洞庭春色」の詩に、酒のことを「掃愁帚」（愁いを掃う帚）と称するとある。すなわち「一帚」とは伊丹の酒を指し、それによって胸中の愁いをとり払うのである。〔君不見〕15の注参照。〔胸〕『詩集』は「腕」に作る。〔二十八宿〕古代中国で天体の位置を示す基準とした二十八の星座。『古文真宝』に収める李賀の「高軒過《こうけんか》」の詩に、洛陽の才子・文豪の胸中には二十八宿が並んでいるとある。〔猶能向腹〕『詩鈔』『詩集』は「我腹猶堪」に改める。〔北斗〕北斗七星の連想から、伊丹の酒「七星春」を指す。

文政紀元、歳次戊寅、秋九月、雑録途次所得拙詩。似南薩河南雅契、咲正。頼襄。

文政紀元《ぶんせいきげん》、歳《とし》戊寅《ぼいん》に次《やど》る、秋九月《あきくがつ》、途次《とじ》に得《う》る所《ところ》の拙詩《せつし》を雑録《ざつろく》す。南薩《なんさつ》の河南《かわみなみ》雅契《がけい》に似《しめ》す、咲正《しょうせい》。頼襄《らいのぼる》。

文政元年、戊寅《つちのえとら》の年の九月、道中に出来上がった拙い詩を手当たり次第書きとめた。南薩の河南殿にご覧に入れ、ご批正を乞う。頼襄。

以上の三十字は『詩鈔』『詩集』には見えない。『頼山陽文集』巻八に収める「自書西遊詩巻後」は字句がやや異なる。**〔河南雅契〕** 河南《かわみなみ》 源兵衛のこと。「雅契」は相手を敬愛していう称。『全伝』文政元年九月に「野菜町の支店〔本店は阿久根〕に来合せた河南源兵衛に招かれ『西遊詩巻』を揮毫す」とある。但し『文集』所収の「自書西遊詩巻後」は「〔鮫島〕白鶴雅契」に作る。**〔頼襄〕**「自書西遊詩巻後」には「頼」の字無し。「西遊詩巻」ではこの後に「頼襄之印」の朱文印、「頼氏子成」の白文印がある。

V章　下関と頼山陽

一、はじめに――下関に来た山陽

頼山陽は安永九年（一七八〇）、大坂に生まれているが、十八歳で江戸に遊学に出るまでは大半を父の任地である広島で暮らした。二十一歳の時に脱奔事件を起こして、三年間、家の離れに閉じ込められたが、のち三十歳の時、菅茶山のいる神辺に行き、文化八年（一八一一）、三十二歳で京都に出て塾を開き、その後は天保三年（一八三二）に五十三歳で世を去るまで、町儒者として京都に居を構えた。こうして見てみると、山陽は前半生はほぼ広島で、後半生は京都で人生を送ったといえよう。

さて、山陽の一生を日付ごとに一々詳しく記述している木崎愛吉の『頼山陽全伝』を繰っていると、文政元年（一八一八）十二月（日付は不明）に「大里より発船、下ノ関へ向ふ」という記事が見える。

その年の二月、父の三回忌法要に伴って京都から広島に帰省した三十九歳の頼山陽は、さらにその足で下関を経由して、生涯の大旅行ともいうべき九州への旅に出発し、博多・長崎・熊本・鹿児島・竹田・日田・中津など各地を回ったのち、現在の北九州市門司区に位置する大里《だいり》の港から船に乗って、再び下関に渡ったのであった。彼はその際に「内裏《だいり》駅に至る」（内裏は大里と同じ）（『詩鈔』巻四、『詩集』巻十二）と題して次のような詩を作った（詩の原文は原則として富士川英郎・松下忠・佐野正巳編『詩集日本漢詩』第十巻所収の『山陽詩鈔』に拠り、木崎愛吉・頼成一編『頼山陽全書』所収の『頼山陽詩集』のみに収めるものはそれに拠ったが、一部『頼山陽詩集』に拠って『山陽詩鈔』の本文を改めたものがある。引用に際してはそれぞれ『詩鈔』『詩集』と略記して巻数を示した）。

踏盡肥豐萬疊山　　踏み尽くす肥豊万畳の山、
路窮左右海波彎　　路窮まって左右海波彎《まが》る。
眼明先作歸鄉想　　眼明らかにして先ず帰郷の想いを作《な》す、
粉壁烟檣是赤關　　粉壁煙檣是れ赤関《せきかん》。

「赤関」は当時「赤間関《あかまがせき》」と呼ばれていた下関のことである。九州の山々を踏み越えて、くねくねと曲がる海沿いの路を歩き、大里の宿駅に来て、ぱっと視界が開ける。関門海峡を隔てて見えるのは白壁の家々ともやに霞む帆柱。下関は目と鼻の先だ。山陽はこの時、「入船千帆の図」を作り、「あなうれしあなとのうみをわたり来てふるさと近くなりにける哉」（「あなと」は関門海峡の古称）と歌を詠んだという（『全伝』）。ここでいう「ふるさと」とは広島を指すのであろう。しかし詩の三句目にいう「帰郷の想い」はそうではないのではないか。歌に詠まれたような「ふるさと」に近くなったという思いもあるであろうが、下関という馴染みの土地に戻ってきた安堵感を言ったものではないだろうか。というのは彼は下関での寄寓先である広江《ひろえ》殿峰《でんぽう》の家で「重寓帰るが如く客情を忘る」（「広江氏の梅月楼に題す」『詩鈔』巻四、『詩集』巻十二）と歌っているからである（Ⅵ章四参照）。

さらにはやはり同じ時の詩「再び赤関に寓す二首」（『詩鈔』巻四、『詩集』巻十二）では次のようにいう。まずその第一首。

倦客歸心急似弦　倦客《けんかく》帰心　弦《げん》よりも急なり、
何知北渡又留連　何ぞ知らん北渡して又た留連するを。
市依側岸無餘地　市は側岸に依って余地無く、
山護澄灣有別天　山は澄湾を護《まも》って別天有り。
游跡回看豐嶺雪　游跡回《かえ》り看《み》る豊嶺《ほうれい》の雪、
家書新附攝津船　家書新たに附す摂津《せっつ》の船。
寄聲京友姑相待　寄声す京友姑《けいゆうしばら》く相い待て、
聯騎猶能及禁烟　騎を聯《つら》ねて猶《な》お能《よ》く禁煙に及ばん。

長旅に出ている人の帰心は矢の如きはずなのに、関門海峡を北に渡って下関に着いたらそこを去りがたい。そこで彼は大坂に向かう船に手紙を託して、京都の友人たちに冬至から百五日目の寒食のころまでこちらにいることを伝えるのである。「禁煙」は寒食の別称。

また第二首にはいう。

赤關風景舊相知　赤関の風景は旧相知《きゅうそうち》、

寓槖高樓重有期　槖《たく》を高楼に寓すること重ねて期有り。
對岸山遙知鳥倦　岸に対する山遥《はる》かにして鳥の倦《う》むを知り、
緣洲家缺見檣危　洲に縁《よ》る家欠けて檣の危《たか》きを見る。
拔錨渚外晨邪許　錨《いかり》を抜いて渚外　晨《あした》の邪許《やこ》、
迎妓烟中晚喔咿　妓を迎えて煙中　晩《くれ》の喔咿《あくい》。
京醞可賖魚價賤　京醞《けいうん》賖《おぎの》るべし魚価賤《やす》く、
天涯休怪客歸遲　天涯怪しむを休《や》めよ客帰ること遅きを。

下関の風景はいわば旧知の間柄。「邪許」は錨を引き揚げる時のかけ声、「喔咿」は男たちが女郎を迎える時の媚びた笑い、それらはいずれももう山陽にとっては耳に馴染んだものである。京都の酒も買えるし、魚も安い。彼の腰はますます重くなるばかりである。

山陽は広島や京都で生涯の大半をすごしながら、下関の地にもこうした親近感を抱くのは、彼と親交のあった当地の商人広江殿峰の存在が大きかった。第二首の二句目に「高楼」と見えるのも殿峰の家にほかならない。

山陽と殿峰の交流についてはⅥ章「頼山陽と下関の商人広江殿峰」に詳しく述べるが、それ以外の点では彼にとって下関という地はどうだったであろうか。下関と山陽の関わりについてはすでに重山禎介編『下関二千年史』、下関市市史編集委員会編『下関市史　藩制―明治前期』などに言及があるが、本章ではもっぱら山陽が下関で作った詩を材料にして、彼と下関という地の結びつきを考えてみたい。

二、山陽が描く下関の風景

まず山陽は下関の風景を視覚的にはどのように捉えていたか。彼が好んで描くのは、一つは関門海峡を取り囲むようにして見える青い山々であり、また一つは港に集まる多くの帆船である。三首ある「赤関雑詩」（『詩鈔』巻三。『詩集』巻十一では「赤関雑詩四首」とする）の第一首にはいう。

長街如帯蘸波光　　長街　帯の如く波光を蘸《ひた》し、
面面青山護萬檣　　面面　青山　万檣《ばんしょう》を護《まも》る。
莫怪潮頭駛於箭　　怪しむ莫《なか》れ潮頭　箭《や》より駛《はや》きを。
厓門一出是玄洋　　厓門《がいもん》一たび出《い》ずれば是れ玄洋。

また、「戯れに赤関竹枝を作る八首」（『詩鈔』巻三。『詩集』巻十一では「八首」を「十首」とする）の第七首。これは酔った時に眺めた風景ではあるが、

緑酒紅燈酔眼迷　　緑酒　紅灯　酔眼迷い、

萬檣影裡月高低
醒來忽覺身爲客
隔水青山是鎮西

万檣影裏　月高低。
醒《さ》め来たって忽《たちま》ち覚ゆ身は客たるを、
水を隔《へだ》つる青山是れ鎮西《ちんぜい》。

と、以上はいずれも「青山」「万檣」の語が同時に現れている例である。
次の「赤関雑詩」の第三首にも帆船は現れるが、そこではそれよりも、もやの向こうに飲み物を売る人の声がするので船があるのがわかると詠じる。

長門 赤間関（歌川広重「諸国六十八景」のうち。国立国会図書館蔵）

幾點漁燈亂月光
桅竿無影夜茫茫
依稀認得泊船處
煙外有人呼賣漿

幾《いく》点の漁灯　月光を乱し、
桅竿《きかん》　影無く夜茫茫《ぼうぼう》。
依稀《いき》として認め得たり船を泊する処《ところ》、
煙外　人《ひと》有り呼んで漿《しょう》を売る。

もやのかかった風景という点では次の「戯れに赤関竹枝を作る十首」の第十首（『詩集』巻十一）も同じだが、これは視界を遮られ、音だけが枕もとに聞こえて眠りを破られる。潮の音だと思っていたら、目覚めてみるとそれは雨音だったという詩である。

對岸豐山烟霧生
海城投宿夢頻驚
枕邊颯沓知何物
不是潮聲是雨聲

対岸の豊山　煙霧生じ、
海城に投宿して夢頻《しき》りに驚く。
枕辺颯沓《さっとう》として知んぬ何物ぞ、
是れ潮声ならずして是れ雨声。

山陽の詩の中では、海峡に立ちこめるもやは、そこをとりまく山々や帆船などとともに港町下関を表す重要な視覚的要素だったといえる。

三、壇ノ浦の戦いと先帝会

山陽にとって下関とは、歴史的には元暦二年（一一八五）のいわゆる壇ノ浦の戦いで平氏とともに海に沈んだ安徳天皇を祭る場所である。「赤関雑詩」の第二首にはいう。

文字關頭澹夕暉
彌陀寺畔雨霏霏
水濱欲問前朝事
唯有輕鷗背我飛

文字《もじ》の関頭　夕暉《せっき》澹《しず》かに、
弥陀《みだ》の寺畔　雨霏霏《ひひ》たり。
水浜《すいひん》問わんと欲す前朝の事、
唯《た》だ軽鷗の我れに背いて飛ぶ有り。

「文字」は門司《もじ》、「弥陀」は阿弥陀《あみだ》寺、つまり安徳天皇を祭っている今の赤間《あかま》神宮である。そして第三句は、『左伝』僖公《きこう》四年で、斉《せい》の管仲が漢水で溺死した周の昭王の事跡を問うたところ、楚の使者が「君それこれを水浜に問え」と答えた故事による。但しここでは「前朝の事」とは壇ノ浦の戦いのことである。第四句は李白「越中覧古」の「只《た》だ今惟《た》だ鷓鴣《しゃこ》の飛ぶ有るのみ」の句を想起させる。

また「赤関雑詩四首」の第四首（『詩集』巻十一）に、

「安徳天皇縁起絵図」第八巻「安徳天皇御入水」（伝土佐光信。赤間神宮蔵）

隔潮津市故行宮
九國途程自此通
一簇蠣墻呼可接
等閑虧得半帆風

潮《うしお》を隔つる津市《しんし》は故《もと》の行宮《あんぐう》、
九国の途程　此《ここ》より通ず。
一簇《いっそう》の蠣墻《れいしょう》　呼べば接すべし、
等閑《とうかん》に虧《さいわ》いに得たり半帆《はんぱん》の風。

と歌うのは門司側から下関に近づいての光景であろうが、そこは山陽にとっては、安徳天皇の「故の行宮」にほかならなかったのである。

壇ノ浦の戦いの故事を最も壮大に歌ったのは次の「壇浦《だんぽ》行《こう》」（『詩鈔』巻三、『詩集』巻十一）である。

今、紙幅の関係で全体をあげ得ないが、そこでは平家が敗れた時の海上のありさまを述べたあとで、今も生き残って、砂浜を横切っている平家蟹の姿を印象的に描く。

海鹿吹波鼓聲死
稺龍出沒狂瀾紫
敗鱗蔽海春風腥
蒼溟變作桃花水
獨有介蟲喚姓平
沙際至今尙横行

海鹿《かいろく》　波を吹いて鼓声死し、
稺竜《ちりゅう》　出没して狂瀾《きょうらん》　紫《むらさき》なり。
敗鱗　海を蔽《おお》って春風　腥《なまぐさ》く、
蒼溟《そうめい》変じて桃花水《とうかすい》と作《な》る。
独り介虫《かいちゅう》の姓　平《へい》と喚《よ》ぶもの有り、
沙《さ》際《さい》　今に至るまで尚お横行す。

また安徳天皇を祭って下関で行われた先帝会《せんていえ》の光景を山陽は「戯れに赤関竹枝を作る八首」の第一首で歌っているが、その中で妓女たちが語り合う先皇とは安徳天皇のことであるし、かんざしをつけ笏《しゃく》をもって天皇の御前に満ちていた人は平家の公家たちであり、黄金のかんざしをつけて整然と列をなす遊女たちはまさに安徳天皇に仕えていた女官なのである。

可憐兒女說先皇
幾隊紅妝幾瓣香

憐れむべし児女　先皇を説く、
幾隊の紅妝《こうしょう》　幾弁香《いくべんこう》。

簪笏満前人不見　簪笏《しんこつ》前に満ちし人見えざるも、
金釵猶作鷺鵷行　金釵《きんさい》猶お鷺鵷《ろえん》の行を作《な》す。

なお「妝」は『詩鈔』『詩集』ともに「敉」に作るが、ここは意味・平仄の上から考えて「妝」（または「粧」）の誤りではないかと考えられるので改めた。「紅妝」は化粧した美人のこと。

下関の女郎に安徳天皇に仕えていた女官たちの面影を偲ぼうとする趣向は第二首でも見られる。下関の遊女たちには薄絹の足袋を履くことが許されているのを見て、きっとかつての女官たちも足袋を履いて天皇に仕えていただろうと山陽は想像を働かせている。

しものせき海峡まつり 先帝祭
上臈道中（© 下関市観光政策課）

海峡上臈絵巻（© 下関市観光政策課）

託蹕蛟宮歳幾過
水邊猶見舊宮娥
至今許著輕羅韈
應記朝天淩綠波

蹕《ひつ》を蛟宮《こうきゅう》に託してより歳幾たびか過ぐ、
水辺《すいへん》猶お見る旧宮娥《きゅうきゅうが》。
今に至るまで著《つ》くるを許す軽羅の韈《べつ》、
応《まさ》に記《き》すべし朝天して緑波を淩《しの》ぐを。

四、下関の遊女たち

山陽が下関で作った詩の中にしばしば歌い込まれるものの一つに、当時の遊女たちのようすがある。「戯れに赤関竹枝を作る十首」の第九首（『詩集』巻十二）には、晩になるとまげを結って小舟に乗り、港じゅうの船をお客をとりに回る女郎たちのさまを次のように歌っている。

晩綰鬟鴉便上舟
閲過滿港泊船稠
浮花浪蕊無常主
知向誰邊粘不流

晩に鬟鴉《かんあ》を綰《わが》ねて便《すなわ》ち舟に上り、
閲過す満港　泊船稠《おお》きを。
浮花浪蕊《ろうずい》　常主無し、
知《し》んぬ誰《た》が辺に向かって粘《つ》きて流れざるを。

「彼女たちはきまった旦那がおらず、さて今晩は誰のところにくっつくかしら」と山陽は遊女たちの日々のありさまをじっと見つめているが、ありきたりの花を表す「浮花浪蕊」という言葉の喩えに一種の哀感を込めたのであろう。

「関人某、堂に名づけて鶯鳴書窓《おうめいしよそう》と曰い、詩を索《もと》む」（『詩集』巻十二）の詩には、すまいのすぐ後が山に連なって鶯の鳴き声が聞こえてくる家を、

眠桅宿柁擁門横　眠桅宿柁《みんがいしゆくだ》　門を擁《いだ》いて横たわり、
厭聴倡謳雜櫓聲　聴くを厭《いと》う倡謳《しようおう》　櫓声に雑《まじ》るを。
贏得海津無餘地　贏《か》ち得たり海津《かいしん》に余地無く、
山連屋後有鶯鳴　山　屋後に連なって鶯鳴有るを。

と歌っているが、「女郎の歌声が近所で船をこぐ櫓の音にまじって聞こえてくるのはいやだ」と、ここにも下関の遊女たちのことが入り込んでくる。

そうした遊女たちの恋人はたいてい海の男であったから、彼らが船に乗って港に入ってくるのが待ち遠しい。「戯れに赤関竹枝を作る八首」の第三首には、

疊疊春帆破海煙　畳畳たる春帆《しゆんぱん》　海煙を破る、
意中人到定今年　意中の人到るは定めて今年ならん。

明眸一様凝秋水　明眸《めいぼう》一様に秋水を凝《こ》らし、
姉望丹船妹越船　姉は丹船を望み妹は越船。

と数少ない逢瀬を待ち焦がれる様子が描かれ、同じく第四首には、

六連嶋望五洲波　六《む》連島《つれじま》は望む五洲の波、
紫石山通玄海霞　紫《し》石山《せきざん》は通ず玄海の霞。
誤愛児郎好身手　誤って愛す児郎の好身手《こうしんしゅ》、
捕鰌平戸不歸家　鰌《くじら》を平戸に捕えて家に帰らず。

と歌う。紫石山は赤間神宮の後方にある紅石山《べにし》をいう。遊女はそこに立って、響灘に浮かぶ六連島を眺め、その向こうの玄界灘、さらには西のはて五島列島に思いを馳せ、長崎の平戸《ひらど》に鯨を捕りに行ったまま帰ってこない漁師をやはりじっと待っている。

五、酒と芸術

山陽は下関でどのような生活をしていたのだろうか。その中心となっていたのは一つは酒の愉しみ

であり、一つは書画篆刻の芸術であった。

山陽は下関で初めて本物の酒の味を覚えた。「赤関竹枝の稿本の後に書す」（『文集』外集）には「余始め飲を解せず。赤関に洋〔摂津灘〕の酒の鶴と単呼する者有り。甚だ勁《つよ》し。余一たび嚥《の》んで、その気、斉《ほぞ》に徹するを覚ゆ。是れより日として飲まざるは無く、飲んで酔わざるは無し。既にして京都に帰る。醸甘《あま》くして飲むべからず。乃ち伊丹の酒数十品を致さしめ、その勁《つよ》く且つ久しく用いて弊《へい》なかるべき者を揀《えら》び、歳ごとに五大樽を致さしむ。顧みて鶴の如き者を視るに、真に下駟なるを覚ゆ。然れども余を酔郷に導くは、玄裳縞衣の力なり」という。この文は『全伝』文政元年三月二十四日に引かれ、「洋」には〔灘〕、「鶴と単呼」には〔白鶴〕、「伊丹の酒数十品」には〔剣菱・白雪・泉川……〕、「真に下駟」には〔剣菱などに比べては、鶴はまだ甘口〕、「玄裳縞衣」には〔鶴〕などと注記がなされている。要するに、下関で山陽が出会った酒は、灘の「白鶴」であったようである。山陽はこれによって酒に酔う愉しみを知った。たとえば「戯れに赤関竹枝を作る八首」の第六首に、

年年攝酒附商舟
磊落萬罌堆岸頭
清醥尤推鶴字號
駕人醉夢上揚州

年年　摂酒　商舟に附し、
磊落《らいらく》　万罌《ばんおう》　岸頭に堆《うずたか》し。
清醥《せいひょう》尤《もっと》も推す鶴字号、
人を酔夢に駕《の》せて揚州に上らしむ。

とあるのは、山陽の好む伊丹の酒が船で次々と下関に運ばれる風景と同時に、そうした「鶴」の銘柄の酒に酔う自身の姿を描いている。

彼は「赤関酔歌」（『詩鈔』巻三、『詩集』巻十一）を作って、

筑山淡
豊山濃
煙紫雲翠一重重
吾行應須那裡厺
飽攬雲煙盪吾胸
赤關半月伴雁鶩
一水如帶卻不渡
問吾底事戀此間
豐筑無酒似赤關

筑山淡く、
豊山濃し。
煙　紫《むらさき》に雲翠《みどり》に一に重重《ちょうちょう》たり。
吾が行応《まさ》に須らく那裏《なり》に去り、
飽くまで雲煙を攬《と》って吾が胸を盪《うご》かすべし。
赤関　半月　雁鶩《がんぼく》に伴《したが》い、
一水　帯の如きも却《かえ》って渡らず。
吾れに問う底事《なにごと》ぞ此の間を恋うと、
豊筑　酒の赤関に似たる無し。

と歌った。山陽が「一水 帯の如き」海峡を渡ればすぐ豊前・筑前なのに、なかなか下関を去りがたいのは、向こうには下関ほど魅力ある酒が無いと感じられたためであった。

そして酒の肴となったのは河豚であったろう。河豚料理にはかぼすが用いられた。山陽にそのかぼ

すを歌った詩がある（「戯れに赤関竹枝を作る八首」の第八首）。

藏橙戸戸候東風　　橙を蔵して戸戸東風を候《ま》ち、
和得豚羹味不窮　　豚羹《とんこう》に和し得て味わい窮まらず。
纖指擘開黄玉顆　　繊指擘《つんざ》き開く黄玉《こうぎょく》の顆《か》、
愛他香霧噀春葱　　愛す他《か》の香霧の春葱《しゅんそう》に噀《ふ》くを。

「豚羹」とは河豚を煮た料理であろう。現在も下関の河豚といえば全国に名が知れ渡っているが、当時の下関でもよく食べたらしい。但し山陽は河豚が食べられなかったと見え、「赤関竹枝の稿本の後に書す」の中で「赤関の人、河豚を食らう。婦人小児と雖も皆な然り。旅客の敢えて食らわざる者を視れば、嗤《わら》って以って怯と為す。余甘んじて嗤咲《ししょう》を受け、而して食らわざるなり」と言っている。
山陽の下関におけるもう一つの愉しみはむろん芸術であった。彼は下関でよい紙を手にいれたので、それで画をかこうとしたが未完成のままになっていた。それはのちに長崎まで持っていってやっと完成した。「赤関に在りて一佳紙を得、用って画《え》を作《な》さんと欲するも、未だ成らずして廃す。巻、橐《ふくろ》に在り。時に出《い》だして点染し、此に至って乃ち成る」（『詩集』巻十一）の詩にそのことが歌われている。

硯海偸閑畫半成　　硯海《けんかい》閑《ひま》を偸《ぬす》んで画半ば成り、

齎來瓊浦筆方停　瓊浦《けいほ》に齎《もたら》し来たりて筆方《はじ》めて停《とど》まる。
筑峰豊嶺迎還送　筑峰豊嶺迎えて還《ま》た送り、
篋裡青山未了青　篋裏《きょうり》の青山未だ青を了《お》えず。

「瓊浦」は海に面した街の美称であるが、「大村《おおむら》より舟《ふね》して長与《ながよ》に抵《いた》る。長碕を距《へだ》つること十里」（『詩鈔』巻三、『詩集』巻十一）の詩に「駕を瓊浦に税《と》くは今夕に在り」というように、ここでは長崎を指すであろう。「周防道上」（『詩鈔』巻三、『詩集』巻十一）の詩では「看て周防に到れば青始めて了わる」というが、これは逆に青い山並みがとぎれないことを歌ったのである。

また石原君亮という人物の来訪を受けて一緒に詩を作った時の作「石原君君亮至る。同《とも》に賦す」（『詩集』巻十二）には、櫓を動かして漕ぎ出す港の舟や、履き物の音を響かせて歩く美しい女郎たちといった下関の風物を描く一方で、清流では冠のひもを洗うと歌う滄浪の歌や、孟嘗君《もうしょうくん》の食客の馮驩《ふうかん》が剣をたたいて「食事に魚がない」と待遇の不満を述べた故事を引きながら、唐詩や晋の王羲之《おうぎし》の書状を批評しあう満足した生活ぶりを言い表している。

赤馬關頭轉楫　赤馬関頭　楫《かじ》を転じ、
蒼鷹川上鳴屧　蒼鷹川上　屧《くつ》を鳴らす。
開懐細雨斜風　懐を開く　細雨斜風、

聚首唐詩晉帖　首を聚《あつ》む　唐詩晋帖。
有水應須洗纓　水有らば応《まさ》に須らく纓を洗うべし、
無魚不必彈鋏　魚無きも必ずしも鋏《つか》を弾ぜず。
得君方破鄉思　君を得て方《はじ》めて郷思を破る、
客舍滿庭落葉　客舎満庭の落葉。

なお第二句は「蒼鷹川上　屧《くつ》を鳴らす」と読んだが、解釈は未詳である。そのうち「鳴屧」については南宋の田園詩人范成大《はんせいだい》の『呉郡志』巻八に、春秋時代、呉王夫差《ふさ》がその愛妃西施《せいし》たちを歩かせた際、板敷きの下が空洞で足音が響いたところから「響屧廊」と呼ばれた廊下があり、白居易がそれを「鳴屧廊」と呼んだとある。ここではしばらく下関の女郎たちが履き物を響かせて歩く意に解する。

さて山陽は下関では広江殿峰の家に長く滞在していた。それは、殿峰が商人でありながら、一方で芸術を解する文化人でもあったからである。『下関二千年史』には「この地滞在中山陽は広江殿峰父子をはじめ、竹崎町の白石、西之端町の藤田、河野（今は断絶）西南部町の豊野、広石（今は断絶）等の諸家に出入交際した」とある（四三六頁）。

彼が下関で交流した人士にはそのほかに、長府《ちょうふ》の小田南陔《おだなんがい》がいる。山陽は「長府にて旧友田廷錫《でんていせき》に邂逅し留宿轟飲す。府の城外に潮満・潮乾の二島有り」（『詩集』巻十一）の詩を作り、その中で長府の南陔宅に泊まって痛飲したことを述べている。詩題に見える田廷錫は小田南陔のことである。また夫人のために揮毫したり、夫人に髪を整えてもらったりしたことを、「廷錫の内人、書を索《もと》む。戯れに作る」「廷錫又た内人をして吾が髪を理《おさ》めしむ」（いずれも『詩集』巻十一）といった詩に歌った。

さらに禅僧で画や詩にも長じていた雲華上人《うんげ》、名は大含とも交わった。雲華は豊後竹田の出身で、下関の人ではないが、ちょうど富士登山への道中、山陽と下関で会い、阿弥陀寺の先帝会《せんていえ》を一緒に拝観した。山陽は下戸の雲華と茶を飲んで愉快に語り合ったり、雲華がえがいた蘭の画に詩を題したりしたことを、「大含師に遇う。師将《まさ》に東遊して岳に上らんとす。此れを賦して贈と為す」（『詩鈔』巻三。『詩集』巻十一では「大含師に遇う」）「大含禅師の画蘭に題し、東道殿峰老人に似《しめ》す」（『詩集』巻十一）などの詩に詠じた。

但しこれらの詩は、Ⅳ章「『西遊詩巻』訳注」で「西遊詩巻」を底本にして取り上げたのでここでは割愛する。

六、客　情

山陽は父の三回忌に出るために文政元年正月に広島に向けて発程し、京都に戻ってきたのは翌文政二年の三月であったから、妻のりえを残して一年以上家を留守にしていた。彼は最初に下関に来た時に作った「戯れに赤関竹枝を作る八首」の第五首で、

輕舠急櫓剪波堆
想到華城日未頽
欲將別涙隨潮厺
白石洋頭卽卻回

軽舠《けいとう》急櫓　波堆を剪《き》り、
想いは華城に到って日に未だ頽《たい》せず。
別涙を将《も》って潮に随って去らんと欲するも、
白石洋《しらいし》頭即ち却《しりぞ》き回《かえ》る。

と、家のことを気にしている。「華城」は浪華《なにわ》の町、つまり大坂だが、結局は妻のいる京都のことを指すであろう。「白石洋」はいわゆる白石瀬戸《しらいしせと》のことで、「備後灘と水島灘の境界にあたり、潮の干満の境となっていて、満潮には迫合、干潮には相引が見られる」（『角川日本地名大辞典　岡山県』）という。三・四句目は杜甫の「高《こう》常侍に寄せ奉る」の詩に「別涙遥かに添う錦水《きんすい》の波」とあるのに拠って、別れを悲しむ涙を潮の流れにまかせて大坂まで届けようとしたが、白石瀬戸で押し戻されてしまったと歌うのである。

あるいは「赤関の寓居にて嵐峡春遊図に題す」（『詩集』巻十一）では、春風の吹くある日、響灘《ひびきなだ》の波音が終日聞こえる下関の客寓で嵐山を描いた画を見ながら、桜の一面に咲く中、箏や琴の音が響きわたる春の京都を懐かしんでいる。

響洋波浪曉昏譁
海驛東風不見花

響洋《きょうよう》の波浪　暁昏　譁《かまびす》しく、
海駅の東風　花を見ず。

想得嵐山好時節
香雲堆裡沸箏琶

想い得たり嵐山《らんざん》の好時節、
香雲堆裏　箏琶《そうは》沸くを。

なお『詩集』では「波浪」を「放浪」に誤っていると思われるので改めている（Ⅳ章14参照）。

文政元年の年末には、九州旅行を終えて再び下関に来た時、広江家に届いていた家からの書信をひらいた。次の「家書を得」（『詩鈔』巻四、『詩集』巻十二）の詩はその時のもので、山陽は灯心をかきたてながら母や妻の詳しい消息を読んでいる。

獨展家書剔燈檠
縷縷如聞絮語聲
要識各天相憶處
半秋細報月陰晴

独り家書を展《の》べて灯檠《とうけい》を剔《き》り、
縷縷《るる》聞くが如し絮語《じょご》の声。
識《し》るを要《もと》む各天の相い憶う処、
半秋細《こま》かに報ず月の陰晴。

こうしてまた異郷で年を越そうとしていると、彼にとっては馴染みの地である下関とはいえ、旅愁を感じざるを得ない。山陽は、広江殿峰の家に寄寓して、炉の灰をいじり、酒を飲みながら、どこであっても自分の故郷でない場所はないと思いつつも、今ごろは妻は機織り仕事をやめて、新年を迎える支度にかかっているだろうと思いやる。それが次の「赤馬関にて歳を守る詞」（『詩鈔』巻四、『詩集』巻十二）である。

南船北船盡歌呼
繫纜買魚餞歳徂
客樓雪霰壓燈火
吾亦撥爐傾白墮
半生飄泊趁風檣
一醉何處非家鄉
自有縞綦關心緒
守歳舊寓輟機杼
靈犀一點海山遙
酒醒燈凍聞雁語

南船北船　尽《ことごと》く歌い呼び、
纜《ともづな》を繋ぎ魚を買って歳の徂《ゆ》くを餞《おく》る。
客楼の雪霰《せっせん》　灯火を圧し、
吾れ亦た炉を撥《もてあそ》んで白堕を傾く。
半生飄泊して風檣《ふうしょう》を趁《お》うも、
一酔何《いず》れの処か家郷に非ざらん。
自《おのずか》ら縞綦《こうき》の心緒に関する有り、
歳を守って旧寓　機杼《きちょ》を輟《や》めん。
霊犀　一点　海山遥かなり、
酒醒《さ》め灯凍って雁語を聞く。

そして年が明けて下関で新年を迎える。山陽は「赤関にて歳を迎う二首」（『詩鈔』巻四、『詩集』巻十二）を作った。その第一首には、新年の街のざわめきを寝床で聴きながら、居所の定まらぬ半生を振り返り、異郷で年を越した感慨に耽っている。

潮搖嫩日海生烟　潮は嫩日《どんじつ》を揺《ゆ》らして海 煙を生じ、
臥聽街聲動曉天　臥《ふ》して聴く街声 暁天に動くを。
誰識半生行路老　誰《たれ》か識《し》らん半生行路に老い、
赤間關下又迎年　赤間関下《せきかんかんか》に又た年を迎えんとは。

七、おわりに

下関は今でこそ本州西端の一地方都市にすぎないが、近世においては北前船、また瀬戸内筋・西海筋の寄港地であり、山陽・山陰道の合流点としても繁栄していた。京都からやって来た頼山陽は、そうした東西の商人や旅人の行き交う開放的で賑やかな港町にあって、しかも広江殿峰のごときよき後援者にも恵まれて過ごしたから、九州の旅から再びそこへ戻って来た時に、帰郷したような安堵感と解放感を覚えたのであろう。関門の船や遊女たち、港に運ばれてくる酒、さらには源平合戦の伝説と詩の題材になるものには事欠かなかった。彼は時に旅の身にある者としての「客情」を感じつつも、それをも詩の材料として作品に仕立てている。

そうした詩の比較的多くは「西遊稿」の一部として『山陽詩鈔』に収められたから、結果的に多くの人の目に触れることとなった。山陽の詩を通して眺めた下関は、自然と人情に富み、平家哀亡の歴史の哀感とロマンを感じさせるものである。そうした当時の「赤間関」の姿が山陽の筆の力によって、より広く知られるところとなったのは、下関にとって幸運なことではなかっただろうか。

Ⅵ章　頼山陽と下関の商人広江殿峰

一、はじめに

頼山陽は生涯に下関を二度訪れた。父春水の三回忌の法要に出席するため、広島に帰省し、その足で九州への大旅行に出発した時に、旅次、立ち寄ったのが一度めである。それは文政元年（一八一八）三月十四日のことであって、木崎愛吉『頼山陽全伝』（以下『全伝』と略記）のその日の記事に「下ノ関著。広江殿峰の宅に入り滞留。〔四月廿三日迄〕」とある。「著」は着くこと。二度めは九州旅行からの帰るさ、再度、通りかかった折で、文政元年十二月（日付は不明）である。『全伝』の文政元年「十二月　日」に「下ノ関に入り、再び広江家に入る」という記載が見える（日付が空白になっているのは原文のままで日付不明のもの。以下同じ）。

一見してわかるように、山陽は二度の下関訪問においていずれも広江殿峰の家に滞在している（「殿峰」はしばしば「殿峯」とも記されるが、本書では引用も含めてすべて「殿峰」に統一する）。一度目は三月十四日から四月二十三日までの一か月以上にわたり、二度目は十二月に来て「広江家にて越年」（『全伝』文政元年十二月三十日）し、滞留は翌文政二年正月に及んだ。

二度の滞在の間、山陽はずっと広江家にいたわけではなかった。一度目、二度目ともに下関滞在中に、長府の小田南陔宅にも泊まりに行った記載が『全伝』にはある。しかし広江殿峰は下関滞在中の山陽が、経済的にもまた精神的にも最も頼りにした人物であった。

なお広江殿峰とその子秋水については、井上誠「広江殿峰・秋水の雅遊と交友――西江楼の文人たち」に詳しいが、本章では頼山陽が残した詩文と『全伝』などを主な資料として、特に山陽と広江殿峰との下関での交遊の様子について概略を窺う。詩を引用する際の原文は原則として『山陽詩鈔』または『山陽遺稿』に拠り、『頼山陽詩集』（『頼山陽全書』所収）でしか見られないものはそれに拠った。それぞれ『詩鈔』『遺稿』『詩集』と略記して巻数を示したが、いずれにも収める場合は両方の巻数を示してある。詩の制作年は『詩集』の編年や『全伝』を参考にした。また、『全伝』その他の文献の引用に関しては旧字体を新字体に、漢数字をアラビア数字に改めた箇所がある。

二、広江殿峰の生涯と人となり

広江殿峰は諱を為盛、字を文竜、通称を吉右衛門という。宝暦六年（一七五六）、周防富田の藤井家に生まれ、のち、西細江町で醤油の醸造をしていた広江家の養嗣子になった。その屋号を伊予屋といい、殿峰は四代目にあたる。文政五年（一八二二）九月、六十七歳で死去した。彼は勤勉実直な商人であるとともに、画や篆刻を得意とする多才な人物で、特に篆刻については『西江堂印譜』一巻がある（下関市市史編集委員会編『下関市史　藩制―明治前期』三〇三～三〇四頁による。以下『下関市史』と略記）。また、文人墨客と交わることを好み、当時の交通の要衝下関にあって、殿峰の家はしばしば彼らの宿となった。そして山陽もその恩恵に与った一人であった。

山陽は殿峰のために、その一生の事績を「広江殿峰翁墓碣」に書いている。墓碣は下関市豊前田《ぶぜんだ》町一－一－六の光禅寺墓域に大正七年（一九一六）に建てられ、近年まで存在していた。また付近に「広江殿峰宅址」の石碑が立ち、山陽が逗留したという殿峰の家がそこにあったことが知られる。山陽の手になる「広江殿峰翁墓碣」は次のようなものである。以下に碑に基づいて原文とその訓読・口語訳を示す。

原文

赤馬關當西道襟喉、海陸商旅所輻湊。而廣江翁獨以風流知名海內。凡載筆橐硏而東西行者、自挾一技以上、莫不館於翁。余意翁特自喜者耳。及西遊、往來主翁家、然後知向淺視之也。翁雖汎容衆、其

「広江殿峰宅址」石碑

広江殿峰翁墓碣
（2001年5月著者撮影）

中有所鑒別。家不甚富、而憐才奬能、卹其窮困。其自奉朴素、日着粗布蔽膝、襍奴僕理事。事畢輙抵客室、談笑應酬、客安之。留滯動涉旬月、而其妻孥亦不之厭也。余聞翁嘗以孝蒙其藩旌賞。事在享和癸亥云。蓋其仰事俯育、備有條理、本之以誠、施及交游、無新舊、皆得其歡心也。世學者往往以文與行爲二途、甚至以好事廢務敗產。聞翁之風、寧能無愧。余與翁別三年、而得翁訃。實文政壬午九月六日。享年六十七。葬邑興禪寺。翁諱爲盛、字文龍、號殿峰、通稱吉右衛門。配三輪氏生三男一女。長男爲禎仲爲尙皆先死。季鐘。女適邑中野某、又一女妾出在家。鐘好學、從余游。今爲嗣以書來請曰、先子在時每言、吾所閲人遍天下、晩乃得識賴君。則先生宜銘其墓矣。翁多技能、善畫、多從學者。又善刻印、公卿侯伯徵其篆雕。世多知者故不著。著其尤大而人不及知者。遂銘之曰、

翁在時書月一臻。因憶嘗觀翁座間、四方文翰與米鹽之籍、委如魚鱗、了有次第。拮据昏晨、人謂之敏、余服其篤。所以能孚於衆。况於骨肉。展此墓者、不亶乃子孫。余知人過關者、必拜且泫然也。

友人藝國賴襄撰幷書。孤子鐘建。

訓読

赤馬関《あかまがせき》は西道の襟喉《きんこう》に当たり、海陸の商旅の輻湊する所なり。而して広江翁独り風流を以って名を海内に知らる。凡そ筆を載せ研《すずり》を橐《つつ》んで東西に行く者の、一技を挟《さしはさ》むより以上は、翁に館《やど》らざるもの莫し。余意《おも》えらく翁は特《た》だ自ら喜ぶ者なるのみと。西遊し、往来、翁の家に主《やど》るに及んで、然る後に向《さき》に之を浅視するを知るなり。翁汎《ひろ》く衆を容《い》ると雖も、其の中に鑑別する所有り。家甚だしくは富ま

ずして、而《しか》も才を憐れみ能を奨《すす》め、其の窮困せるを卹《すく》う。其の自奉《じほう》すること朴素にして、日《ひび》に粗布蔽《へい》膝《しっ》を着《つ》け、奴僕に雑《まじ》って事を理《おさ》む。事畢《おわ》れば輒《すなわ》ち客室に抵《いた》って、談笑応酬し、客 之に安んず。留滞すること動《やや》もすれば旬月に渉るも、其の妻孥《さいど》も亦た之を厭《いと》わざるなり。余聞く翁嘗て孝を以って其の藩の旌賞《せいしょう》を蒙ると。事、享和《きょうわ》癸亥に在りと云う。蓋し其の仰事俯育、備わって条理有り、之に本づくに誠を以ってし、施《し》いて交游に及び、新旧と無く、皆な其の歓心を得ればなり。世の学者は往往にして文と行いとを以って二途と為し、甚だしきは事を好むを以って務めを廃し産を敗るに至る。翁の風を聞けば、寧《いず》くんぞ能く愧《は》ずること無からんや。余、翁と別るること三年にして、翁の訃を得たり。実に文政壬午九月六日なり。享年六十七。邑の興禅寺《こうぜんじ》に葬る。翁、諱は為盛、字は文竜、殿峰と号し、通称は吉右衛門。配三輪氏、三男一女を生む。長男為禎・仲為尚、皆な先んじて死す。季は鐘。女、邑の中野某に適《とつ》ぎ、又た一女、妾出《しょうしゅつ》にして家に在り。鐘、学を好んで、余に従って游ぶ。今、嗣と為り書を以って来たり請うて曰わく、「先子在りし時毎《つね》に言う、吾《わ》が閲する所の人 天下に遍《あまね》く、晩には乃ち頼《らい》君を識《し》るを得たりと。則ち先生宜しく其の墓に銘すべし」と。翁技能多く、画を善くし、従って学ぶ者多し。又た刻印を善くし、公卿侯伯、其の篆雕を徴《もと》む。世に知る者多きが故《ゆえ》に著《あらわ》さず。其の尤《もっと》も大にして人の知るに及ばざる者を著す。遂に之に銘して曰わく、

翁在りし時、書、月に一たび臻《いた》る。因って憶う、嘗《かつ》て翁の座《ざ》間《かん》を観るに、四方の文翰《ぶんかん》と米塩の籍と、委《つ》もること魚鱗の如く、了《つい》に次第有り。拮据《きっきょ》すること昏晨、人 之を敏なりと謂い、余其の篤きに服す。能く衆を字《はぐく》む所以なり。況《いわ》んや骨肉においてをや。此の墓を展《てん》する者は、亶《た》だ乃《なんじ》の子孫のみなら

ず。余、人の関に過《よぎ》る者も、必ず拝して且《しばら》く泫然《げんぜん》たるを知るなり。

友人、芸国の頼襄《らいのぼる》撰丼びに書。孤子鐘建つ。

口語訳

下関は九州に通ずる要所に位置し、海と陸の商人や旅人が集まってくる所である。そして広江翁は風流という一点によってその名を全国に知られている。筆や硯を携えて東西を旅する人で、一芸に秀でた者なら、翁の家を宿としたことのない人はいない。私は翁はただそれで得意がっていたのだと思っていた。しかし西方に旅をし、その行き帰りに、翁の家に泊まるに及んで、これまで翁を見損なっていたことがわかった。翁は大勢の人々を受け入れてはいたが、ちゃんとそれは弁別されたものだったのである。家が大して裕福なわけではないのに、才能ある者を惜しみ、能力ある者を励まし、彼らの貧困に対して援助した。自分の生活に関しては質素であって、いつも粗末な布の前垂れをつけ、奴僕に交じって仕事に従事した。仕事が終わると客が泊まっている部屋に行って、談笑して客をもてなし、客はそれに満足した。客の滞在はしばしば一か月に及んだが、その妻や子もそれを嫌がらなかった。私は翁が以前、孝行によって藩から表彰されたと聞いている。それは享和三年のことだという。思うにその父母に仕え妻子を養うやり方が、行き届いて筋が通っており、その根本が真心から出ていて、それがついには交遊にも及び、新知と旧知とを問わず、人々から喜ばれたからであろう。世間の学者は往々にして文学芸術と仕事とが別々の道であると考えていて、物好きが高じた結果、仕事を怠って破産するに至ることさえある。そうした人たちは翁の様子を聞けば、恥じないことがあろうか。私は翁と別れて三年経ってから、翁の訃報に接した。文政五年九月六日のことである。享年六十七。村の興禅寺に埋葬した。翁は、本名を為盛、字を文竜といい、殿峰と号し、通称を吉右衛門といった。妻の三輪氏は、三男一女を生んだ。長男の為禎と次男の為尚は、いずれも翁より先に亡くなった。末子は鐘という。娘は村の中野なにがしに嫁ぎ、もう一人の娘はめかけ腹で、家にいた。鐘は学問を好み、私の塾に遊学した。今、後継ぎとなって手紙を携えてやってきて、「亡父が生きていた時、私が交わった人は全国各地に及んでいるが、晩年にやっと頼君と知り合いになれたといつも申していました。よって先生がその墓に文章を書かれるのがふさわしい」と依頼した。翁は多芸であって、画がうまく、翁について学ぶ者が大勢いた。また印刻に長じ、公家や大名から篆刻を求められた。こうしたことは世間によく知られているので記さない。最も重要で人に知られていない事柄を記しておく。かくて銘に言う、

「翁の生前、手紙は月に一度きた。よって思い出す、翁の居間を見ると、全国からの書簡と日々の帳簿とが、魚の鱗のように夥しく積まれていたが、ちゃんと順番になっていたことを。朝から晩まで辛苦して働き、人はそれを勤勉だと言い、私はその誠実さに敬服する。だから人々の面倒をよく見られたのだ。肉親に対しては言うまでもない。この墓に参るのは、あなたの子孫だけではない。ほかの下関を通る者も、必ずあなたの墓に参拝して暫しはらはらと涙を流すだろう」。

友人である、安芸国の頼襄が文を作り、かつこれを書く。父を失った子の鐘がこの墓碣を建てる。

『下関の記念碑（旧市内篇）』にはこの墓碣碑を写真入りで紹介しているが、そこに「碑文」として引かれているものは前掲の文とは異なっている。それは『遺稿』巻四に収める「広江殿峰翁墓碣」と一致する。また『頼山陽文集』（『頼山陽全書』所収。以下『文集』と略記）では巻九に載せる二種類の「広江殿峰翁墓碣」のうち最初の方のものであって、すなわち後に山陽が修正を加えた文章である。前掲の、現存する碑石の原文は『文集』であとの方に載せる、〔初稿〕と注記のあるものとほぼ一致する。

碑の原文（初稿）と『遺稿』とを比較すると、全体にわたってかなりの修正はあるが、特別に新しい事実が付け加えられたということはない。本来、修正された『遺稿』の方を取り上げるべきかもしれないが、その本文については前掲『下関の記念碑』や『文集』などについて見られたい。

三、山陽と殿峰の出会い

山陽は殿峰とどのようなきっかけで出会ったのか。

『下関市史』には「文政元年（一八一八）三月、門人後藤松陰をつれて西遊の時、長府の旧友小田南陔宅に宿泊三日ののち、十四日、広江殿峰の宅に入った。殿峰は渡辺東里、在関中の甲原柳庵、女婿山名喜兵衛（船木屋―俳人）を集めて歓談し、山陽の滞留は四十日に及んだ。殿峰は文化五年（一八〇八）に自刻の銅印を贈ったことがあり、秋水は山陽と師弟の間柄であったので、歓待これ努めた。銅印贈与というのは、長府の藩儒臼杵太仲が芸備地方を旅行して、山陽に会った際、太仲が持っていた銅印を見た山陽が、殿峰へ執成しを頼んだことによるのである」と述べている（三一三頁）。

ここに言う銅印贈与については、山陽に「赤馬關人廣江殿峰贈銅印其自刻云（赤馬関《あかまがせき》の人広江殿峰、銅印を贈る。其れ自ら刻すと云う）」（『詩集』巻五。文化六年作）と題する詩がある。

沈沙折戟千年在
化爲篆刀刀色寒
多謝一揮援我陣
能令赤幟照文壇

沈沙《ちんさ》　折戟《せつげき》　千年在り、
化して篆刀と為って刀色寒し。
多謝す一たび揮《ふる》えば我が陣を援《たす》け、
能《よ》く赤幟《せきし》をして文壇を照らさしむるを。

詩の大意は、「水辺の砂地に千年の間うずもれていた折れた矛が、いつの間にか寒々と光る印刀と化している。／あなたがその印刀で作ってくれた印の威力は抜群で、私が一筆振るうたびに、真っ赤な色で私の文筆活動を助けてくれる」というくらいであろうか。

「折戟　砂に沈んで鉄未だ銷《しょう》せず」と歌う杜牧の「赤壁」の詩を踏まえた作品である。但し「赤幟」は赤壁の故事から来るのではなく、この詩では赤い旗をかかげて源氏と壇ノ浦で戦った平家を指すのであろう。平家は源氏に敗れて海の藻屑となってしまったけれども、阿弥陀寺は平氏とともに海に沈んだ安徳帝が葬られ、平家一門の墓もある。そこに祭られている平家の霊が見守っていてくれる、という意にとれる。

山陽が下関に来た時歓待に努めたという秋水は殿峰の三男で、前掲の「墓碣」に現れる鐘のことである。字は大声または子遠、通称を常蔵といい、秋水と号した。彼は文化の初年熊本の高木紫溟に学び、そこで田能村竹田を知り、竹田の紹介で山陽の門に入った（『下関市史』三〇四頁）。

『全伝』文化八年「五月　日」に「もとの新町丸太町上る処に開塾」とあるように、山陽が京都で塾を開いたのは文化八年である。秋水は文化十一年（一八一四）五月に、下関を経由して大坂に行った竹田とともに東上し、『全伝』文化十一年「六月　日」に、「〔立秋〕。武元北林、京都より帰郷の途、兄登々庵、及び山陽塾の広江秋水等に見送られ、伏見豊後橋の旅館に一泊」と見えるから、この時には山陽の塾生であった。しかし同年十一月三十日の『全伝』に、「在京の広江秋水、その長兄九隣〔名為植《ママ》・字孟祥。称久太郎―卅八歳〕が、去る四日、下ノ関の家にて死去につき、帰郷の途……」とあって、兄の死とともに下関に戻ったので、山陽の塾生であった期間は短かった。

いずれにしても、秋水の入塾は銅印贈与より後であって、殿峰は秋水を通して山陽を知ったのではないであろう。偶然の機会に殿峰の銅印を見た山陽が、臼杵太仲を通して自分にも銅印を刻するように殿峰に依頼し、そのことがきっかけとなって二人の交遊が始まったのではないかと想像される。

四、下関での山陽と殿峰

下関での二人の交遊のさまを、山陽が作った詩によって窺ってみよう。

上述したように、山陽は九州旅行への行きがけ、文政元年三月十四日に下関の殿峰の家に入った。広江家では富士登山のために東上の道中にあった旧知の僧侶大含禅師（雲華上人）と逢い、三月二十四日、ともに阿弥陀寺の先帝会を拝観している。この時、山陽らを案内した一人が広江秋水であった。『全伝』文政元年三月二十四日に「富士登山の途、来合せた雲華（四十六歳）と共に、秋水・甲柳庵等に導かれて、阿弥陀寺の先帝会《せんていゑ》（安徳天皇御祭）拝観」とある。

大含禅師は画人でもあり、蘭を得意とした。山陽は禅師より蘭の画をもらった時、それに題した詩を殿峰に与えた（「題大含師画蘭似東道殿峰老人」、『詩集』巻十一、Ⅳ章「『西遊詩巻』訳注」12も参照）。

そして四月二十四日、一旦、殿峰とは別れて、いよいよ九州へと旅立つ。出立にあたって、山陽は近作の絶句十二首を書き留めて殿峰に贈っている。『全伝』文政元年四月二十四日に、「廿二日出立、小倉へ向ふべき予定、この日に延期。近作十二絶を揮毫して広江家に留贈す、その一首」とあり、そのうちの一首を録する。次に掲げる「寓廣江氏二旬臨別錄近製十二絕留贈主人翁其一（広江氏に寓すること二旬、別れに臨んで近製の十二絶を録し、主人の翁に留贈す　其の一）」（『詩集』巻十一）がそれである。

萍跡悠悠赤馬關　萍跡《へいせき》悠悠たり赤馬関、
登高聊復餞春還　登高聊《いささ》か復《ま》た春を餞《おく》って還る。
中原一髪青何在　中原　一髪　青何《せいいず》くにか在る、
眼盡天低鶻沒間　眼は尽《つ》く天低《た》れ鶻《こつ》の没する間《あいだ》。

詩の大意は「私のあてのない旅路ははるか遠く下関まで至り、小高い山に登って暫く酒宴を催して帰って来た。／蘇東坡が歌った「広い海原の上に一すじの髪のように青く見える中国本土」はどこにあるのだろうと、空のはてのハヤブサの飛ぶ影がかくれるあたりにじっと目をこらした」というものである。これはⅡ章で述べたように蘇軾の詩「澄邁駅の通潮閣二首」の第二首を踏まえる。

また同じ日に「發赤關留別廣江父子（赤関《あかまがせき》を発して広江父子に留別す）」（『詩鈔』巻三、『詩集』巻十二）の詩も作って別れを惜しんでいる。

潮聲交急艣　潮声　急艣《きゅうろ》に交わり、
日色動高桅　日色　高桅《こうき》に動く。
一葦乘晴日　一葦《いちい》　晴日に乗じて、
三行覆別杯　三行《さんこう》　別杯を覆《くつが》えす。

山陽背指極
鎮右迎顔開
唯有故人意
依依過海來

山陽　背指《はいし》して極まり、
鎮右《ちんゆう》　迎顔《げいがん》して開く。
唯《た》だ故人の意有り、
依依として海を過ぎて来たる。

「うしおの響きが急ピッチに舟を漕ぐ櫓の音とまざりあい、高い帆柱に当たった日差しが舟の振動のために揺れて見える。／晴れた日を選んで一本の葦のような小舟を浮かべ、別れの杯が三巡したところで出発する。／振り返って見れば山陽道の陸地も尽きて見えなくなろうとしており、代わりに九州の風景が私を迎えて広がっている。／そうしてただ古い友人の熱い気持ちだけが、離れがたく海峡を渡ってついてくる」というのがその大意だが、詩には九州の旅への期待と同時に、殿峰・秋水親子に対する惜別の情がにじんでいる。

九州の旅を終えて再び山陽が下関に戻って来たのは、文政元年十二月のことだった。『全伝』「十二月　日」の記載に「大里より発船、下ノ関へ向ふ」とある。大里《だいり》とは現在の北九州市門司区の地名である。次の「北渡再投廣江氏（北渡して再び広江氏に投ず）」（『詩集』巻十二）の詩は大里から下関に向かう船の上で作られたものであろう。

人烟萬戶擁潮横

人煙《じんえん》　万戸《ばんこ》　潮《うしお》を擁《いだ》いて横たわり、

遙認君家高樹明　遥かに認む君が家の高樹《こうじゅ》明らかなるを。
未繫歸舟心已醉　未だ帰舟を繋《つな》がざるに心已《すで》に酔い、
預知家釀待吾傾　預知す家醸《かじょう》吾れを待って傾くを。

その大意は「かまどから煙の立ちのぼる多くの人家が海峡をとり囲むように建つ中に、高い樹木のあるあなたの家がひときわ目だって遠くから眺められる。／私は帰航する舟を岸につなぐ前から酔った気分に浸って、あなたが自家製のありったけの酒で歓待してくれるのを想像している」というものであって、殿峰との再会を前にした躍動するような心情が伝わってくる。

山陽に本物の酒の味を覚えさせたのは殿峰であったと思われる。「書赤關竹枝稿本後（赤関竹枝の稿本の後に書す）」（『文集』外集）に、「余始め飲を解せず。赤関に洋（摂津灘）の酒の鶴と単呼する者有り、甚だ勁《つよ》し。余、一たび嚥《の》んで、其の気、斉《ほぞ》に徹するを覚ゆ。是れより日として飲まざる無く、飲んで酔わざる無し（余始不解飲。赤關有洋（攝津灘）酒單呼鶴者、甚勁。余一嚥、覺其氣徹于齊。自是無日不飲。無飲不醉）」といい、また「戯れに赤関竹枝を作る」（『詩鈔』巻三、引用は『詩集』巻十一による）の一首に「清醥　尤も推す鶴字号、人を酔夢に駕《の》せて揚州に上らしむ（清醥尤推鶴字號、駕人醉夢上揚州）」とあるのからも、下関に来て灘の酒の味を知ったのがわかる。そして最も多く酒の相手をしたのは殿峰だったに違いない。二度目の来関の折、文政元年十二月に作られた「題廣江氏梅月樓（広江氏の梅月楼に題す）」（『詩鈔』巻四、『詩集』巻十二）の詩に次のように歌うことでもそれは窺える。

重寓如歸忘客情
全家迎笑面非生
三杯暮醉如條例
一被朝眠亦課程
食豈無魚荷汝意
天猶有雨滯吾行
具舟門外寧多日
連夜何妨執短檠

重寓《ちょうぐう》帰るが如く客情《かくじょう》を忘れ、
全家 迎笑 面 生に非ず。
三杯 暮酔 条例の如く、
一被 朝眠 亦た課程。
食は豈《あ》に魚《うお》無からんや 汝の意を荷《にな》い、
天は猶《な》お雨有りて吾が行を滞らしむ。
舟を門外に具《そな》うること寧《あ》に多日ならんや、
連夜何ぞ妨《さまた》げん短檠《たんけい》を執《と》るを。

ここに歌われるのは「再びの仮住まいはまるで家に帰ったかのようで旅の身にあることを忘れ、全員に笑顔で迎えられ一人として見知らぬ人はいない。／夕方になると決まって三杯の酒をひっかけては、いつもあなたと同じ布団で朝まで眠っている。／毎日の魚つきのご馳走にはあなたの厚意に感謝し、このところ雨が降るのは私の出立を遅らせようとするかのようだ。／あと何日かで門の外に舟を出して出発しなければならないが、それまでは毎晩、誰にもじゃまされず、燭台のもとであなたと語り合うだろう」といった、二人の文字通り寝食をともにした交遊である。

そうした中で山陽が捻った詩にはなかなかの力作がある。次の「廣江文龍家老松樹歌（広江文竜が家の老松樹の歌）」（『詩集』巻十二）も文政元年十二月の作とされる。

君不聞玄海有龍雌與雄　君聞かずや玄海に竜有り雌と雄と、
雄在其西雌在東　雄は其の西に在り雌は東に在り。
九國路迂苦隔絶　九国　路迂《とお》くして苦《はなは》だ隔絶し、
耦爪擘開地嵌空　耦爪《ぐうそう》擘《つんざ》き開いて地嵌空《かんくう》。
穴門潮汐萬船聚　穴門《あなと》の潮汐　万船聚《あつ》まり、
誰知兩龍奪禹功　誰《たれ》か知らん両竜　禹《う》の功を奪うを。
功成酣睡三千歳　功成り酣睡《かんすい》すること三千歳、
一化爲松一爲翁　一は化して松と為り一は翁と為る。
白髪蒼顔古仙貌　白髪蒼顔　古仙の貌、
聲如吟吼光雙瞳　声は吟吼《ぎんこう》するが如く双瞳光る。
自號文龍人不識　自《みずか》ら文竜と号して人識《し》らず、
獨有老松託同宮　独り老松の同宮に託する有り。
鱗甲剝落如積鐵　鱗甲剝落《はくらく》して積鉄《せきてつ》の如く、
頭角衝雲亂緑髪　頭角　雲を衝《つ》いて緑髪乱る。
槎牙吾見其嫵媚　槎牙《さが》として吾《わ》れ其の嫵媚《ぶび》なるを見、

撫汝盤桓夙縁通
赤關萬家隱海霧
遙見一株碧蔥蘢
翁也愛客今陳鄭
幾人認松維舟篷
仙眼潛閲來往客
欲傳仙訣總如聾
頼子來遊兩投轄
一醉高枕松陰中
夢見松精詳宿昔
果然文龍非裸蟲
詰翁翁罵松饒舌
松聲如笑輾海風

汝を撫《ぶ》して盤桓《ばんかん》し夙縁《しゅくえん》通ず。
赤関の万家　海霧に隠れ、
遥かに見る一株碧《みどり》にして蔥蘢《そうろう》たるを。
翁や客を愛す今の陳鄭、
幾人か松を認めて舟篷《しゅうほう》を維《つな》ぐ。
仙眼潜《ひそ》かに閲《えつ》す来往の客、
仙訣を伝えんと欲すれども総《すべ》て聾《ろう》の如し。
頼子来遊して両《ふた》たび投轄《とうかつ》し、
一酔　枕を高くす松陰の中《うち》。
夢に松精を見て宿昔を詳《つまび》らかにすれば、
果して然り文竜は裸虫に非ず。
翁を詰《なじ》れば翁は罵《ののし》る松饒舌《じょうぜつ》なりと、
松声笑うが如く海風を輾《てん》す。

詩は殿峰の字《あざな》・文竜にひっかけて彼を竜の化身に見立てたもので、やや意味の取りにくいところがあるが、試みに次のように訳してみる。

「君は聞いているだろう、玄界灘に雌雄の竜がいて、雄は西に雌は東にいるということを。／九州までの道のりは遠く隔たり、二つの爪に引き裂かれて穴があいている。／関門海峡にはあまたの船が集まっているが、二つの竜が禹《う》にとって代わってこの治水の功績をなし遂げたとは誰も知らない。／功成ってのち熟睡すること三千年のうちに、一つの竜は松に変化しもう一つは老人になった。／老人は白髪頭に青黒い顔色をして昔の仙人の風貌であり、うなるような声をし、両眼を光らせている。／自ら文竜と号しているが誰にも知られず、古い松の木だけが老人の家に寄り添って立っている。／松の樹皮は剝がれ落ちて鉄を堆積したようになっており、先端は雲に向かって突き出て松葉が茂り放題になっている。／不揃いに枝の伸びたその姿に私は愛らしさを覚え、おまえを撫でては立ち去りがたく前世からの因縁が通っているのを感じる。／下関の家という家は海に立ちこめる霧の中に隠れているが、青々とした一本の樹木が遥か遠くに見える。／老人の客好きはまるで漢の陳遵《ちんじゅん》が今に生きているようで、これまで何人がこの松を目印に舟を繋いだことだろう。／老人は仙人のまなざしで来往する客をそっと観察しては、仙術の奥義を伝えようとするが、みな聞こえていないかのようだ。／私がやって来たところ老人は車軸のくさびを二度とも井戸に捨てて帰れないようにし、酒を酌み交わして松の木陰でのんびりと眠った。／すると夢に松の妖精が出てきて老人の過去を明らかにし、思った通り文竜は人間ではなかった。／老人にそうなのかと詰問すると彼はお喋りな松めと声を荒らげたが、松の木はそれを笑うかのように海風に吹かれて鳴っている」。

なお二十三句目に見える「轄」とは車軸の末端に差し込んで、車輪が脱落しないようにするくさびであって、「投轄」は漢の陳遵が大変客を好み、賓客が大勢やってくるといつも客の車の轄を井戸に放り込んですぐに立ち去れないようにした故事（『漢書』游俠伝）に拠る。とすれば十九句目「陳鄭」は「陳遵」の誤りではなかろうか。ここでは陳遵として解した。また二十七句目「饒舌」は、唐代の僧・寒山《かんざん》と拾得《じつとく》が自分たちの存在を他人に教えた豊干《ぶかん》のことを「饒舌」と言った故事（『宋高僧伝』封干師伝などに見える）を踏まえたものであろう。

　明けて文政二年一月、『全伝』正月元日の記事に「下ノ関、広江殿峰宅にて、『赤間関下又迎レ年。』の句あり。又『歳除紀実』の詩を、新たに携へ還つた端研のつかひ始めに揮毫を試み、秋水に与ふ」、同じく「正月　日」に「殿峰の為めに、『清嘯書楼』の扁字を書す」など山陽と殿峰・秋水親子との交流はいよいよ密である。しかし山陽が下関を発つ時が来る。『全伝』の「正月　日」に「下ノ関発船、上ノ関へ向ふ。殿峰父子への留別短古に「雪消檣竿閃二暾紅一。短㯭去乗料峭風」の句あり」。文中の「留別短古」とは「發赤關別廣江父子作歌（赤関を発して広江父子に別れ歌を作る）」（『詩鈔』巻四）という以下の詩である。

雪消檣竿閃暾紅　　雪消えて檣竿《しょうかん》に暾紅《とんこう》閃《ひらめ》き、
短㯭忩乗料峭風　　短㯭《たんろ》去って乗る料峭《りょうしょう》の風。
沙際回看君佇立　　沙際回《かえ》り看れば君佇立《ちょりつ》し、
影沒厓渚轉曲中　　影は没す厓渚《がいしょ》転曲の中《うち》。
騎歳淹畱情難割　　騎歳淹留《えんりゅう》して情割《さ》き難く、

離岸後期眞遼闊　岸を離れて後期真《まこと》に遼闊《りょうかつ》。
相呼猶欲敍心緒　相《あ》い呼んで猶お心緒を叙《の》べんと欲するも、
無奈櫓聲亂人語　奈《いかん》ともする無し櫓声《ろせい》　人語を乱すを。

「雪が消えて帆柱には朝日がきらめき、私の小さな舟は肌を刺す風に乗って岸を遠ざかる。／砂州の方を振り返って見るとあなたはじっとたたずんでいるが、その影も舟が水路を曲がって進むうちに水辺に没してしまった。／年をまたがってあなたの家に長くとどまったので離れ離れになりたくないが、舟が岸を離れてしまえば後日の再会はいつともわからぬ。／呼びかけて別れ難い気持ちを伝えようとしても、その声は櫓《ろ》の音にかき消されて届きようもない」というのがその大意である。

また別れに際して、殿峰の三男秋水が書斎の花瓶を餞別に贈ってくれた。そこで次の詩「廣江大聲取齋中花瓶爲贐（広江大声　斎中の花瓶を取って贐《はなむけ》と為す）」（『詩集』巻十二）もある。

膽様銅缾古色蒼　胆様《たんよう》の銅瓶《どうへい》　古色蒼《そう》たり、
和花輟贈送歸帆　花を和して輟贈《てつぞう》し帰帆を送る。
殷勤着看柁樓底　殷勤《いんぎん》に着看《ちゃくかん》す柁楼《だろう》の底《そこ》、
猶帶君家窻裡香　猶お帯ぶ君が家の窓裏《そうり》の香。

「胆を吊るしたような銅製の古色蒼然とした花瓶に、花を生けて餞別とし、あなたは旅立つ舟を見送ってくれた。／操舵室の下でしきりにこの花瓶を愛でていると、まだあなたの家の窓辺の香りが漂ってくる」という、殿峰の家の香りを船上から懐かしむ詩である。

五、殿峰の死とその後

殿峰が亡くなった文政五年に、山陽は彼の肖像画に対する賛辞の詩「殿峰翁像賛（殿峰翁像の賛）」（『詩集』巻十五）を作り、その生涯を偲んだ。

詞盟幾處寄郵筒
赤馬關前白首翁
秋兎痕分畫南北
春鴻跡記客西東
肥家不厭牙籌運
凍石時呈鐵筆工
莫怪獨醒投萬轄
閲人隻眼不朦朧

詞盟幾処《いくばく》か郵筒を寄せし、
赤馬関前の白首翁。
秋兎《しゅうと》 痕《あと》は分かつ 画の南北、
春鴻 跡は記《き》す 客の西東。
肥家 厭わず牙籌《がちゅう》の運、
凍石 時に呈す鉄筆の工。
怪《あや》しむ莫《なか》れ独り醒めて万轄《ばんかつ》を投ずるを、
人を閲して隻眼《せきがん》 朦朧ならず。

これは「いったいどのくらいの文人仲間に、この下関の白髪頭の老人が手紙を出したことだろう。／彼らが筆で画いた絵は南宗画と北宗画の流派に分かれ、東西の旅人のはかない遊歴のあとはなおありありと記憶に残っている。／あなたは自ら算盤をはじいて家を富まし、傍ら自ら時にはろう石に篆刻をしてその腕前を披露してくれた。／皆が酔っている中で独りだけ醒めていて、客人という客人の車の轄《くさび》を捨てて帰れなくしたが怪しむには及ばない。人を見抜く独特の眼力があって決してぼんやりしていたわけではないのだから」という、商売の傍ら文人との交遊をはなはだ好んだ殿峰の生活ぶりをよく伝えた詩である。

三句目の「秋兎」は筆の異称。なお「兎」を『詩集』は「免」に誤まっているため改めた。四句目「春鴻跡」とは、春の雪どけの泥の上についた鴻の爪あと。蘇軾の「子由の『澠池懐旧』《べんち》に和す」の詩に「人生到る処知んぬ何にか似たる、応《まさ》に似たるべし飛鴻の雪泥を踏むに。泥上に偶然指爪を留《とど》むるも、鴻飛んでは那《なん》ぞ復た東西を計らん」とあるのを踏まえ、人間の行いのはかない喩えに用いられることはすでにⅡ章でも触れた。

殿峰の死後も、秋水との交わりは続いたようである。『全伝』文政十一年「四月　日」に「広江秋水の為めに、淵明石に題する作あり」とあって、すなわち「題石靖節集陶句（石靖節《せいせつ》に題す。陶句を集む）」（『遺稿』巻三、『詩集』巻二十）という詩を秋水のために作った。これには「広江大声　小石の人を肖《かたど》るを得《う》。衣巾《いきん》面目、頗《すこぶ》る画家の伝うる所の陶淵明《とうえんめい》の像の如し。詩を君夷《くんい》及び余に索《もと》む。君夷の詩尽くせり。余 言うべき無し。即ち淵明の語を集めて、責めを塞ぐ（廣江大聲得小石肖人。衣巾面目、頗如畫家所傳陶淵明像。索詩於君夷及余。君夷詩盡焉。余無可言。卽集淵明語、塞責）」という序がある。つまり秋水が陶淵明によく似た石像を入手した時、田能村竹田と山陽に詩を求めてきた。竹田の詩を見て、それにつけ加える言葉を持たないと感じた山陽は、陶淵明の詩句を集めて次の詩を作ったという。

情通萬里外　　情は万里の外に通じ、
高操非所攀　　高操は攀《よ》ずる所に非ず。
時時見遺烈　　時時《じじ》 遺烈を見て、
我欲觀其人　　我れ其の人を観《み》んと欲す。
形骸久已化　　形骸《けいがい》久しく已《すで》に化し、
言笑難爲因　　言笑《げんしよう》 因《よすが》と為し難《がた》し。
一形似有制　　一形《いっけい》 制せらるる有るに似て、
不知幾何年　　知らず幾何《いくばく》の年なるかを。
問子爲誰歟　　問う子《し》は誰《たれ》とか為すと、
欲辨已忘言　　弁ぜんと欲して已に言《げん》を忘る。
天容自永固　　天容 自《おのずか》ら永く固く、

靈府長獨閑
我心固匪石
聊且憑化遷
將去扶桑涘
復得返自然
語默自異勢
安得不爲歡
摘我園中蔬
淹留忘宵晨
一觴雖獨進
千載乃相關

霊府長《とこし》えに独り閑《かん》なり。
我が心固《もと》より石に匪《あら》ざるも、
聊《いささ》か且《しばら》く化に憑《よ》りて遷《うつ》らん。
将に扶桑の涘《ほとり》に去らんとして、
復た自然に返るを得たり。
語黙　自《おのずか》ら勢いを異《こと》にするも、
安《いずく》んぞ歓を為さざるを得んや。
我が園中の蔬《そ》を摘《つ》み、
淹留《えんりゅう》して宵晨《しょうしん》を忘る。
一觴《いっしょう》　独り進むと雖も、
千載《せんざい》乃ち相い関わる。

すべて陶淵明の詩句をつなぎ合わせて作った、いわゆる集句詩であるが、通釈をつけると「心は万里のかなたに通じており、その高潔さは誰にも及ばない。／いつもすばらしい遺業に出会うたび、私はその人に会いたいと思った。／肉体はとうの昔に衰えてしまい、談笑することもあてにできない。／肉体は拘束されているようにも見えて、いったい何歳になるのか想像もつかない。／あなたは誰かと尋ねてみたが、説明しようとしても言葉が出てこない。／有徳の人の立派な風采はそのままずっと変わることなく、精神は永遠に何者にもじゃまされない。／わが心はもちろん変わりはしないが、ひとまず今のところは時の流れにまかせて移ろうこととしよう。／仙境の水辺に行こうとして、また自由な世界に帰ることができた。／任官と隠退とそれぞれ状況が異なっているが、どうして楽しまずにいられようか。／わが畑の野菜を摘んで来ては、長く居座って時の経つのを忘れる。／杯《さかずき》一つで独酌しているとはいっても、千年後に生きている私と心が通っているのだ」のように、一つの詩として少しの不自然さもなく、山陽がいかに平素から陶詩に親しんでいたかを示している。ともあれこの時は、山陽と秋水は直接会ったわけではなかった。

天保元年（一八三〇）六月、母親の病気を見舞いに広島へ帰ろうとした時にちょうど秋水が京都に来て、二人は十六年ぶりに再会する。『全伝』天保元年六月七日に「伏見より夜舟にて下坂、関藤藤陰〔廿四歳〕随伴。広江秋水、及び児玉旗山・宮原節庵等、舟場まで見送る」とあるのがそうである。その時の詩「庚寅六月省母氏病西下會赤關廣江生來未數日而別（庚寅六月、母氏の病を省《かえり》みて西下せんとして会《たま》たま赤関の広江生来たる。未だ数日ならずして別《わか》る）」（『遺稿』巻五、『詩集』巻二十一）には言う。

十七年間君再來　　十七年間君再び来たる、
君來吾往毎參差　　君来たり吾れ往き毎《つね》に参差《しんし》たり。
平生魚雁無稀闊　　平生　魚雁《ぎょがん》　稀闊《きかつ》なる無きも、
卻向天涯作別離　　却《かえ》って天涯に向かって別離を作《な》す。

ここに「十七年間のうちにあなたは二度来てくれたが、（この二回以外は）あなたが来れば私は出かけているという具合でいつも会う機会を逸してきた。／普段、手紙の往来はまれでないのに、こうしてまた遠隔の地に出発することで別れ別れにならなければならない」と言うのからすれば十七年間のうち二度しか会えなかった。つまり文化十一年（一八一四）六月とその十六年後のこの時とである。天保元年の再会の折には、所蔵している画を秋水に見せて批評しあったりもした。次の「観藏畫示在塾廣江大聲（蔵画を観て在塾の広江大声に示す）」（『遺稿』巻五、『詩集』巻二十一）の詩からその様子が想像できる。

曾弃興華暮色圖
老縑暈墨苦糢糊
今朝挂得晴窻側
呼汝雲烟評有無

曽《かつ》て棄《す》つ興華《こうか》暮色の図、
老縑《けん》の暈墨《うんぼく》　苦《はなは》だ糢糊《もこ》たり。
今朝《こんちょう》　挂《か》け得たり晴窓の側《かたわら》、
汝を呼んで雲煙　有無を評す。

「以前しまったまま忘れていた盛興華《せいこうか》の『石湖暮色図』を久し振りに眺めてみると、古びた絹の上に墨がにじんで全体が甚だぼんやり霞んでいる。／今朝それを明るい窓辺に掛け、あなたを呼んで画をみながら、あれはある、これはないと批評しあった」という詩で、これは二首あるうちの第一首である。一句目「興華」は明の画家・盛茂燁《せいもよう》の字。四句目「雲煙」は杜甫の「飲中八仙歌」に張旭《ちようきよく》の草書を「毫《ふで》を揮《ふる》い紙に落せば雲煙の如し」と歌うのに拠り、巧みな筆づかいをいう。山陽が「石湖暮色図」を好んだことは、中村真一郎『頼山陽とその時代（中巻）』（第三部三・西遊中の知人たち）一四五〜一四六頁に詳しい。

また、第二首には、

盆蘭含露吐芳腴
壁畫映明看染濡
一日晴窻清福足
當分軟半與君倶

盆蘭 露を含んで芳腴《ほうゆ》を吐き、
壁画 明《めい》に映じて染濡《せんじゆ》を看る。
一日 晴窓 清福足り、
当《まさ》に軟半《なんぱん》を分かって君と倶《とも》にすべし。

「鉢植えの蘭がしっとりと濡れてかぐわしい香りを発し、壁に掛けた画に明るい光があたって滴るような墨が目に鮮やかに見える。／一日、この明るい窓辺には清らかな幸福が満ちているが、あなたとこの気分を半分ずつ分けあいたいものだ」とあって、ここに見られる芸術を介した交遊は、生前の殿峰との関係を彷彿させる。

六、おわりに

以上、下関における頼山陽に関して、特に広江殿峰やその子秋水との交遊に焦点をあてて簡単なスケッチを試みた。この地ではほかに小田南陔らとも彼は付き合っており、また今回引用したもの以外にも、まだ下関で作られた詩は数多くある。それらの一部はⅣ章やⅤ章において紹介したが、こうした数々の作品を残した下関にあって山陽を最もよく理解した人物が広江殿峰であった。

附録

1　探訪・京都の漢学

一、はじめに

「能く道を楽しみ学を勤むることを得る者、京師の地を措て、当時他に求むべきなし、故に此際文学の隆、京師を最とす。……元禄の際、江戸の繁華、前古に超越して、已に京師を凌ぎ、商賈百工、優倡雑技の徒に至るまで、尽く焉《ここ》に赴て、而して售《うら》んことを求めざるなければ、儒士の口を講業に糊して、貧苦世を没《を》ふるを迂とし、少しく功名に志ある者、亦翕然として西に背いて而して東嚮せざるなし」。

以上は内藤湖南《ないとうこなん》『近世文学史論』儒学下からの引用である。「京師」はここでは京都を指す。日本近世の儒学の中心が元禄を境に京都から江戸に移っていく過程が論じられている。

しかし山紫水明の京都の魅力は各地より人士を集め、江戸とは異なる学術の都であり続けた。本章では江戸期の京都における漢学の概要を紹介する。

二、藤原惺窩とその門下

鎌倉・室町時代におけるいわゆる五山の禅僧によって京都は漢学の一つの中心となっていたが、それを受けて近世江戸時代の京都における漢学隆盛の基盤を作ったのは藤原惺窩《せいか》（一五六一～一六一九）であった。

藤原惺窩の諱は粛《しゅく》、字は斂夫《れんぷ》という。播州細川村の人である。歌人定家の子孫にあたるが、その中でも冷泉《れいぜい》家の流れに属する。はじめ仏門に入り、十八歳で京都に出て五山の一つである相国寺《しょうこく》の妙寿院にいた。彼はそこで儒学の経典に親しみ、朝鮮国使の朱子学者らと大徳寺で見《まみ》える体験などをへて、朱子学に志すこととなる。しかし当時の世にはまだよき師を見いだせなかったため、鹿児島から明に渡ろうとしたが難破して志を遂げず、以後はますます読書に沈潜した。

藤原惺窩（『先哲像伝』）

慶長五年（一六〇〇）九月、京都に徳川家康が来た時、すでに還俗《げんぞく》していた惺窩は儒服して、家康に侍する旧知の僧承兌《しょうだい》らと謁見する。「今、足下は真を棄てて俗に還れり」と言う承兌に向かって、「我れを以ってこれを視れば人倫は皆な真なり」と答え、家康の面前で儒学に依って立つ自身の位置を明らかにしたのであった。そしてこれは同時に儒学が仏教を離れ、人倫を重視した学として展開する近世の始まりを告げるものでもあった。

しかし惺窩は仕官せず、京都に住み続けた。その居は相国寺の東隣にあり、晩年には洛北市原《いちはら》村に移った。著述には『惺窩文集』などがある。隠居した彼を訪れる者はまれであったが、惺窩の学問を慕って面会を請うたのが林羅山《はやしらざん》（一五八三〜一六五七）である。

林羅山（『先哲像伝』）

林羅山の諱は信勝《のぶかつ》、字は子信といい、のちに家康の命で剃髪して仏名道春《どうしゅん》とも号した。京都の四条新町の生まれである。羅山は年十八にして朱子の集注を読み、心に響くところがあった。二十一歳の時、ついに人々を集めて『論語集注』を講ずるに至る。この新進の徒による朝廷の許可なき講義は当時では一大事件であって、時の明経《みょうぎょう》博士《はかせ》清原秀賢の抗議を受けたが、家康がこれを許すに及んで彼の名は一躍知られることとなった。

羅山が惺窩と念願の面会を果たしたのは翌慶長九年（一六〇四）、二十二歳のことで、感激した羅山は以後惺窩の門人となった。羅山は惺窩の推薦によってまもなく江戸幕府の儒官になり、家康・秀忠・家光の三代に亙って将軍に仕え、のちの昌平黌のもととなる私塾を開いたり、今日道春点と呼ばれる訓点を多くの経典に施すなど江戸期の儒学発展に大きく貢献した。著述には『羅山林先生文集』などがある。

藤原惺窩の門下でもう一人名前を挙げなければいけないのは松永尺五《せきご》（一五九二～一六五七）である。尺五の諱は昌三《しょうさん》、字は遐年《かねん》という。祖父が連歌師の永種、父が俳人として名高い貞徳《ていとく》、さらに惺窩とも親戚関係という家系で、洛陽敬業坊の宅に生まれた。幼少より惺窩について儒学を学び、四書・六経に通暁した。だが羅山が江戸に出て中央で影響力を発揮したのと異なり、彼は終生京都を離れず、市中の私塾において教授した。その塾は移転のたびに春秋館、講習堂と名称を変え、最後は堺町御門の前に設けられ、御所から至近の距離にあることから尺五堂と呼ばれた。尺五の号もこれに基づく。著述としては『尺五堂先生全集』『彝倫抄』が今に伝わり、門人には木下順庵《きのしたじゅんあん》（一六二一～九八）らがいる。

尺五堂のために土地を下賜したのは後光明《ごこうみょう》天皇（一六三三～五四）で、若くして病没したが儒学を好み、漢詩集『鳳啼集』がある。この英明な天皇のもとに召されて『易』を講じたのが朝山意林庵《あさやまいりんあん》（一五八九～一六六四）であった。

意林庵の諱は素心、字は藤丸という。京都の生まれで、キリシタン排撃論者として知られる戦国時代の僧朝山日乗《にちじょう》（？～一五七七）の孫にあたる。はじめ五山の長老に、長じては朝鮮の儒士李文長に学んだ。その高徳によって後光明天皇のもとで禁中での昇殿を許され、経書を講じた。当時の儒者はみな剃髪していたことから、帝はいつも北白河の三位入道と称したという。帝崩御ののちは各地の諸大名の招きにも応じず、祇園安井の北隣の曼珠庵に隠居した。著述には仮名草子のベストセラー『清水《きよみず》物語』がある。

三、石川丈山と元政

朱子学のことを中心に述べてきたが、羅山・尺五・意林庵らとほぼ同時代で、詩人として後世に著名なのは石川丈山《いしかわじょうざん》（一五八三～一六七二）である。石川丈山は三河国の人、諱は重之《しげゆき》または凹《おう》、字は丈山といい、六六山人・凹凸窠《おうとつか》などと号した。三十三歳の時、徳川家康に従って大坂夏の陣（一六一五年）に出陣、戦果をあげた。しかし軍令に反したために翌年京都の妙心寺に屏居し、やがて羅山を通じて藤原惺窩にも親炙した。その後、安芸藩浅野家に仕えた時期もあるが、母の死を機に京都に戻り、寛永十八年（一六四一）、五十九歳で洛北一乗寺《いちじょうじ》村に詩仙堂を造営、以後九十歳で死ぬまでここを動かなかった。著述に『覆醤《ふしょう》集』などがある。

石川丈山（『先哲像伝』）

丈山は儒学よりも詩に長じたから、ここで彼が晩年を過ごした山荘「凹凸窠」、通称詩仙堂について触れておかねばならない。その中の一室「詩仙の間」には日本の三十六歌仙に倣い、漢から唐宋に至る三十六人の漢詩人を選んで、狩野《かのう》探幽《たんゆう》に肖像画を描かせ、自らは各詩人より一首を採り、得意の隷書によって肖像画の余白にそれを書き添えた。採録された漢詩は必ずしもその詩人の代表作ではないが、そこには丈山自身の隠逸の心境が託されており、興趣が尽きない。

丈山の他にもう一人この時期の詩人を挙げるとすれば元政《げんせい》（一六二三〜六八）がいる。元政は京都一条戻橋《いちじょうもどりばし》付近の生まれ。姓は石井氏。はじめ彦根藩主井伊直孝《いいなおたか》に仕えたが、早くから出家の願望があり、二十六歳で京都妙顕寺《みょうけんじ》の日豊《にっぽう》上人に師事した。そして明暦元年（一六五五）、三十三歳で深草

詩仙堂

瑞光寺本堂

元政庵跡

に移って称心庵と称する草庵を結んだ。これが後の瑞光寺、別称元政庵である。以後、同地に隠棲して学問と詩歌を楽しみ、父母に孝養を尽した。万治元年（一六五八）には前年に亡くなった父の遺骨を納めるため、老母を伴って身延山《みのぶさん》に詣で、その途次、明の文化人陳元贇《ちんげんぴん》（一五八七～一六七一）の知遇を得た。

漢詩文の著述に『草山集《そうざん》』があるが、元贇との唱和は別に『元元唱和集』に集められている。なお毎年三月十八日の元政忌には『草山集』の自筆草稿本を含む元政の遺宝が瑞光寺で展示される。

四、山崎闇斎と崎門学派

藤原惺窩と入れ替わるように出現し、江戸時代の朱子学流行において惺窩と並んで影響力をもつ二大潮流の一つを作り出したのは山崎闇斎《やまざきあんさい》（一六一八～八二）であった。山崎闇斎の諱は嘉、字は敬義《もりよし》という。闇斎は号であるが、後に垂加《しでます》とも号した。京都に生まれ、はじめ妙心寺で剃髪したが、土佐の吸江寺に移り、そこで南学の流れを汲む朱子学に触れ、京都に帰って還俗した。明暦元年（一六五五）、三十八歳で初めて講席を開き、『小学』・『近思録』・朱子の『四書集注』・程子の『易伝』を講じた。やがて江戸へも出講のために往復することとなる。その居は下立売橋《しもだちうり》西北の福大明神《ふくだいみょうじん》町にあり、入門者は六千余人を数えたという。彼の学風は甚だ厳格で、もっぱら朱子を尊重し、その他の諸学説に学ぶことを固く禁じた。ただ闇斎自身が晩年になって神道を唱えるようになると、彼のもとを離れる弟子たちも多かった。著述には『垂加《すいか》文集』『垂加草』などがある。

山崎闇斎の学を奉じた弟子たち、すなわち「崎門《きもん》学派」の中で後世「三傑」と称されたのが、佐藤《さとう》直方《なおかた》（一六五〇～一七一九）、浅見《あさみ》絅斎《けいさい》（一六五二～一七一一）、三宅尚斎《みやけしょうさい》（一六六二～一七四一）である。

佐藤直方は備後福山の人。直方は諱で、字号はなかった。通称を五郎左衛門という。二十一歳の時、闇斎の門人であった永田養庵と共に上洛、翌年、二度目の上洛で闇斎に入門を許された。闇斎が晩年、神道を唱道するに当たってこれに反対したため破門されたが、その後も崎門学派としての立場を変えず、元禄元年（一六八八）以後の後半生は江戸にあって諸侯に進講した。著述に『講学鞭策録』『排釈録』『鬼神集説』などがある。

山崎闇斎（『先哲像伝』）

浅見絅斎の諱は安正《やすまさ》といい、近江高島の人である。直方より二歳年少だったが、彼もやはり永田養庵の勧めで闇斎に入門した。闇斎の説を忠実に守ったが、直方同様、神道には異を唱えて子弟の交わりを断たれた。一説に直方破門のあおりを受けてそうなったともされるが、儒学に関しては終生闇斎の説を奉じたこと、直方と同じであった。錦《にしき》小路《こうじ》に住み、錦陌講堂と名づけた塾で講学と教育に専念した。

才気にあふれ能弁でもあった直方の読書が四書・『小

学』・『近思録』の範囲にとどまったのに対して、絅斎は素朴で目立たぬ性質だが学問は博く精密であった。著述に『靖献遺言《いげん》』『絅斎先生文集』などがある。

三宅尚斎の諱は重固、字は実操という。播磨明石の人である。闇斎晩年の弟子で入門後わずか三年にして闇斎は世を去り、その後は直方・絅斎の二子に学んだ。元禄二年（一六八九）、江戸に行き、翌年、忍《おし》藩主阿部正武に召されて近習兼学官となった。しかし罪を得て三年間幽閉され、筆硯を持つことすら禁じられたため、鉄釘で指を刺して悟り得た義理を血書し、これが後年の主著『狼疐録《ろうち》』となった。将軍綱吉の薨去とともに赦され、宝永七年（一七一〇）に京都に戻り、西洞院《にしのとういん》に大小二つの塾を作り教授した。著述には他に『黙識録』などがある。

山崎闇斎と同時代に闇斎と並ぶ声望を得ていた儒者に鵜飼石斎《うがいせきさい》（一六一五〜六四）がいる。石斎の諱は信之、字は子直、石斎は通称である。江戸神田に生まれた。二十をすぎた頃に京都へ遊学、藤原惺窩の高弟那波活所《なばかつしよ》（一五九五〜一六四八）に入門し、五経をはじめとする諸書に博く精通した。彼は油小路に塾を開いて教授し、一時、尼崎《あまがさき》侯に招聘されて京都を離れるが、後にまた戻った。諸書の翻刻を企図し、書肆の要請に応じて自ら訓点を施し刊行した。その漢籍は三十余種、六百七十巻に及び、世に石斎点と称し尊ばれている。

五、伊藤仁斎と貝原益軒

一方、闇斎から九年遅れて京都堀川《ほりかわ》の商家に生まれ、のちに彼とは異なる独創的な儒学の方法「古義学」をうち立てた大儒は伊藤仁斎《いとうじんさい》（一六二七〜一七〇五）である。伊藤仁斎の諱は維楨《これえだ》、字は源佐《げんすけ》という。はじめ朱子学を学んだが、二十代後半より病気で十年ほどひきこもり、この間、仏教や道教にも触れ、朱子学から離れるきっかけとなった。寛文二年（一六六二）、三十六歳の時に健康を回復して家に帰り、古典を注釈や学説を媒介とせずにその理解を本文から直接求めようとする古義学を樹立、堀川の東側にある自宅を学塾として古義堂と名づけた。門人の数は三千を上回り、古義堂には四方の士が身分を越えて集まった。著述には『論語古義』『孟子古義』『童子問』『古学先生文集』などがある。

伊藤仁斎（『先哲像伝』）

伊藤東涯（『先哲像伝』）

山崎闇斎邸址（現在は表示のみが残る）

現在の古義堂跡

仁斎の学問を忠実に継ぎ、守ったのは、その長男である伊藤東涯《とうがい》（一六七〇〜一七三六）であった。東涯の諱は長胤《ながつぐ》、字は源蔵といい、紹述《しょうじゅつ》先生の諡《おくりな》でも知られる。終生出仕せずに家塾をよく継承し、仁斎の死後は父の著作を次々と公刊して家学を大成した。史学・言語学に長じ、『制度通』『用字格』など彼自身の著作も少なくない。

伊藤仁斎の弟子で、仁斎の死後、東涯と門人を二分したとされるのは、並河天民《なみかわてんみん》（一六七九〜一七一八）である。並河天民の諱は亮、字は簡亮《かんすけ》という。山城横大路《よこおおじ》の人。仁斎について経義を学んだが、天下の徳である仁義礼智と人性に具わる四端の心は同一の物であるとするなど、必ずしも仁斎に従わず、別に説を立てることもあった。人には穏やかに接しつつも内心は剛毅であって、常に経世済民に思いを致したが、四十にして志を果たさずに没した。遺文集に『天民遺言』がある。

山崎闇斎の塾は堀川の西に、伊藤仁斎のそれは東にあった。闇斎が儒学では朱子学のみを奉じたのに対して、仁斎は朱子学から離れて古義学を創始した。闇斎の学風は厳格、仁斎は自由であった。このように対蹠的な二者が、堀川を挟んで対峙していたといえる。当時、世に行われていたのは朱子学であって、闇斎の学派はその流行を背景に一世を風靡し、勢力を拡張した。仁斎はその中でいわば最初は孤立して復古を主張していたが、元禄の半ばごろより盛んに行われるようになり、やがて天下の学問の風潮を一変させた。現在の堀川通を歩くと、仁斎の古義堂は何度もの改築を経ながらも史蹟に指定され、子孫たちの手で守られ保存されてきたのに対し、闇斎の塾はもはやすっかり無くなって民家となり、今はただ「山崎闇斎邸址」という石碑の表示で僅かにその位置を知り得るだけとなっている。

仁斎の学問に対しては批判的であったが、ほぼ同時代にやはり朱子学が孔孟本来の教えとは異なると認識していたのは貝原益軒《かいばらえきけん》（一六三〇～一七一四）である。益軒の諱は篤信《あつのぶ》、字は子誠といい、筑前の人である。彼は福岡藩士でありながらも、二十代における遊学、藩命による頻繁な旅行など生涯を通じて京都と深く関わった。益軒は最初の京都遊学で松永尺五・山崎闇斎・木下順庵らに朱子学を学んだが、後年、その説に疑義を生じ、『大疑録』を著した。ただ益軒はそうした朱子学者としての側面よりも、『大和本草《やまとほんぞう》』や『養生訓《ようじょうくん》』といった薬学・医学の実用書の著者として知られていよう。これらはいずれも平明な和文で書かれ、他にも『楽訓《らく》』『家道訓』などの教訓書がある。そしてそうした彼の著書の多く

貝原益軒（『先哲像伝』）

が六角通《ろっかくどおり》御幸町《ごこうまち》西入ルの書肆柳枝軒《りゅうしけん》から刊行され、多数の読者を獲得した。二〇一四年には没後三百年を記念し、益軒にまつわる文物が京都大学総合博物館で展示され、柳枝軒との関係にも注目が集まった。「京都の漢学」に益軒を加えた所以である。

六、石田梅岩の心学

さて江戸中期となると、仁斎や益軒に遅れて江戸に荻生徂徠《おぎゅうそらい》（一六六六～一七二八）が出て古文辞学を唱え、学問の潮流はもはや宋学一辺倒ではなくなる。将軍でいえば八代将軍徳川吉宗の時代にあたる。

この時期には石田梅岩《ばいがん》（一六八五～一七四四）のごとき異色の思想家も現れるに至る。梅岩の諱は興長《おきなが》、通称は勘平《かんぺい》といい、丹波桑田郡東懸《とうげ》村の人である。京都の商家に奉公しながら四十二、三歳の頃までほぼ独学で学問を積んだ。従ってそれはある特定の理論や師承を重んじるものではなく、儒学のみにとどまらず神仏老荘の思想をもとり入れ、生活や実践の中に生かそうとする哲学であり、「心」を知ることを目標としたことから、心学と呼ばれる。その意味では純粋な漢学ではないが、根底には朱子学の理論に通じる一面もある。

梅岩は四十五歳の時、車屋《くるまや》町通御池《おいけ》上ルに住んで初めて講席を開き、さらに堺町通六角下ルに居を移し、講義を続けた。聴衆は最初少なかったが、その通俗性によって町人層に広がり、やがては大坂などへも出張講義をするまでになった。著述には『都鄙《とひ》問答』『斉家論』、語録に『石田先生語録』がある。

梅岩の心学を継承した門人の代表的存在は手島《てしま》堵庵《とあん》（一七一八～八六）である。堵庵の諱は信、字は応元といい、富小路《とみのこうじ》三条の商家に生まれた。師の梅岩が求道者だったのに対し、彼はいわば教育者であり、富小路三条下ルの五楽舎、河原町三条の明倫舎など、次々と講舎を設立して心学の普及に努めた。その著述には『知心弁疑』『会友大旨』などがある。

堵庵の死後、心学が衰退すると『鳩翁《きゅうおう》道話』で知られる柴田《しばた》鳩翁《きゅうおう》（一七八三～一八三九）が出て、

石田梅岩邸址（現在は駐車場になる）

五楽舎址（現在はマンションになる）

現在も残る明倫舎の扁額

勢いを挽回しようとした。堵庵の真蹟とされる明倫舎の扁額は、現在も新町二条上ルの柴田家に伝えられている。

七、経学と詩文の分離

加えて江戸中期には、仁斎の頃までは混然一体として一つの学問をなしていた経学と詩文が分離し、詩文のみで名を知られる者も出現する。服部南郭《はっとりなんかく》（一六八三～一七五九）はその一人である。江村《えむら》北海《ほっかい》の『日本詩史』巻四に「徂徠没して後、物門の学、分れて二と為る。経義は春台を推し、詩文は南郭を推す」とあるように、荻生徂徠の弟子たちの中で経学の方面を継いだのが太宰春台《だざいしゅんだい》（一六八〇～一七四七）、詩文の後継者が服部南郭であった。

南郭の諱は元喬《もとたか》、字は子遷《しせん》という。京都の商家に生まれたが、十三歳で江戸に下り、のちに幕臣柳沢吉保《やなぎさわよしやす》に仕え、三十歳で荻生徂徠に入門、以後はいわゆる「蘐園《けんえん》学派」の有力な門人として才能を発揮し、名声をほしいままにした。著述には『唐詩選国字解』『南郭先生文集』などがあるが、経歴からすると南郭の場合は江戸の漢学者に含めるべきかもしれない。同じ頃の京都の文人には笠原雲渓（生没年不詳）、柳川滄洲（一六六六～一七三一）といった人々が著名であるが、ここでは省略に従う。

岡白駒《おかはっく》（一六九二～一七六七）は南郭とほぼ同期であるが、志は経学にありながら詩文をよくし、小説や白話にも通じた。白駒は諱で、字を千里、号を竜洲という。播磨の人で、もともと医者であったが、摂津西宮《にしのみや》を経て京都に来てから儒学に方向を転じ、教授するようになる。南郭らがすでに詩名を馳せていたため、白駒はその下に甘んじることをよしとせず、文芸はあきらめ、経史の注釈に精力を傾注した。その結果、『詩経毛詩補義』『史記觿《けい》』ほか夥しい著述をなしたが、誤りや臆説が多いとの評もある。

　ともあれ南郭が出て以後、もっぱら詩文によって名を売り、経学から距離をおく者が登場したことは事実であった。『日本詩史』を著した江村北海（一七一三～八八）や竜草廬《たつそうろ》（一七一四～九二）がそうである。江村北海、諱は綬、字は君錫《くんせき》は、播州明石の人で、宮津藩に出仕ののち京都留守居役となった。竜草廬、諱は公美、字ははじめ君玉、のちに子明《しめい》は、伏水《ふしみ》から京都に出て教授し、一時は彦根侯にも仕えた。この二人は文学で鳴らしたが、北海が『日本詩選』を編んだ時は、詩稿を持参して採択を請うた徒には僅か一首二首の採録でも印刷費を請求し、草廬が頼まれて文を作る時は、必ず先に謝礼をとり、それから仕事にかかった。それを見た時の人々は「銭を納れて選に入る江《こう》君錫、価を待ち文を作る竜《りゅう》子明」と語って、その軽薄な気風を諷したという。

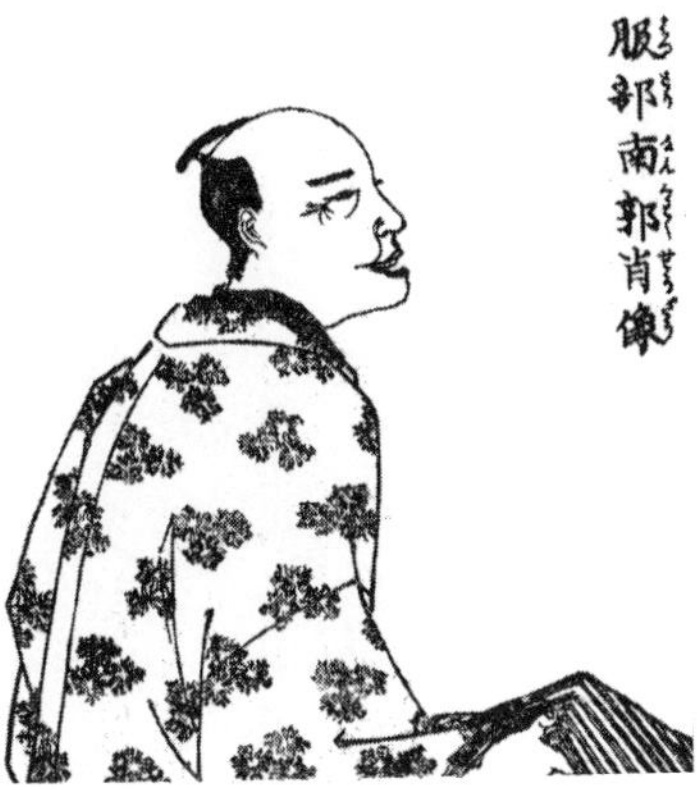

服部南郭（『先哲像伝』）

八、寛政異学の禁と考証学

十代将軍家治《いえはる》の明和から天明年間にかけて、田沼意次《たぬまおきつぐ》が政治の実権を握って儒学が不振となった時期があるが、その後、十一代家斉《いえなり》の時、老中松平定信《まつだいらさだのぶ》が寛政二年（一七九〇）に発した「異学の禁」により、朱子学は再び息を吹き返した。それを進めたのは、柴野栗山《しばのりつざん》・尾藤二洲《びとうじしゅう》・古賀精里《こがせいり》のいわゆる三博士である。

この中の柴野栗山と親しく、禁令への反対論も出る中で終始栗山を支持したのは西山拙斎《にしやませっさい》（一七三五～九八）である。拙斎の諱は正、字は士雅、拙斎はまたの字で、至楽居と号した。備中鴨方の人であるが、大坂に出て那波魯堂《なばろどう》のもとで宋学を治め、魯堂が京都に居を移すと彼も従った。魯堂はもと岡白駒の門人で漢魏の古学を学んだが、やがて破門され、宋学に転じた人である、拙斎は魯堂の後を継いで聖護院《しょうごいん》王府の侍読となった。寛政の改革で松平定信が賢臣を広く求めた際、軽薄な輩は競って策を献じ登用されようとしたが、拙斎はただ柴野栗山に書簡を送って異学を禁ずるように勧め、以後の流れを作った。松平侯は拙斎の登用に関心を示したが、栗山は俗務が彼の高雅な人品を損なうのを恐れて断念させたと伝えられる。著述には『間窓瑣言』などがある。

この時期には考証学の皆川淇園《みながわきえん》（一七三四～一八〇七）や村瀬栲亭《むらせこうてい》（一七四四～一八一八）が出た。皆川淇園の諱は愿《げん》、字は伯恭《はくきょう》という。京都の人である。経学の研究法として字義を知ることがまず第一と考え、寝食を忘れて訓詁の学に没頭した。彼はその間終始机の前に坐したままだったので、厚い座布団もねじ曲がって黒ずみ、奴婢がそれをはぐると床が腐っていたという。晩年には私塾を作り、弘道館と名づけた。著述に『名疇』『問学挙要』『易原』などがある。

村瀬栲亭の諱は之熙《ゆきひろ》、字は君績《くんせき》という。やはり京都の人で、竹田梅竜に古学を学んだ。秋田藩に召されて賓師となり、藩政の諮問に応じたが、致仕後は京都に戻った。博学で聞こえ、詩文と書画にも長じた。著述には『芸苑日渉』『栲亭文集』などがある。

他に巖垣《いわかき》竜渓に儒学を学び、堺町夷川《えびすがわ》北で教授した猪飼敬所《いがいけいしょ》（一七六一～一八四五）も畢竟、考証学の流れに属し、『論孟考文』などを著した。

九、海保青陵と頼山陽

一方、はじめ儒学に学びながらも、商品経済の発展に即応すべき合理的な封建社会のあり方に説き及んだ、独創的な経世思想家が海保《かいほ》青陵《せいりょう》（一七五五～一八一七）であった。海保青陵の諱は皐鶴《こうかく》、字は万和、最初の姓は角田氏である。丹後宮津藩青山侯の家老の子として江戸に生まれ、徂徠門下の宇《う》佐美《さみ》灊水《しんすい》に学んだ。その後、先祖の海保姓に復し、青山家に儒者奉公に出た。この時、青山侯の財政を論ずるよう命ぜられて父からその書き方を教わり、経世家となる端緒が開けた。後半生は各地を周遊して教授する生活を送り、最後は京都に落ち着いた。著述に『稽古談』『洪範談』などがある。

鴨川の河原から眺めた山紫水明処

山紫水明処の玄関付近

町人文化が成熟したといわれる文化・文政年間には頼山陽《らいさんよう》（一七八〇〜一八三二）が出る。山陽の諱は襄《のぼる》、字は子成といい、広島藩儒の朱子学者頼春水《しゅんすい》（一七四六〜一八一六）の子として大坂に生まれた。山陽は前半生をほぼ広島で送り、文化八年（一八一一）、三十二歳の時、京都に出て開塾、以後町儒者として京都で生涯を終えた。山陽は何度か転居しているが、四十三歳以後、鴨川に面した東三本木南町《ひがしさんぼんぎ》に住む。これが現在でも頼山陽書斎として保存・公開されている「山紫水明処」である。

山陽は詠史詩に秀でた漢詩人として著名であるが、日本の武家の歴史を『史記』を手本に漢文で綴った『日本外史』は幕末の尊王志士に大きな影響力をもったのみならず、その叙述の妙によって近代に至るまで幅広い読者を得ており、日本漢文の最高峰の一つに数えられる。著述は他に『山陽詩鈔』『日本政記』などがある。

山陽の特色は京都にやってくる各地の文人と広く交わったことであろう。その一人に田能村竹田《たのむらちくでん》（一七七七〜一八三五）がいる。竹田は豊後岡藩の儒員だったが、一時、京都に遊学し、村瀬栲亭の指導を受けたこともあった。退職後は書画をもっぱら楽しんで、しばしば京都や大坂にも出かけ、山陽との親交はよく知られている。

十、おわりに

本章は江戸期における京都の漢学について、主要な人物を中心に点描したにすぎず、ここに漏れた儒者や詩人も多い。

京都の漢学に関するより詳細な記述には、京都市編『京都の歴史5　近世の展開』、同『京都の歴史6　伝統の定着』がある。私はこの二書を、下鴨神社糺《ただす》の森で催された恒例の「納涼古本まつり」において二〇一四年の夏に入手したが、当日は豪雨で、テント内の売り場の足元にまで浸水し、一時避難したほどであった。この年、各地を襲った大雨の一つとしてここに記し、記憶にとどめておきたい。

2　入谷仙介先生の教え

入谷仙介先生のお名前は高校生の頃から存じ上げていた。行きつけの書店で手にした本の一つに先生の『漢詩入門』があった。当時、鳥取の高校に通っていた私にとっては「仙介」といういささか見慣れないお名前よりも、むしろ島根大学教授という肩書き――すなわち案外近い大学の研究者であるということにまず強い印象を覚えた。高校における国語の恩師安藤文雄先生がたまたま吉川幸次郎氏の門下だったことによる影響で、『新唐詩選』や『論語』など吉川氏の著作には触れていたが、先生もまた「吉川門下」であったということはのちにわかった。

それから十余年がたち、大学を卒業して学会に出席するようになって、大会の研究発表会場で発表者に対して盛んに質問や意見を述べられている先生の姿を拝見した。私は先生が難聴者であることを知った。その後、郷里に帰省した時、今度は先生の編になる『音から隔てられて』（岩波新書）という書物を見つけた。私は先生が中国文学の研究者であっただけでなく、難聴者の運動にも深く関わっておられたことに新たな驚きを感じた。

その後、先生が島根大学から山口大学に転任されたことを知った。ほどなくして私も同じ山口県の下関に着任した。着任後まもなくのこと、資料を調べに山口大学にでかけたことがある。調査を終えてから人文学部に就職していた知人の研究室に寄ってみようとして、その途中に、同じ研究棟にある先生の研究室の前を通りかかった。ちょうど先生は在室されており、講義と思しき独特の抑揚のある声が廊下に漏れ聞こえてきていた。

同じ頃に、ある方から届いた年賀状の中に、入谷先生が戴震の著作を読む研究会を開いておられるから参加してみてはとの勧めがあった。いわゆる「読戴会」である。面識がないということもあってなかなか参加するきっかけがなかったが、ついに先生と言葉を交わす機会がめぐってきた。ある結婚披露宴で思いがけず先生と同じテーブルになったのである。私が「読戴会」のことを話題にすると、先生はすぐにその場で会員の一人を紹介された。それから私の山口通いが始まった。

「読戴会」は山口市内の先生のご自宅で開かれていた。こぢんまりとした会で、世話役の富平美波氏を除いては大半が九州大関係の人たちであった。何度目かに先生の慫慂により私も担当することになった。しかも日本中国学会の前日に東京在住の方々も交えての会での担当となったから、冷や汗を掻きながらの発表であったが今となってはこれも先生からいただいた得難い勉強の思い出である。

その頃、先生は『西遊記』関連の論文を書かれていて、「イノシシ・ブタの説話と猪八戒」という論文の抜き刷りを「読戴会」の折にいただいた。のちに『西遊記の神話学』（中公新書）に収められたものである。それは会の他の参加者には、前回に配られたものだったらしいのであるが、私はその回を休んでいた。それをちゃんと先生は覚えておられ、「谷口さんにはさしあげてなかったですね」とおっしゃって、二階に抜き刷りを取りにいかれ、表紙に「谷口学兄恵存」と書き添えてくださった。

またこれは「読王会」が始まってからのことだが、『史記会注考証』の著者滝川亀太郎について調べている時、先生に「滝川博士と松江」（筑摩書房『世界古典文学全集月報』21）という文章があるのを知り、手紙でコピーしたい旨お願いしたことがあった。先生は「古い拙稿を思い出してくださって恐縮です。読王会までに探し出しておきます」と返事を下さり、会の当日には、コピーどころか残部があったとかで現物をくださった。

さてそのうちに「読戴会」は一応終了して、今度は先生の専門である王維の詩を読む「読王会」が始まった。これには広島大関係者も加わり、多少賑やかになった。先生は王維の全詩に対する新しい注釈を企図しておられたようだ。吉川（幸次郎）先生は杜甫、小川（環樹）先生は蘇軾にとりかかって中途にして亡くなられたというジンクスがあるが、王維は詩の数が少ないからだいじょうぶでしょう、とは冗談まじりにおっしゃっておられた。

「読王会」は初め山口大学で行われていたが、人数が落ち着くと、やがて先生のご自宅に会場を移した。交通の便があまりよくないので、何人かが一緒であれば湯田温泉駅からタクシーで行っていたが、一人の時は長閑な風景の中を歩いていった。一度、列車の都合で私一人が先生の家に早く着きすぎたことがあった。大いに恐縮していると、先生は「もう少し調べ物をしていますから」と言われ、出席者が揃うまで二階で本を探しておられた。

「読王会」は先生がご自分で資料を作られ、お一人ですべてを読んでいかれる。出席者はそれに対して質問し、意見を述べるばかりである。資料ははじめにその日に読む詩の詩題と本文があり、ついで、テキスト・校異・脚韻・詩体に関する記述があり、そのあとに詩の一々の語句の先行用例に関する調査があり、最後に先生の訳が書かれている。訳文が日本語である以外はすべて漢文であり、時に「仙按……」で始まる先生ご自身の見解が記されている。先生は詩の本文は必ずまず中国音で読まれ、詩句の先行用例は訓読されたあとすべて現代語訳もされ、時としてそれは膨大な分量にわたったが、先生ご自身のプリントを覗き込んでみてもピンインも含めて、書き込みらしいものは殆ど見られなかった。ある時、読書会の最中に『唐書』を調べる必要が出てきて、先生は二階から持って下りて来られた。それは最初から句読の切ってある標点本ではなく、百衲本と思われる影印本であったが、すでにびっしりと朱点が打たれていた。

このように書いてくるといかにも私が熱心な参加者であったようだが、実のところはそうではなく、年に約十回あるうちの半分出たかどうかもおぼつかない。それでも読王会では数多くのことを教わった。最後に出席したのは二〇〇一年の夏だったであろうか。参加者はあまり多くなかったように記憶する。詩句に官職に関わることがでてきて先生がその注として『大唐六典』を引かれていた。こういう時に『唐書』ではだめなのかというのが前々からの疑問であったので、人が少ないのを幸いとして質問してみると、先生は『大唐六典』は王維と同時代に作られているので品階などは盛唐の時代をよく反映している、両『唐書』が反映しているものはもっと下った年代だと答えられ、盛唐の制度は『大唐六典』を用いよとは吉川先生の教えであって、「大先生に習うというのはやはりそれだけのことがあるんですわ」とおっしゃった。そこから話が少し逸れて、いかに論文にかかれていない教えというものが多いか、それだけに「大先生」に直接教わることがいかに貴重かを説かれた。今にしてふりかえると、参会者たちが遠く福岡や広島から山口に通ってきていた（私自身も当時、福岡に住んでいた）のもそのような意味があったと思う。

読戴会・読王会と並行して、私は頼山陽が九州を旅したころの詩の訳注を少しずつ手がけていた。先生にはすでに山陽に関するご著書がある（岩波書店刊・江戸詩人選集『頼山陽　梁川星巌』）。先生は日柳燕石の『山陽詩註』をお貸しくださり、拙訳が活字になって抜き刷りをお送りするとすぐにお読みになって、封書や葉書で誤りを注意された。それはお忙しい研究の合間を縫ってよくあそこまでと思うほどの微に入り細を穿ったご指摘であった。前にご教示いただいたはずのことをつい忘れて誤りを繰り返すと「〇〇であることは以前申し上げたはず」などとあり、先生の記憶力の確かさに恐れ入った。また江戸詩人選集が増刷されると一冊送ってくださったが、気づいただけでも先生は数箇所に手を加えておられ、初版本などをいつまでも見ていてはいけないのだと気づかされた。

先生はいかにも誤りの多い私の訳注にさぞかし呆れられたことと思うが、それでも、続編を楽しみにしています、などと常に励まして下さった。中でもいつかのお手紙に「今後のお仕事として、せっかく山陽に着目されたのだから、山陽の防長関係の詩の訳注をなさってはどうでしょうか」と書いてくださったのは嬉しかった。それは口頭でもおっしゃってくださったように記憶する。私はその言葉を一つの先生との約束のように勝手に思って、とりあえずは、山陽が下関で作った詩をもとに二篇の拙稿をまとめた。ただ、それが活字になったのは私が京都に移ってからのことであり、早く先生にお送りしなければと思っているうちに、入院されたとの知らせが届いた。前年の秋に仙台の学会で元気なお姿を拝見したばかりであったから、その知らせは意外であった。すぐに退院されるものとばかり思い、ご自宅に戻られたら抜き刷りを送ろうと考えているうちに、先生は不帰の客となられてしまった。拙い論文ではあるが、先生の激励によって書くことができたものだっただけに、生前に見ていただけなかったのは大変残念で、なぜもっと早くお目にかけなかったのかと後悔することしきりである。

きっと先生がお元気でおられたらすぐにご覧になって、「前にも申し上げたことですが……」と前置きをされながらあちこちの誤りを指摘してくださったのではないかと思うのである。

3 「西遊詩巻」影印　附『山陽先生真蹟西遊詩』跋文

凡　例

・京都教育大学図書館所蔵の『山陽先生真蹟西遊詩』に拠った。
・頼山陽の墨蹟（西遊詩巻）の他に、同書に収める重野成斎と頼支峰の跋文も掲載した。
・Ⅳ章の訳注に対応する詩の番号と記号を該当する墨蹟の上に付し、参照の便を図った。

2　　　　1

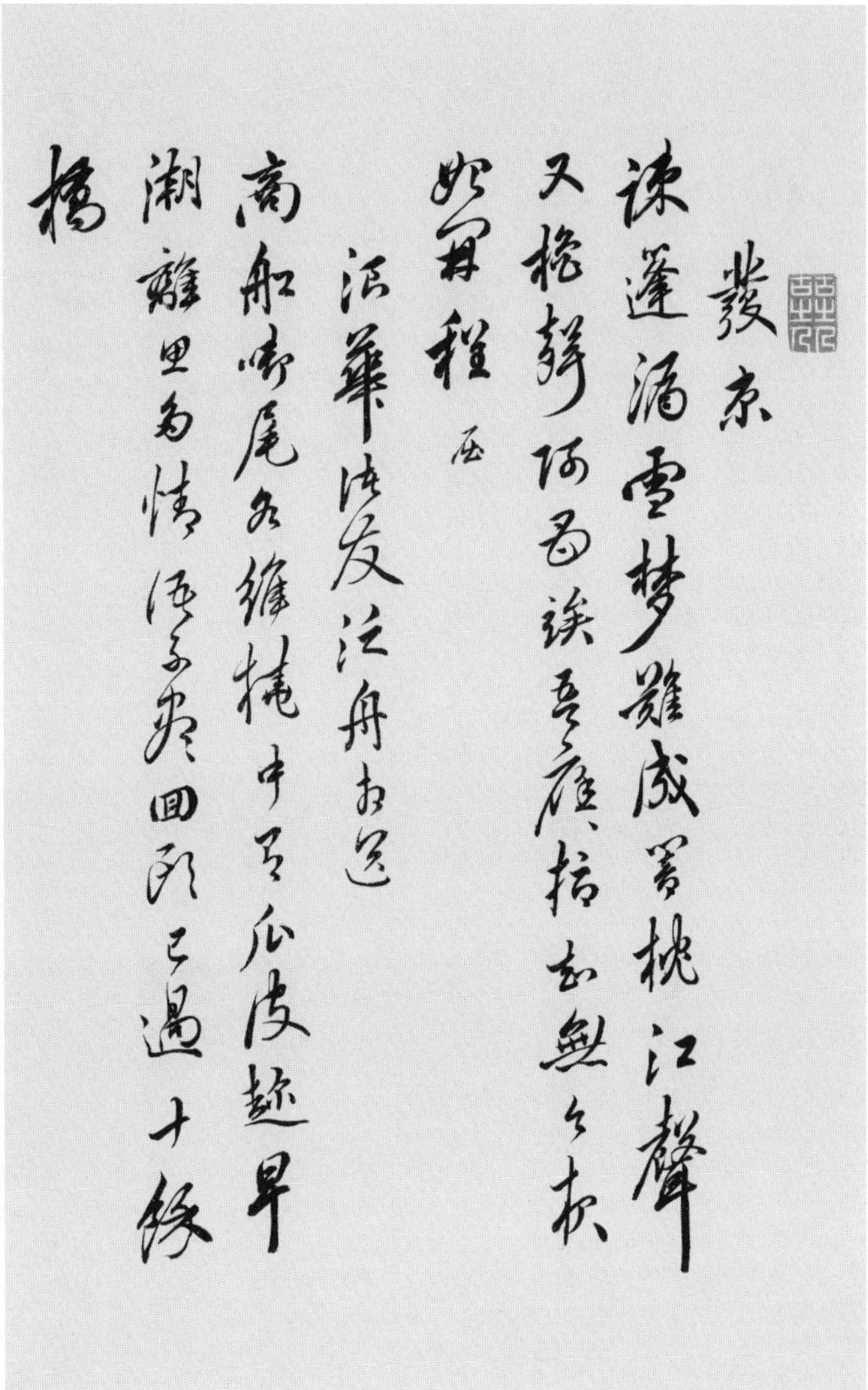

山陽途中

系圖春空素旅衣未秀棋夢美

宏輝馬所一出山陽道玉雲

已匹顙影飛

歸省麗州遂西遊出境

廣城西玄豖軍腸直橋三関莒詠

長雲小鹽川不盡琴之田号陞家

郷

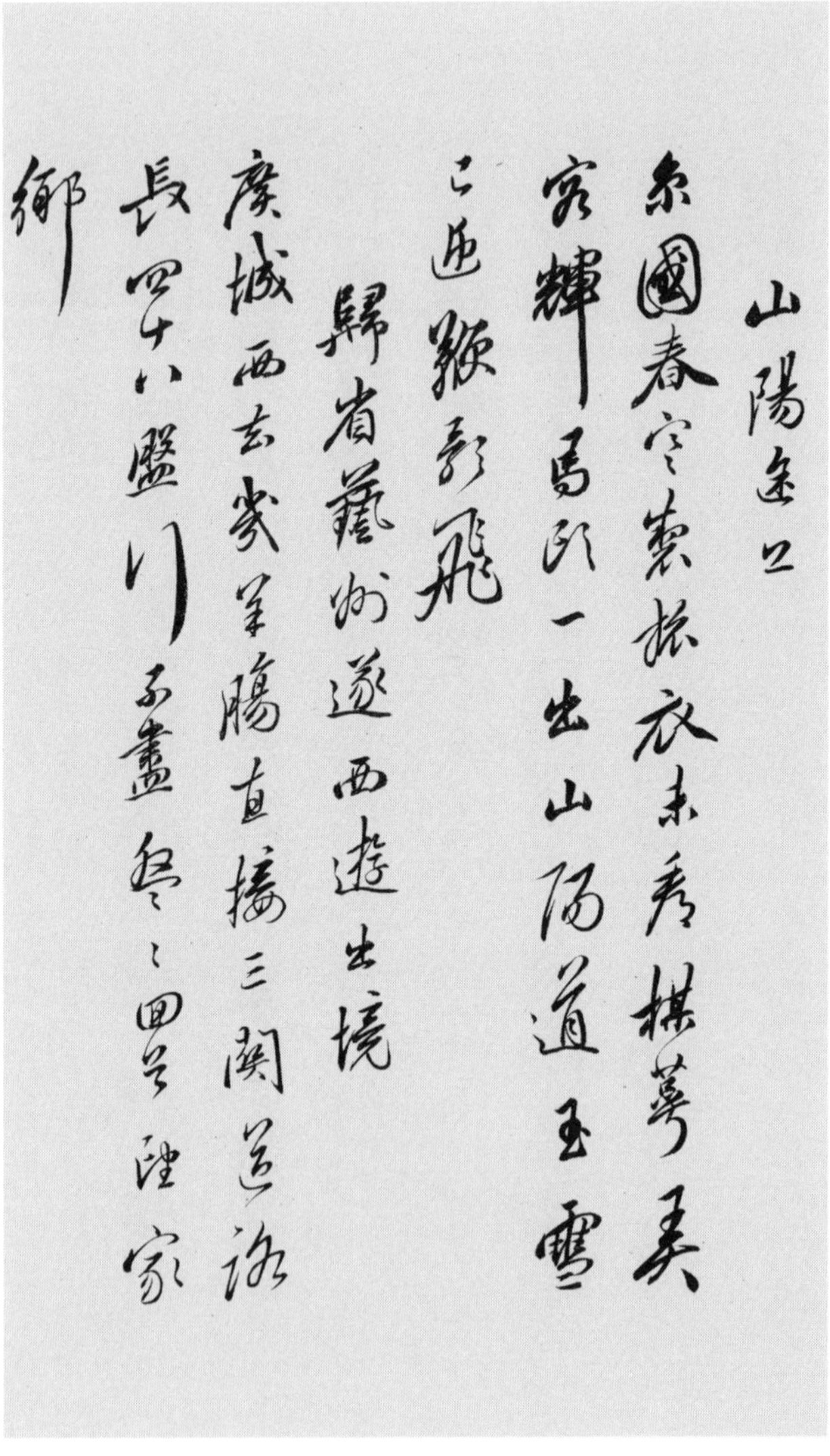

7　　　　6　　　　5

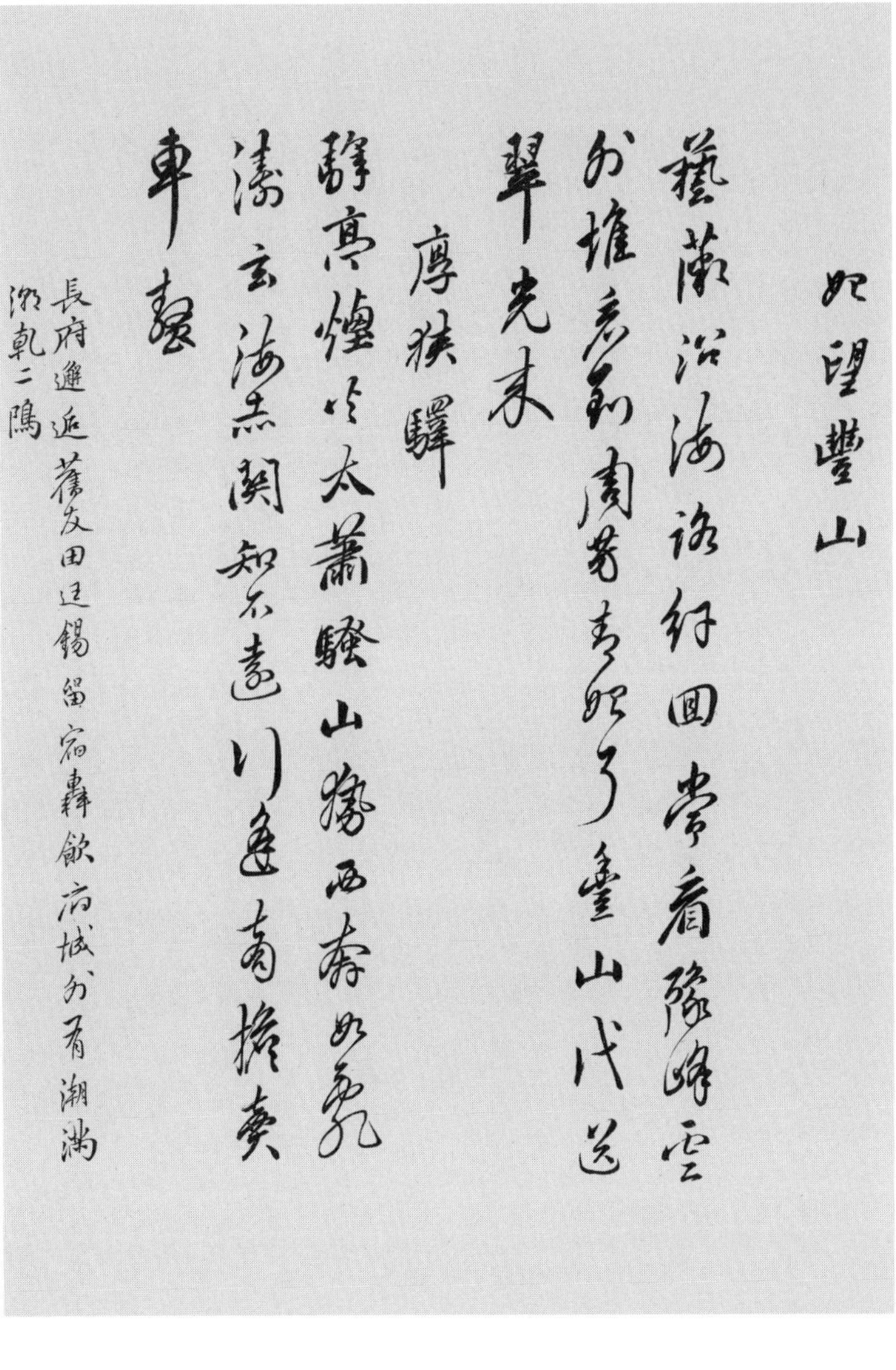

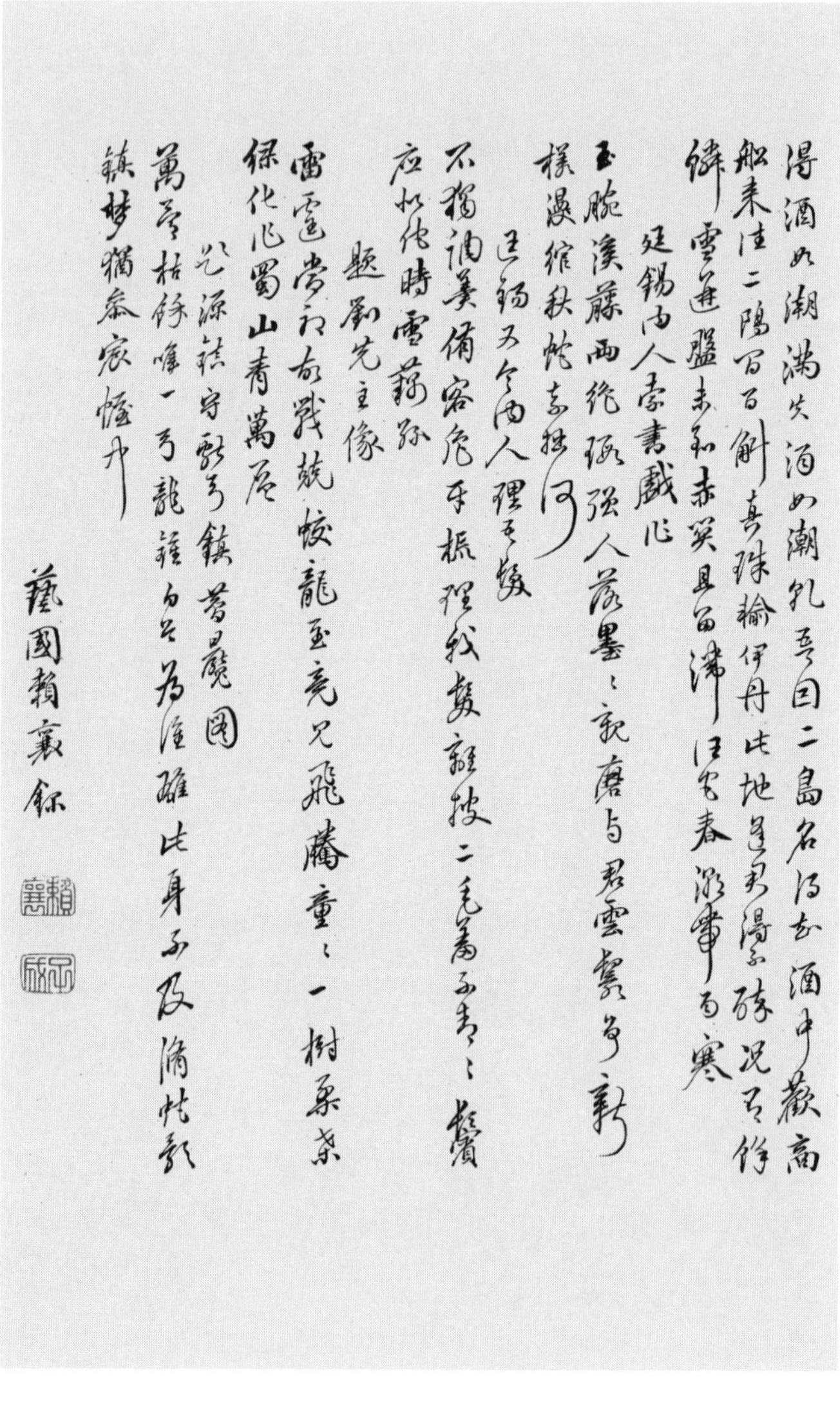
得酒如湖滿矣酒如潮汛長回二島名係玄酒中蔽高船来往二隅百斛真珠輸伊丹此地是君陽[?]酵況[?]餘雲逐盤未知赤穴且留滞江雲春深帯雨寒

8 延錫山人索書戯作

玉腕渓藤両絶瑕強人潑墨々疏磨与君雲[?]新様漫縦秋蛇春蚓何

9 延錫又令山人理手蹟

不獨調羹備容色手振理紋髪難披二毛篇不素々鬢応似化時雪蘇孫

10 題劉先主像

雷霆當日啓戦旗蛟龍至竟兄飛騰童々一樹桑冬緑化作蜀山青萬層

11 花源鎮守戦子鎮瞢晨園

萬騎枯餘唯一子龍鐘白首為淮離此身不及篇帳乾鎮夢猶參宸幄中

藝國賴襄録

赤關過大會稽々々將東逾觀宮岳賦略

吾來江火海君逗上富山有室杰關六握手
鑿破頑巖與酒膓海多洲身々詩格山雖擊竹托
醒眠許山海朱真恨未重合巖取至此海火歌天宮
山雲蕊天雲罸喚七梳四腓生風凌列缺与君六祝
大小湖海自浄々涉山自極

禪渦不知所其山產棄名曰雲峯坤四六与朱若綺劇詩有云

先禄沖壺蘭朱平生玉氣董寮窓風雨有冥情輪天象
磊斗多戟玉炁董寮窓風雨有冥情輪天象
裎一撝墨壺景誄花隨雲生

赤關寓居於岚峡春遊圖

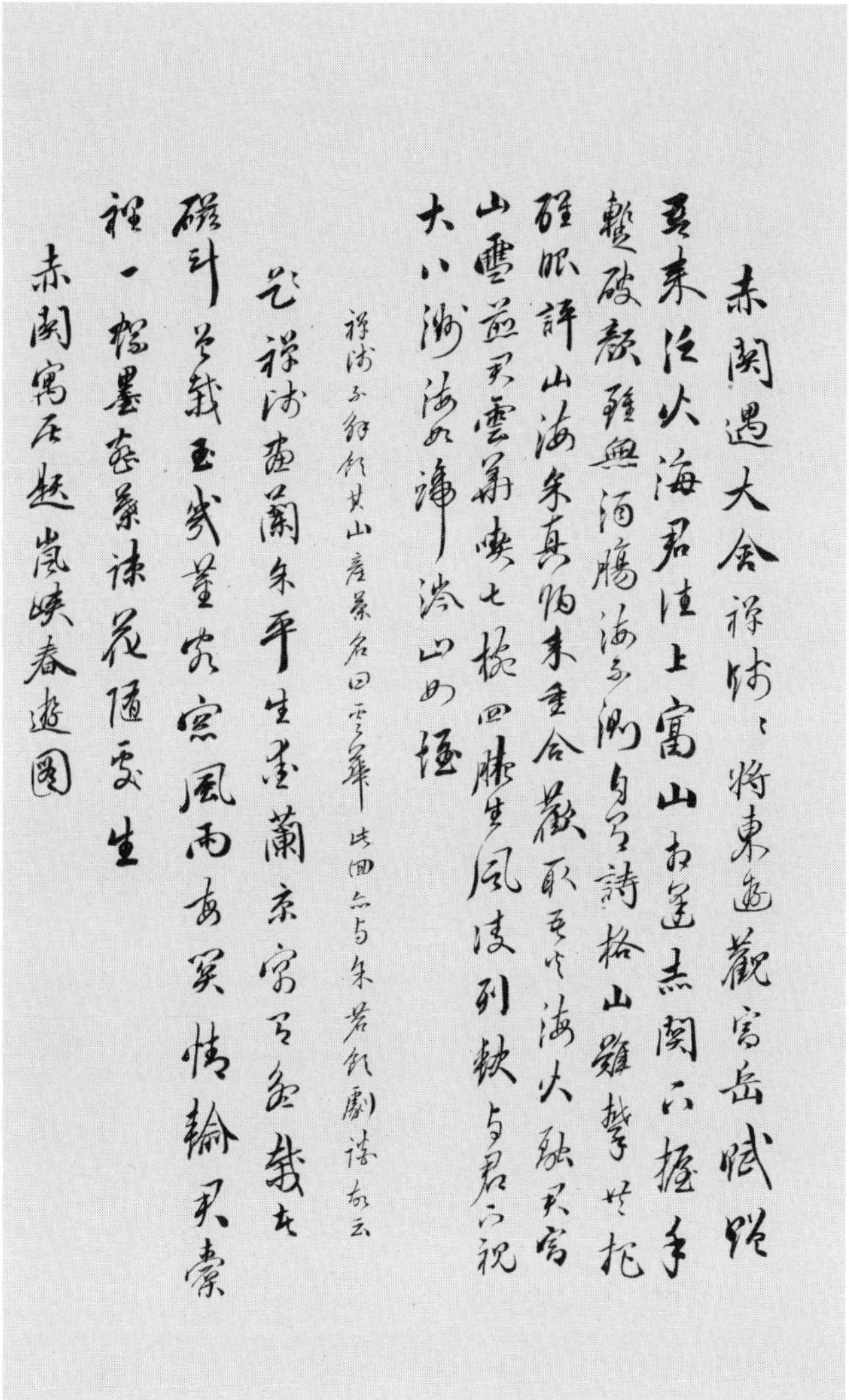

冤洋波浪曉台譯海驛東風咒花未消嵐
山好時節亂雲堆裡湖　箏琶
志賀西北接玄海受依呼蒼洋
檀浦行依李長吉體
赤關東口海山相迫處爲檀浦平
氏某族挾養和帝投海者也
海鹿吹浪鼓聲死龍衣出沒狂瀾
鬣敗鱗蔽海春風腥蒼溟變化黿
花水獨了介蟲喚嫌年夕陽蘆根出

A　16

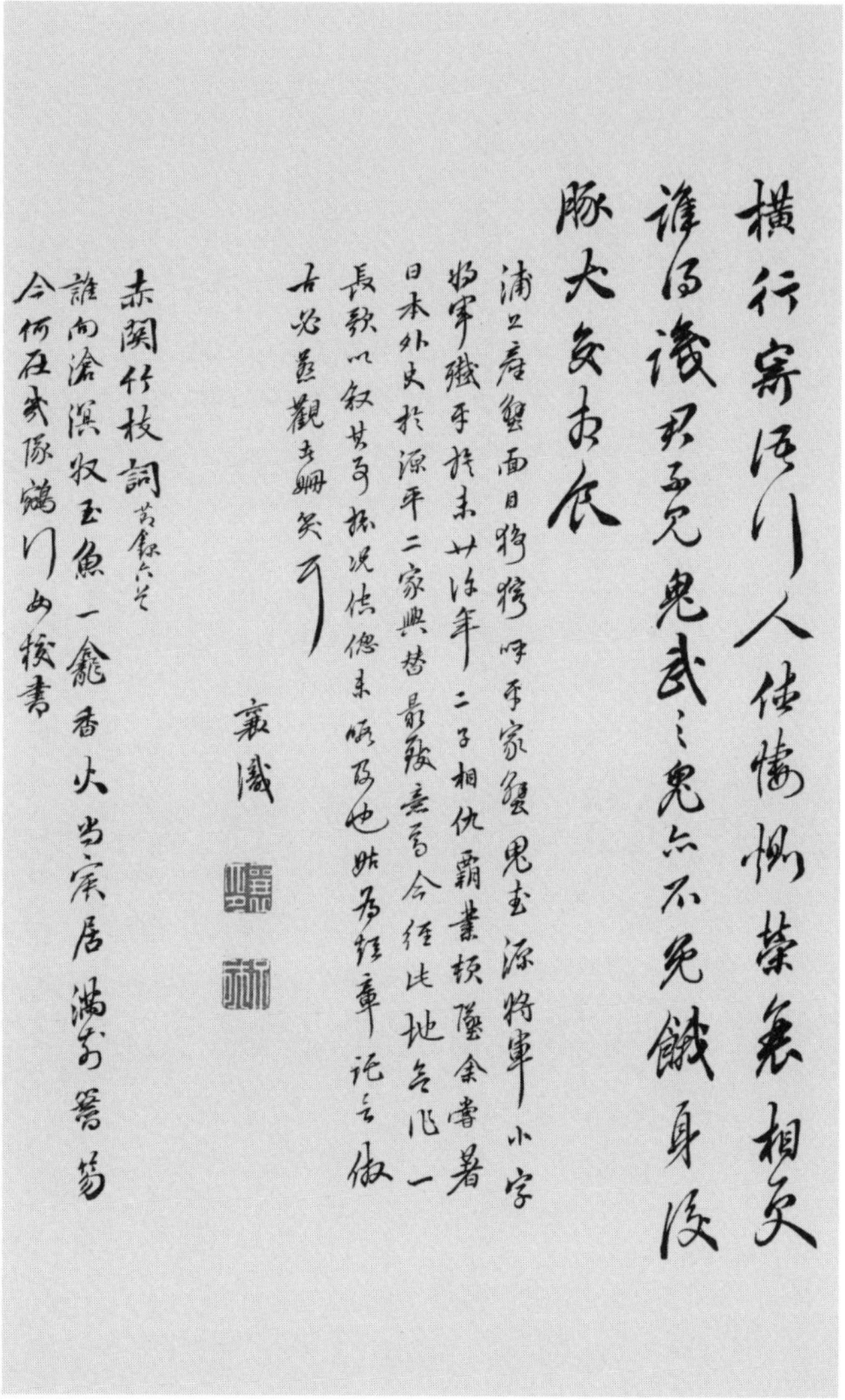
襄識

赤関竹枝詞

驅驒駿奔威歲欲過水邊掃兄驟場賦至今浮着

輕羅縠疑風為當年凌紅波

螢々春帆破海煙言中人勒定々年　明睁一樣

瀲秋水畔註丹舡睞我舡

萬墨攜酒附高舟堆岸黃包鴨綠油醪太充

搖鶴字篩駕人龍夢之揚州

我點漁艇亂月光捲年冬最來距々伍移田

得沿船震艇於吾人仔秀與

祥檉左々及東風和陽脈美味玉窮織丰擘開黃

玉顆愛佗為霜嘆春蕊

閱彤伯孫陸吉安養和鞠像每歲為氏我陸歧此戊隊

進美日失帝會　海內歧院許寧羅議士唯赤癸自孫

展末室人々遠傳家玉氏

子威

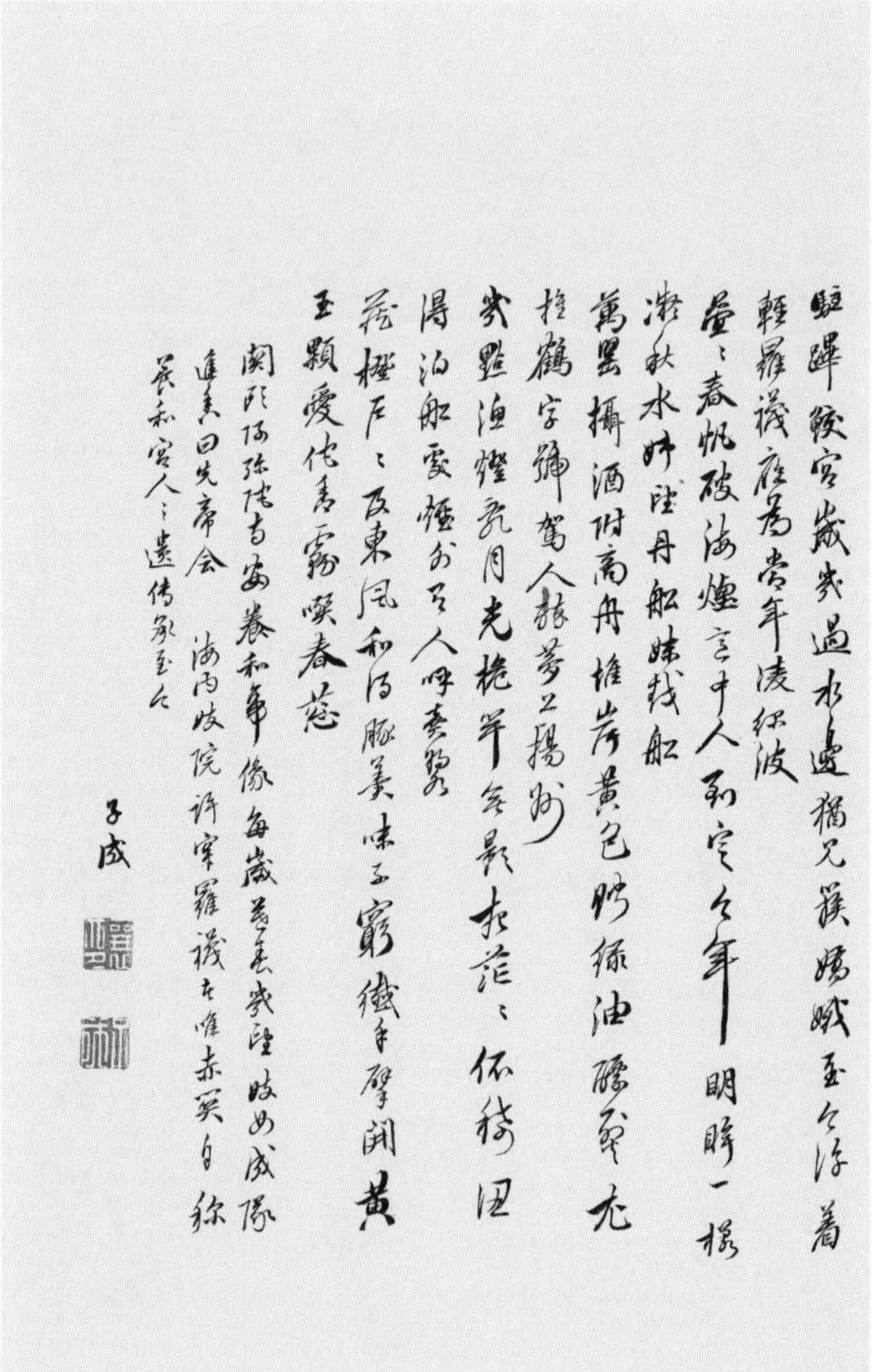

隔水青山是鎮西

倚篷探魚覚身為客

萬橋影裡月高

緑酒紅燭破眼迷

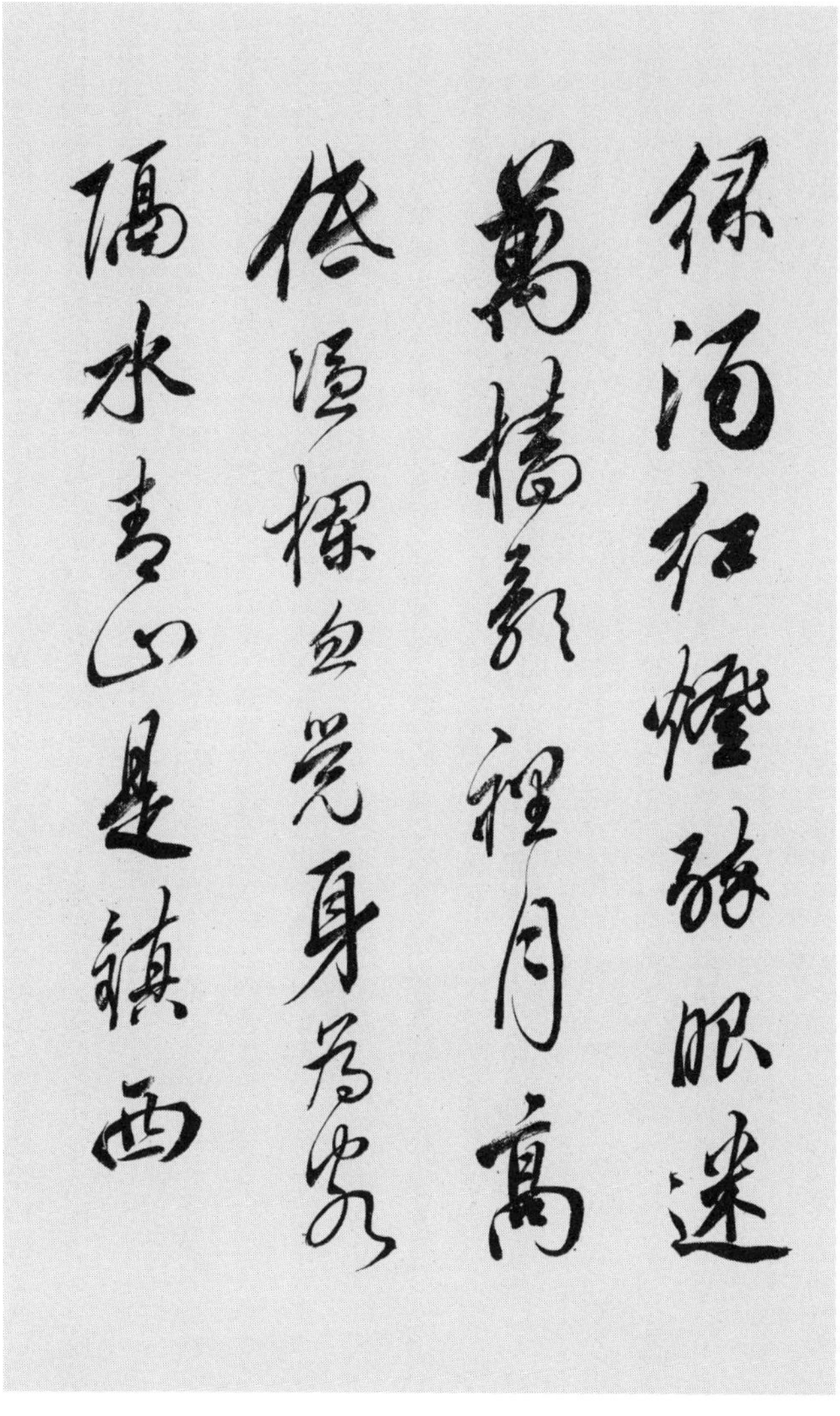

山陰句史

煙橋軟霧悶曠紅條晴經橋乘輕風

一岸山陽地之爽廣奠送我情之歟舟遠

回顧天宇立影源崖法轉出中

敘心孤無京櫓聲乳人眠

農志辛巳翁陸廣

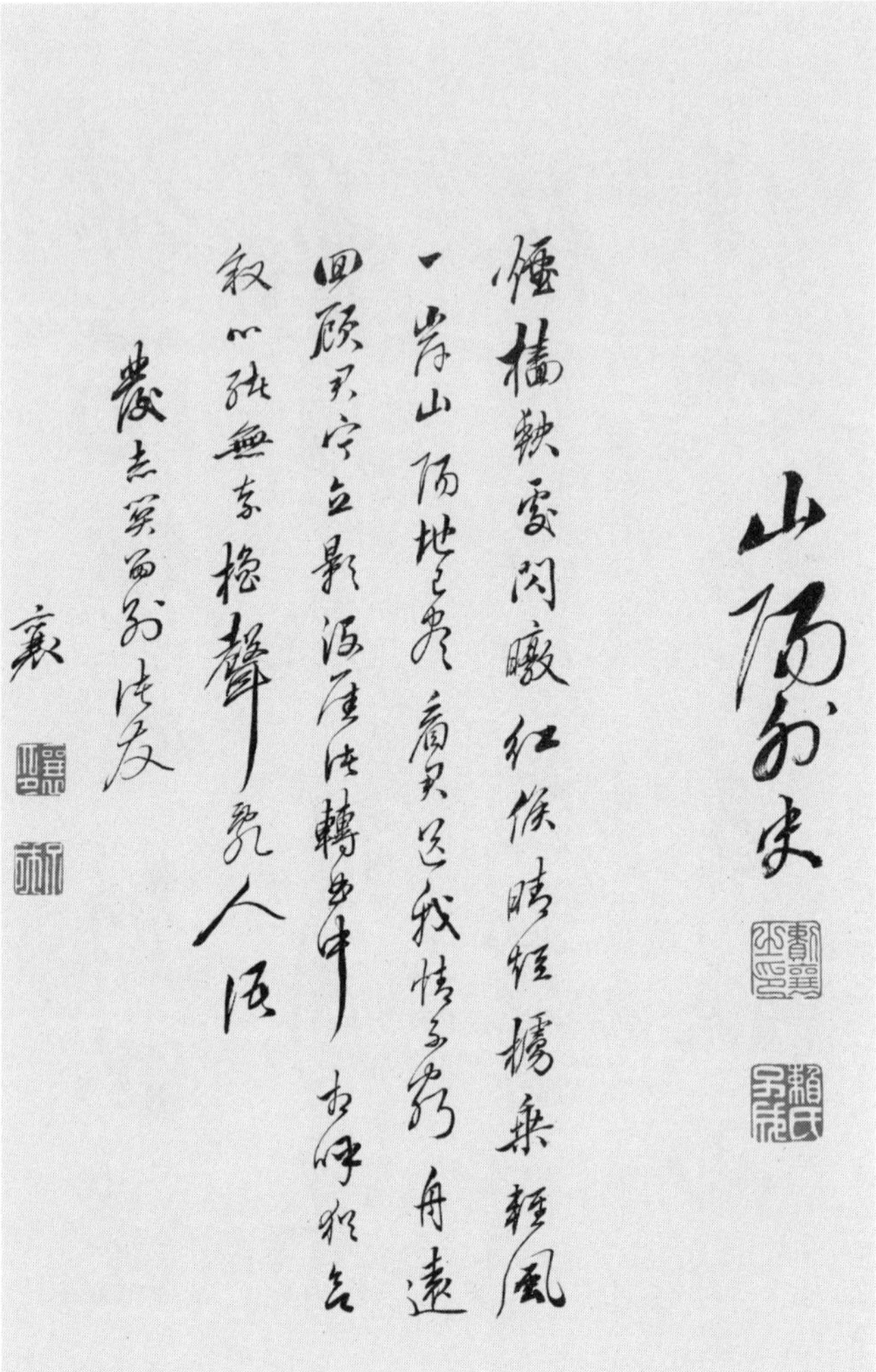

20　　　　　　　　19

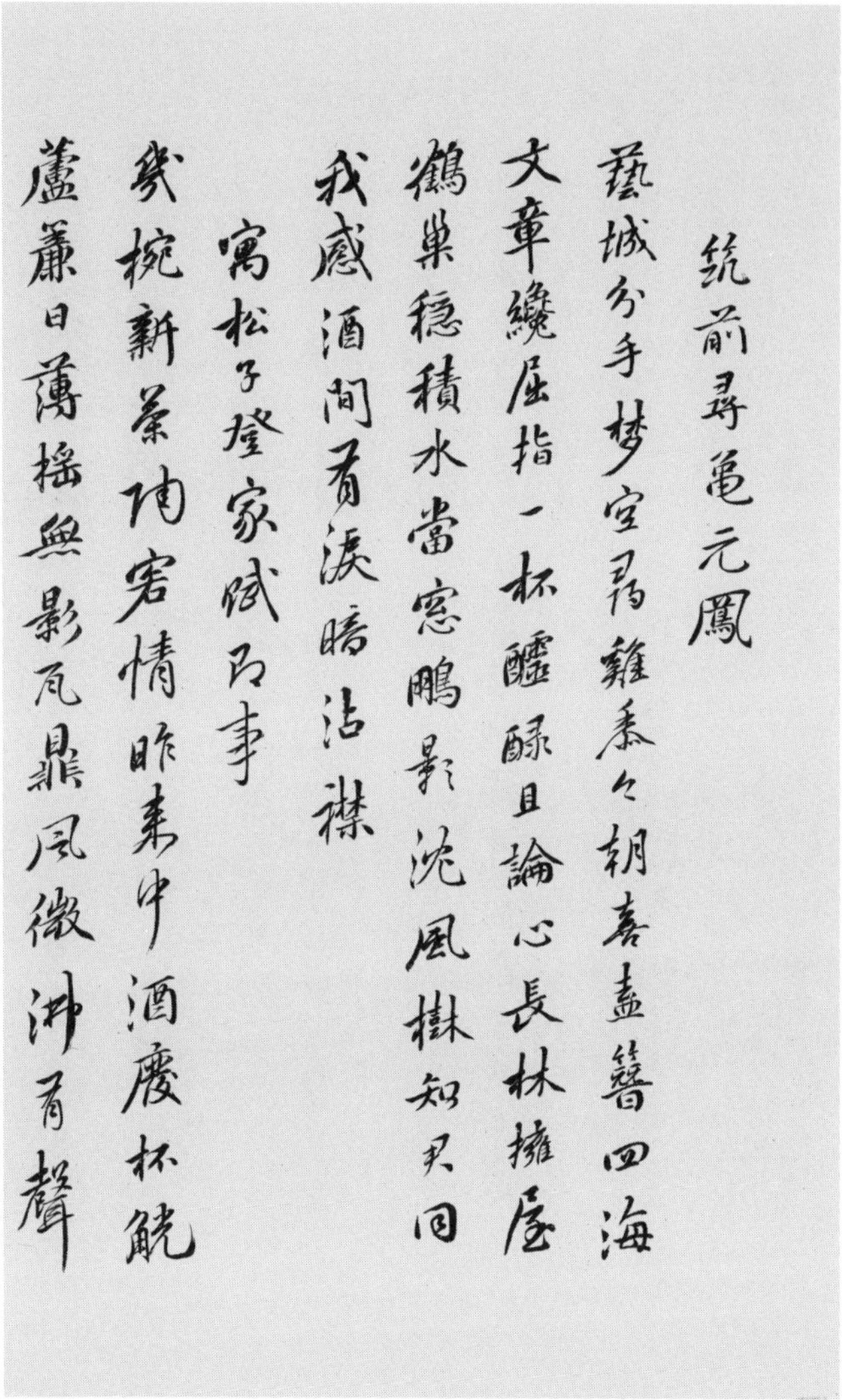
筑前尋亀元鳳
藝城分手夢空尋雞黍〻胡春盡簪四海
文章纔屈指一杯醽醁且論心長林擁屋
鶴巣穏積水當窓鵬影沈風樹知君同
我感酒間看涙暗沾襟

寓松子登家賦呂事
幾椀新茶佃客情昨來中酒慶杯觥
蘆簾日薄揺無影瓦鼎風微沸有聲

暑路養病秖尚孤羈窓作字手當生甚

评画軸清長查叉喚家童取短檠

題龜元風女少蘇画竹

枻義蒲墨自清雜程是晶堂北㠯風傳倍君家鹽硬法

寧代發影署撲去

為子璡己畫批杞

翠、與金鍾雨邊与樣夕鹼魆鮮妍着花卻是趣集

地産玉雲高雖此肩

子成

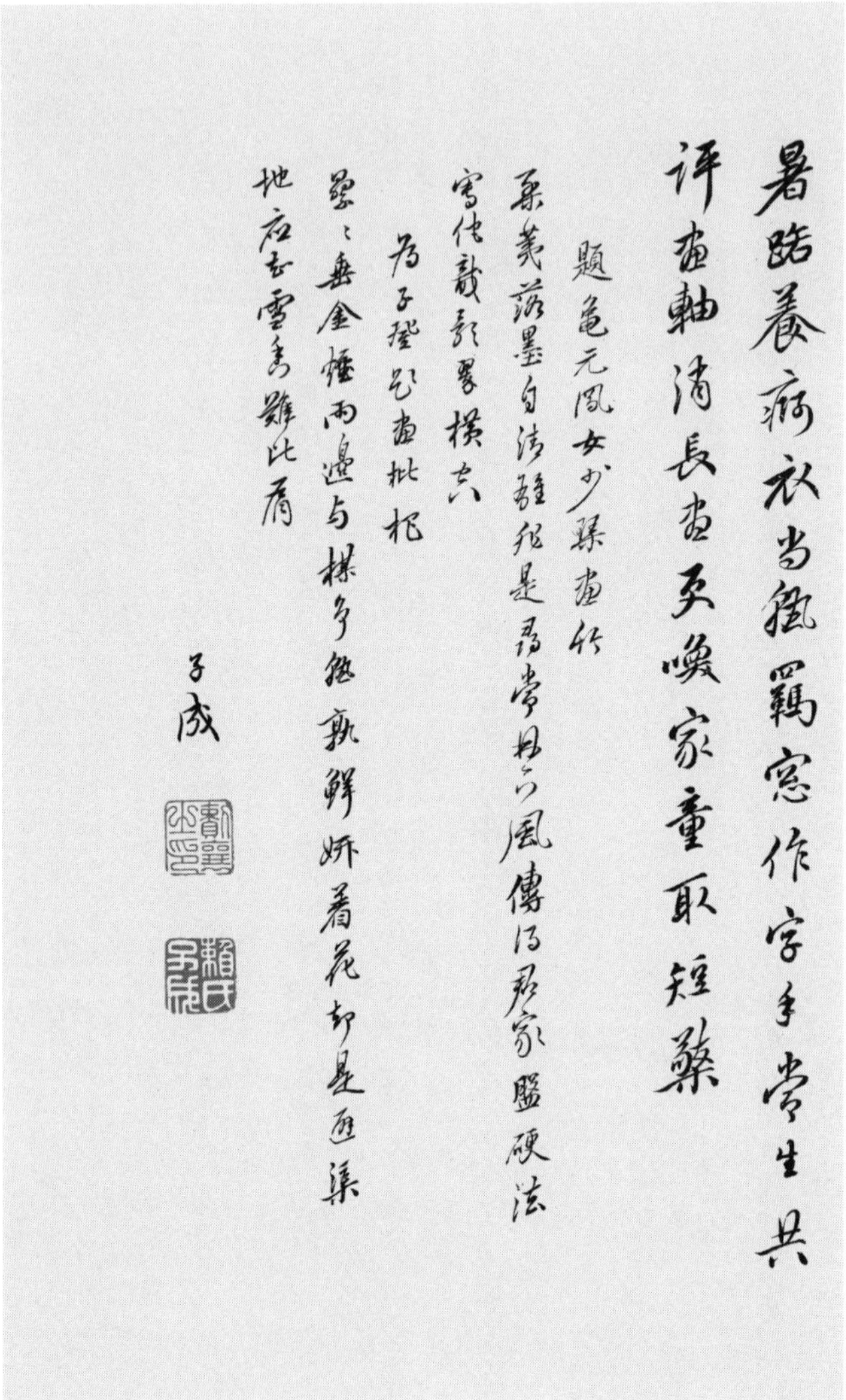

H G　　F E D　　C B A 23

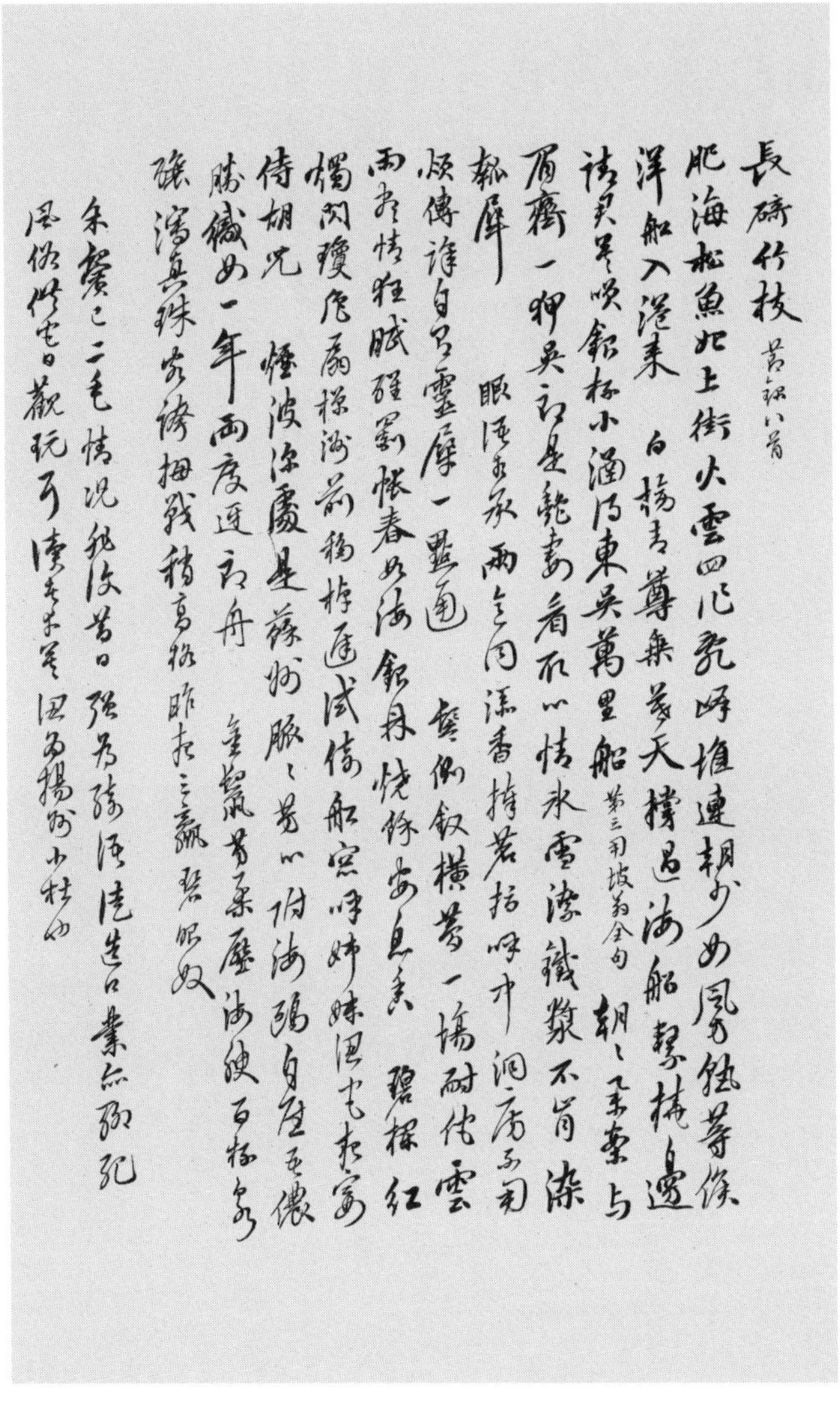

水窓夕夕風天街月色朗容照魚与酒風
月共振掌一醉忽蕾騰不知窓々往斜
影猶在窓卧不禾檐響
長碕寓樓作依本蘇州錄以米法

山陽外史�後

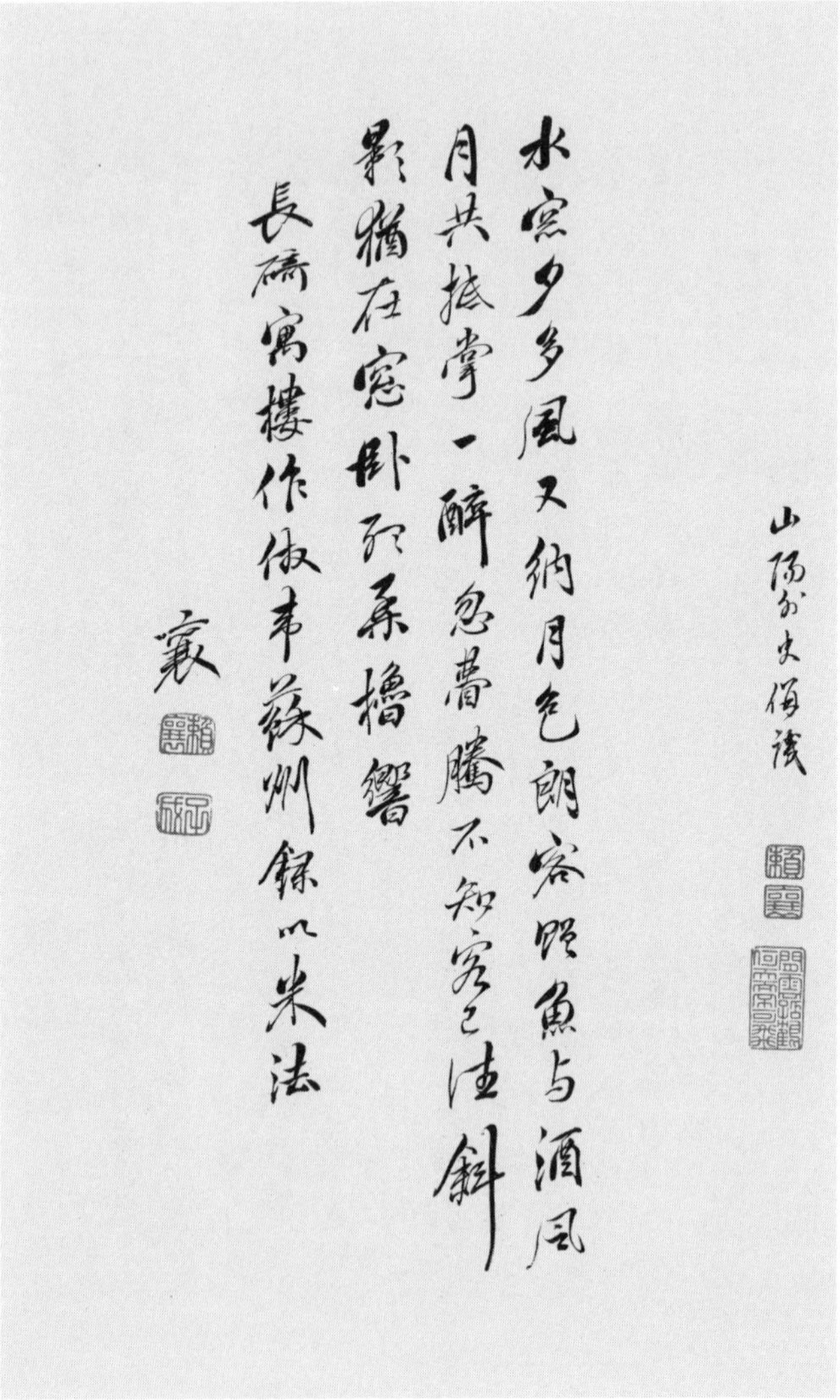

28　27　26　25

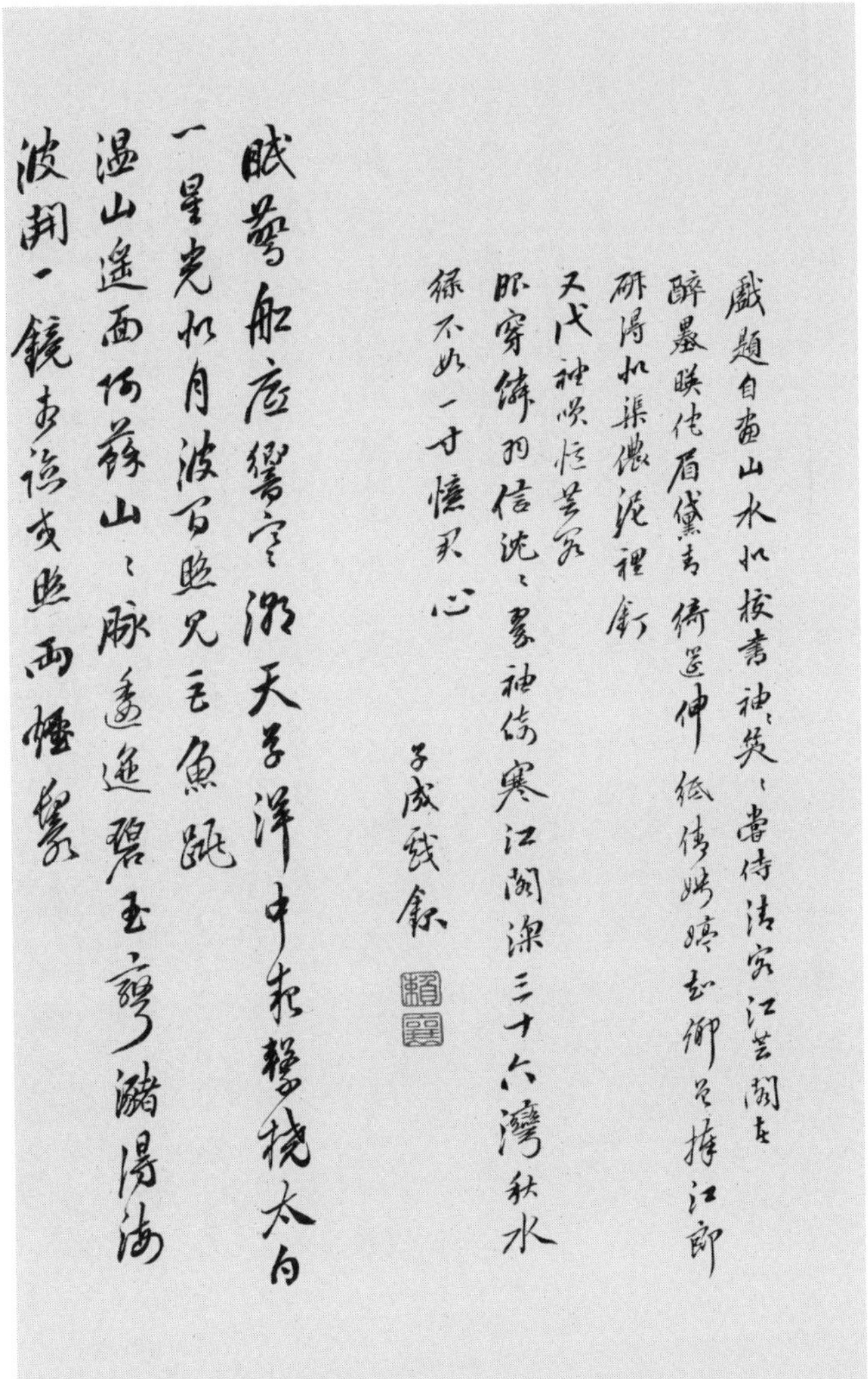

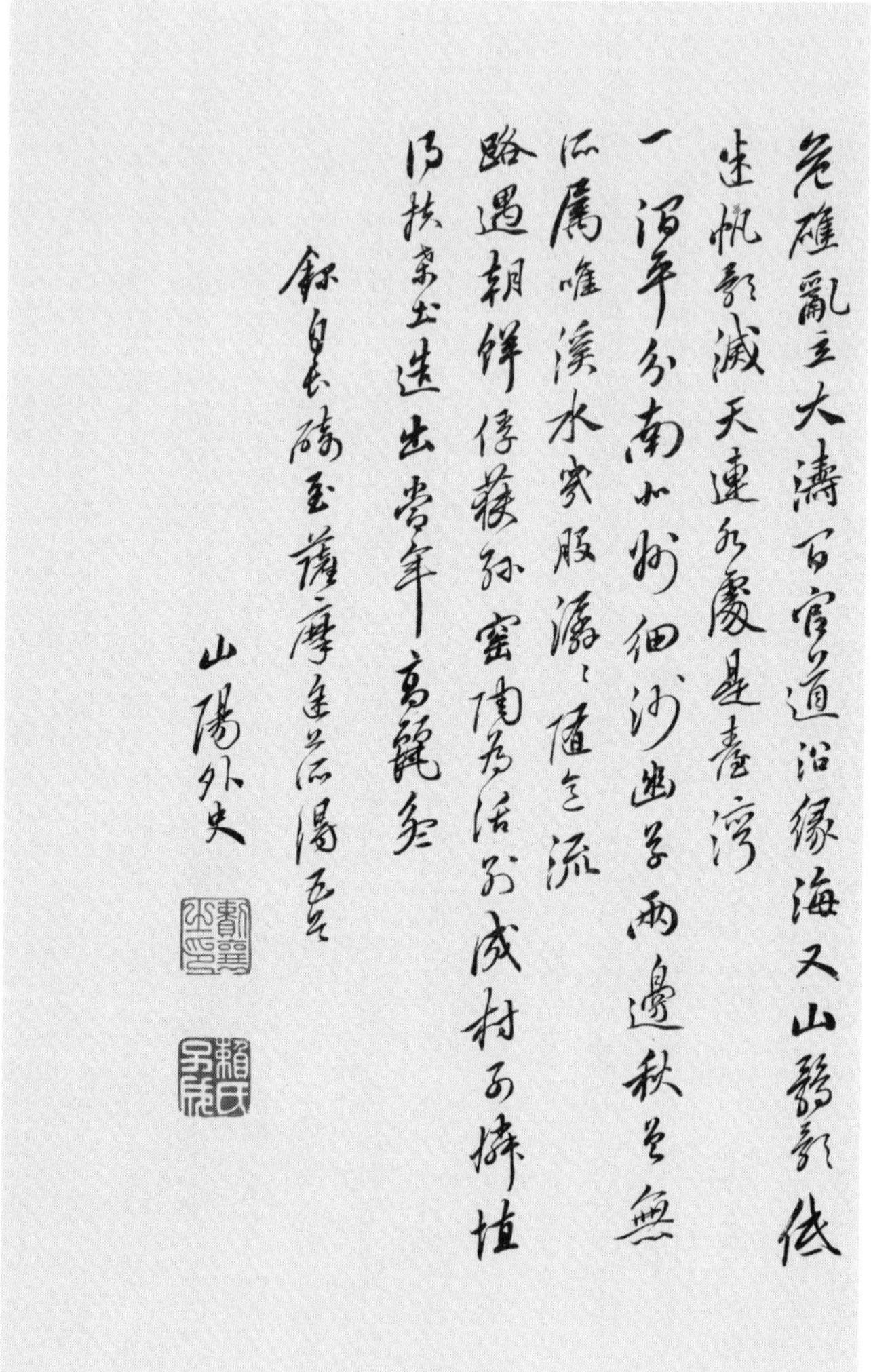
危礁亂立大濤間官道沿緣海又山鶻影低
迷帆影滅天連水處是臺灣
一洞平分南北對細沙幽草兩邊秋色無
際屬唯溪水穿股瀉ゝ隨之流
路遇朝鮮俘獲孫窯陶為活計成村可培植
仍扶桑土造出當年高麗瓷
錄自長崎至薩摩途上所得五首
山陽外史

C　　B　　A　33　　32

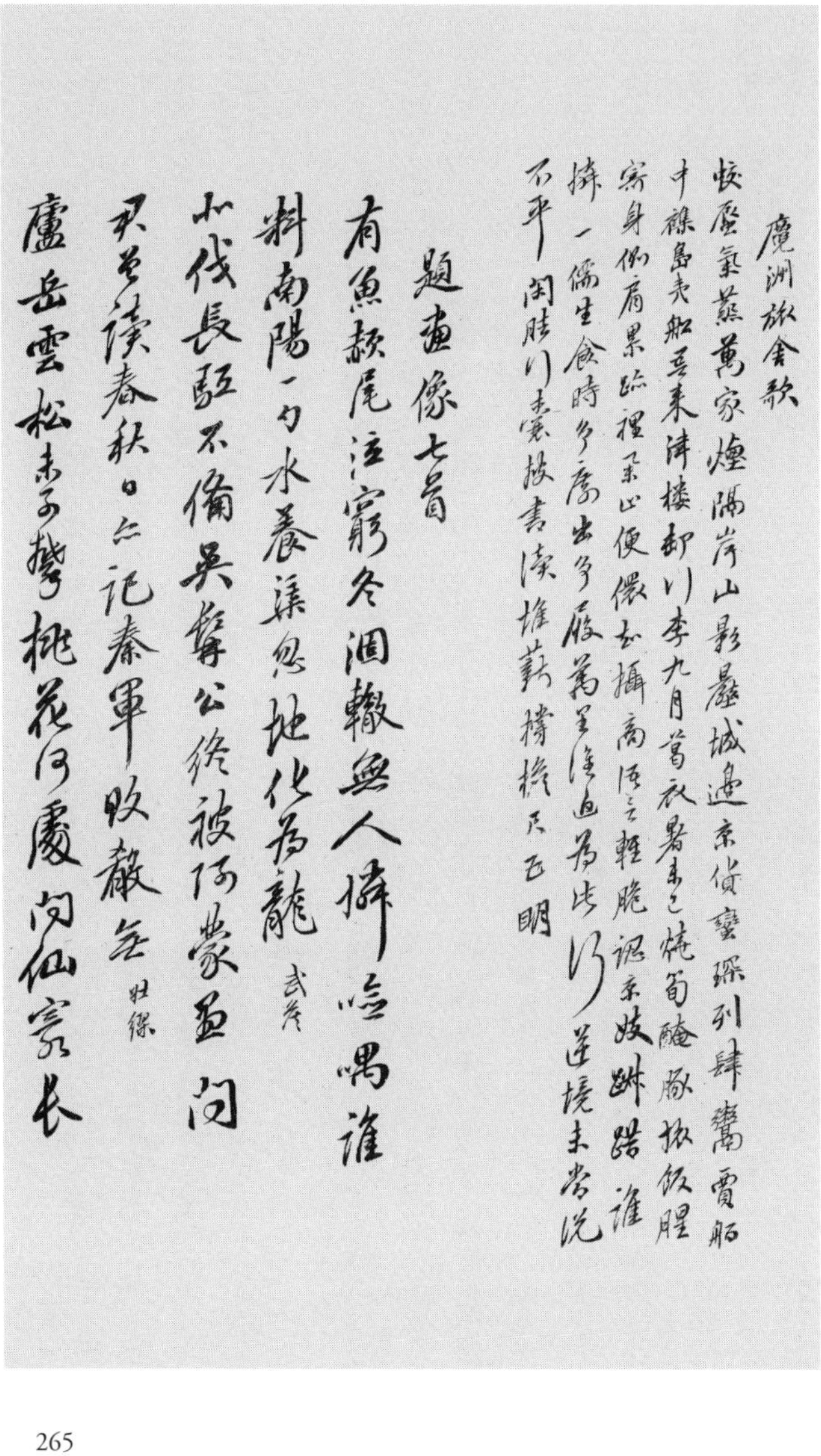
麑洲旅舍歌
蛟蜃氣蒸萬家煙隔岸山影壓城邊京貨蠻琛列肆鬻賈舶
中雜島夷船吾來淹留却以季九月葛衣暑未已燒筍醃豚叔飯腥
寄身似居異域裡采以便儇女攝高屐輕脆認京妓蹴踏誰
憐一儒生食時多應出多屐篤星(?)遙過為此行逆境未嘗憂
不平閑肆以囊披書讀推蘇樽撿尺五明

題畫像七首
有魚赬尾注窮冬涸轍無人憐喣濡誰
料南陽一勺水養渠忽地化為龍　武侯
小伐長驅不備吳奪公終被阿蒙嗤　關
羽只要讀春秋日亡記秦軍敗叛無　壯繆
廬岳雲松未子攀桃花何處問仙家　長

安石且一杯裡著吾身天地苾人日　春遊

念公孤子以虀臼期何從傳吾摩揫揫笒

遂使狼星金海宇蒼生誰子靜蕪光　武忠

渾渙胡馬簇蓬埃一點吾游水限湖工

落棋花滿地也勝攬淚積成堆　和訥

尖快殘偏排為魚遠濱泿灣過材湿愴

慶蓮慇送陽院生溪室坐森寶書　冬忩

痛飲黃龍志已去兩河蕱顱蘆董重西

湖嬴河橫三尺為吾逬人用宋書　武張

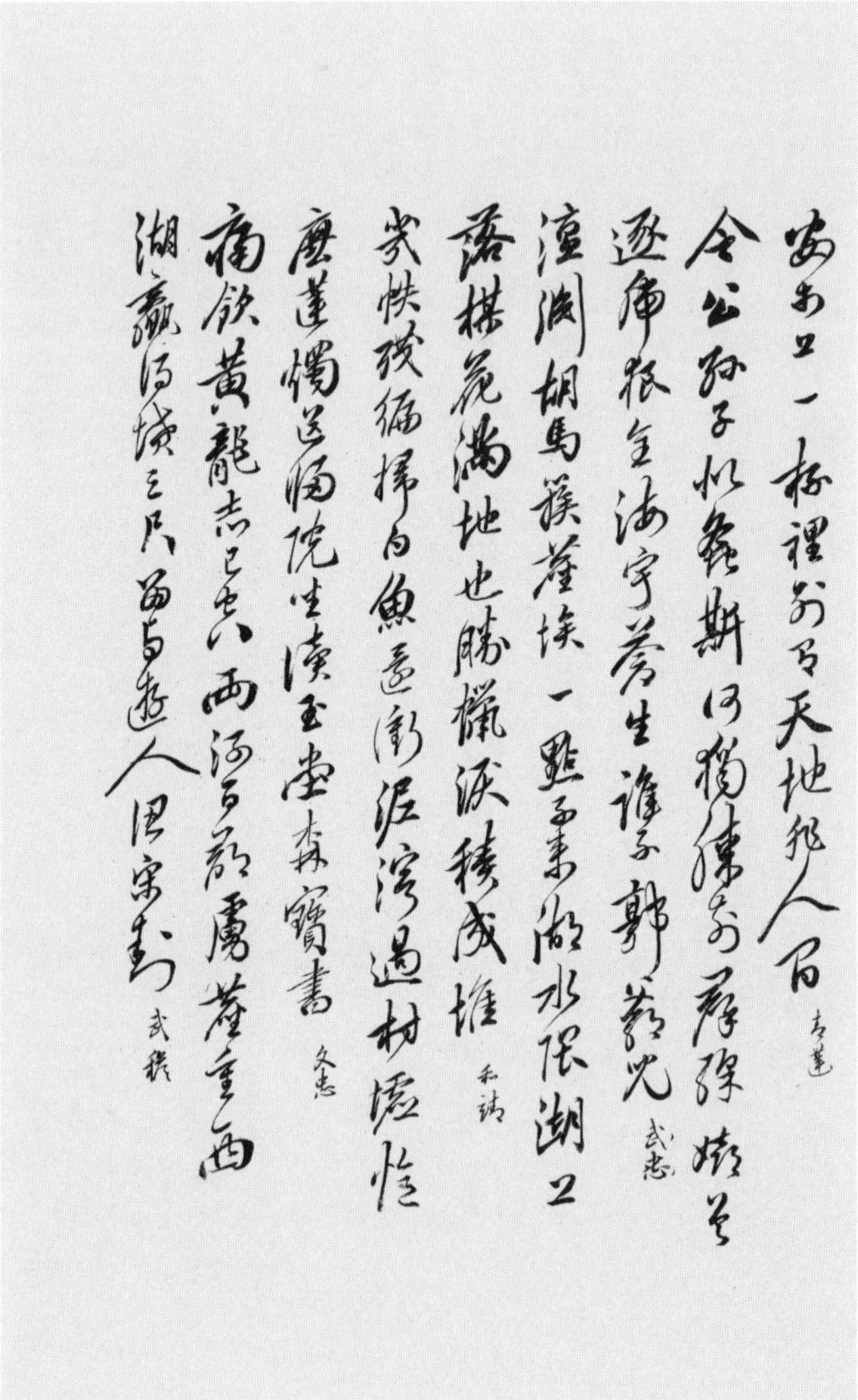

34

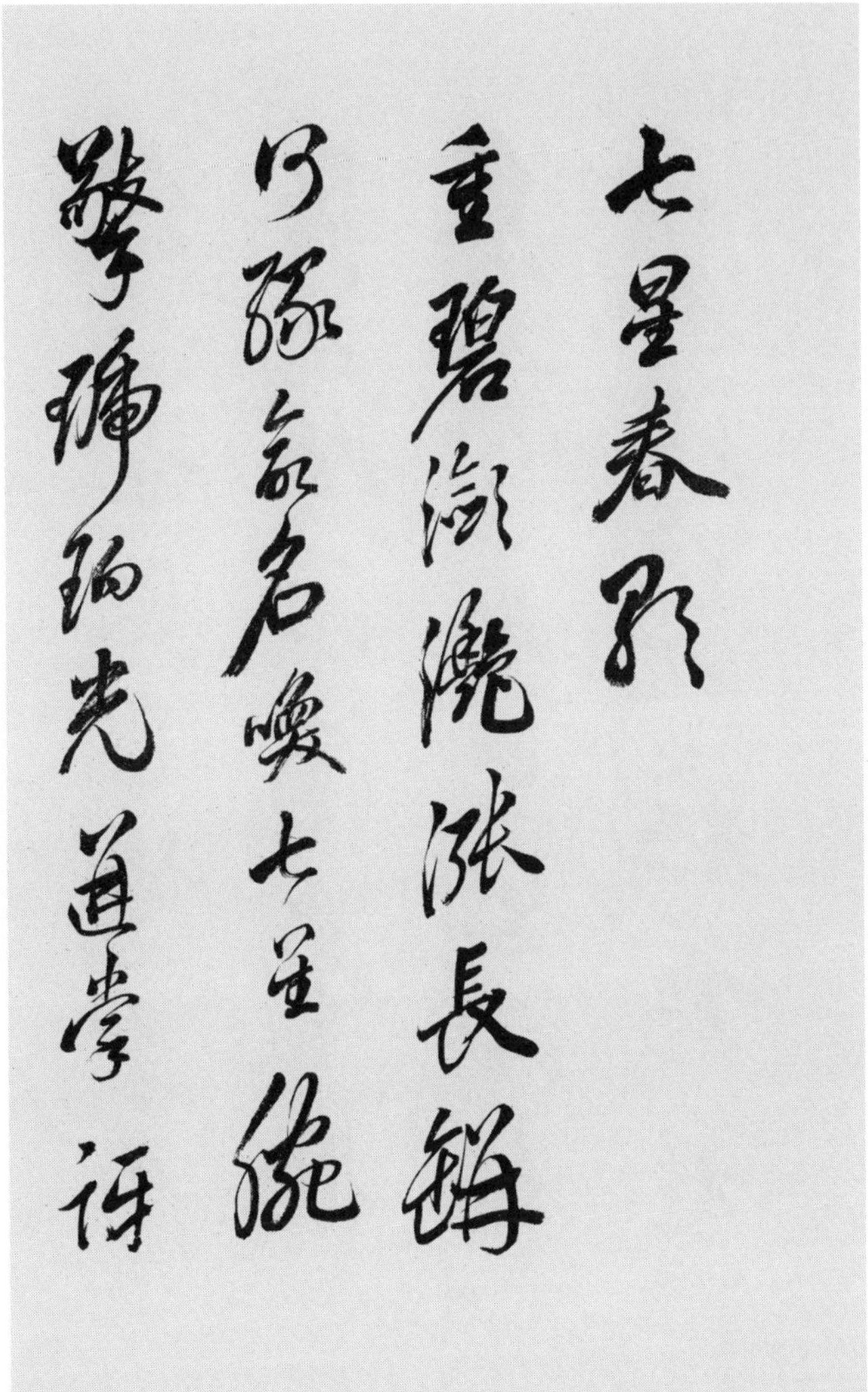

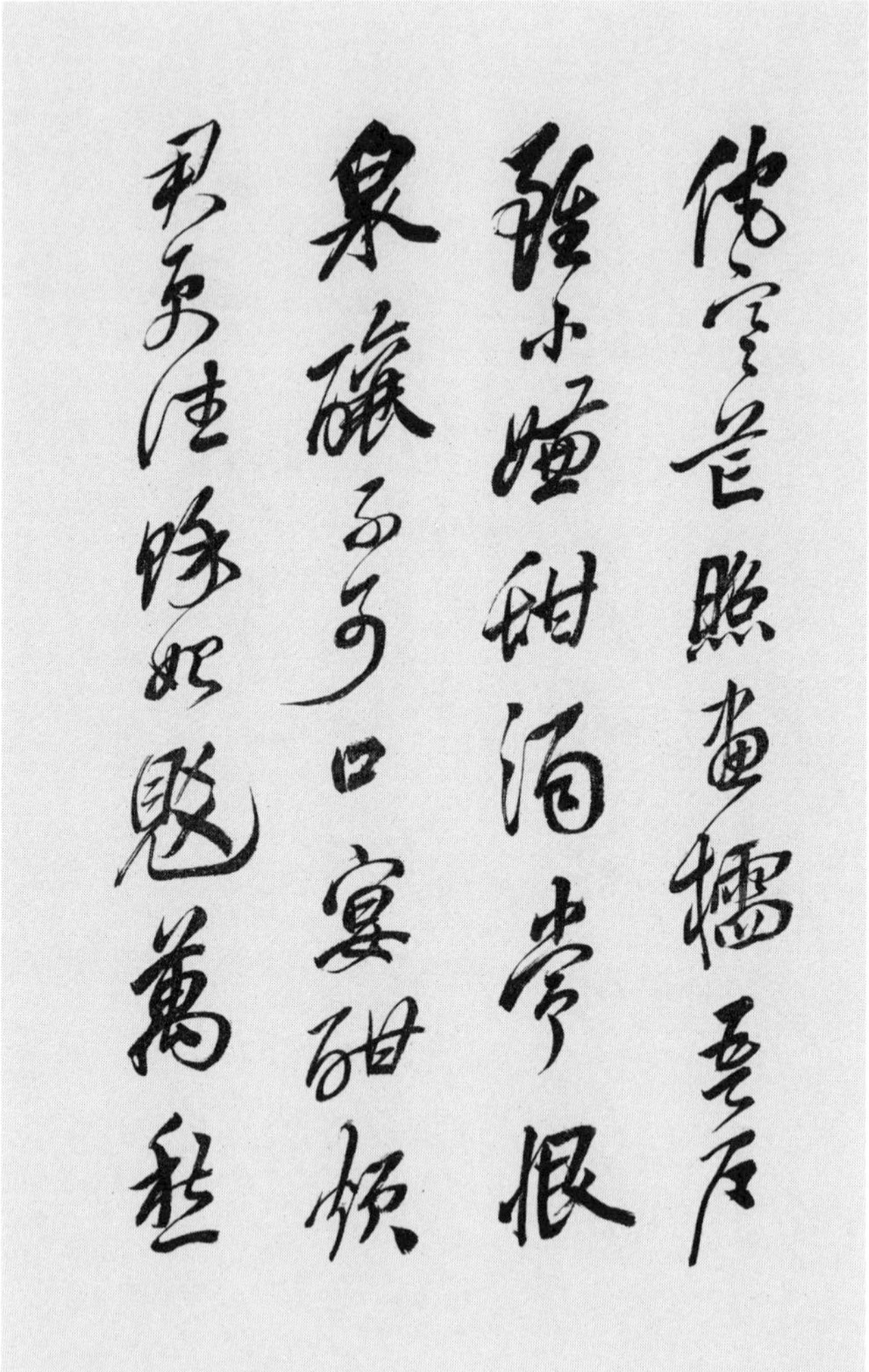

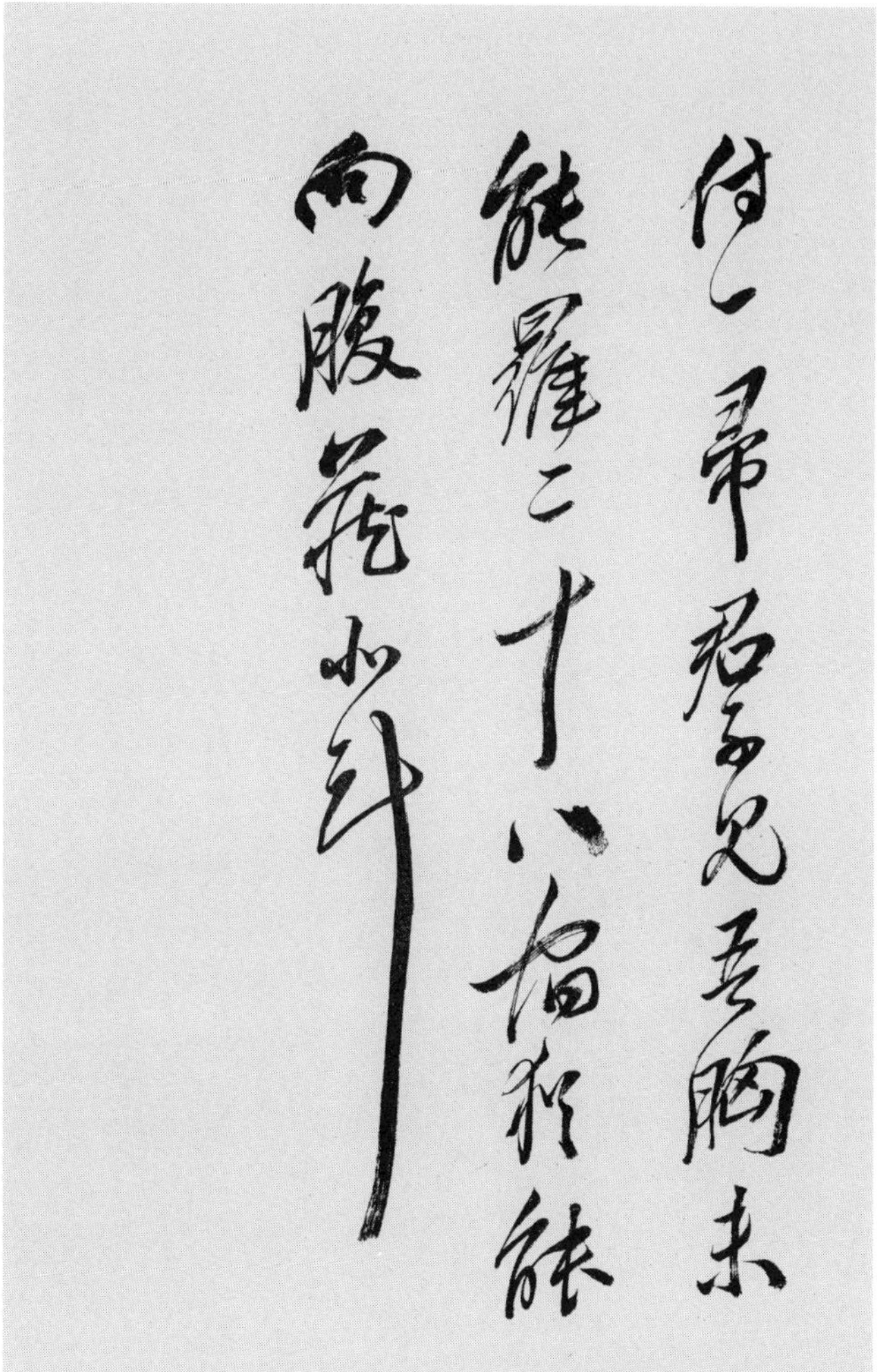

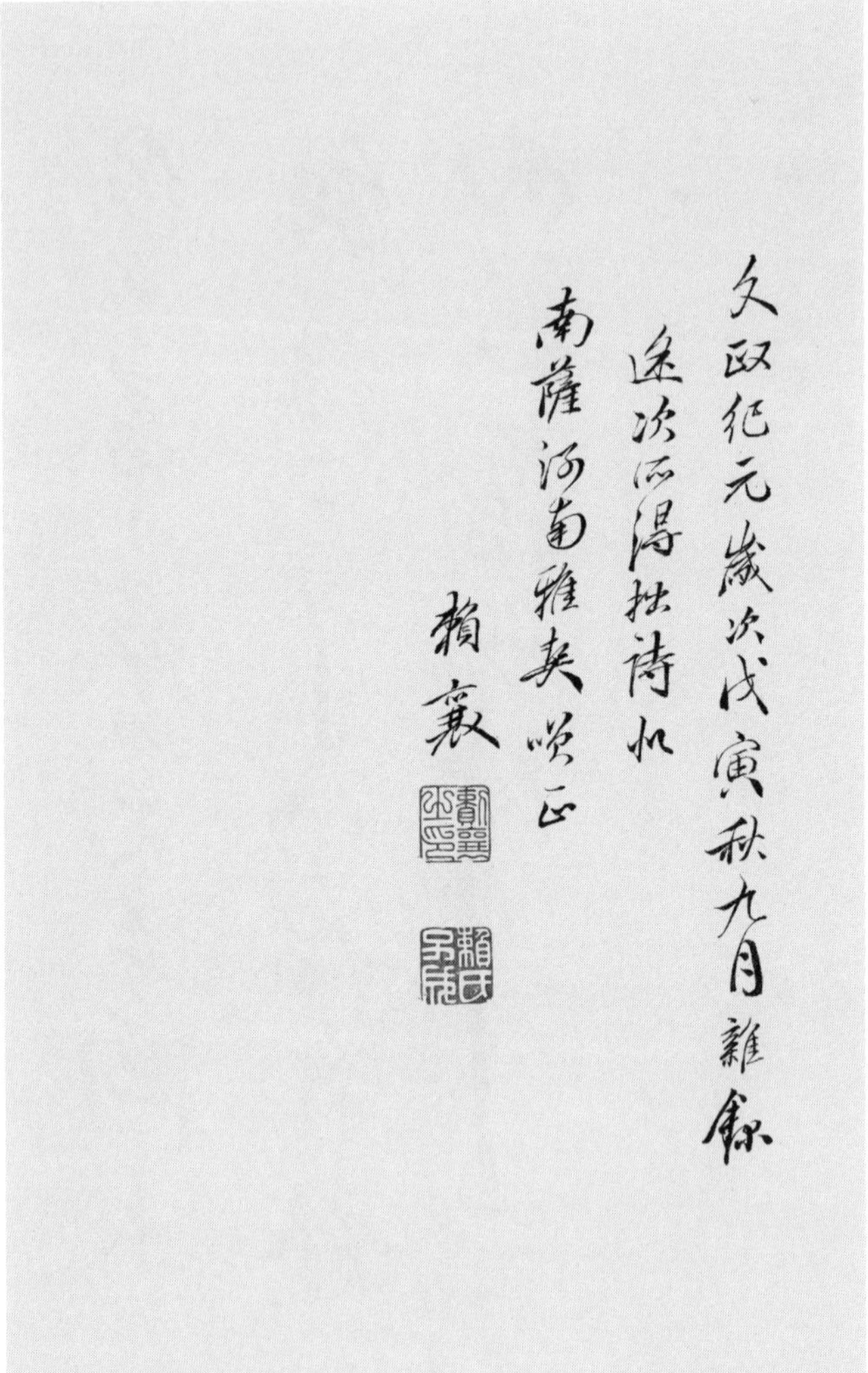
文政紀元歳次戊寅秋九月雜録
途次所得拙詩似
南薩河南雅契哂正
頼襄

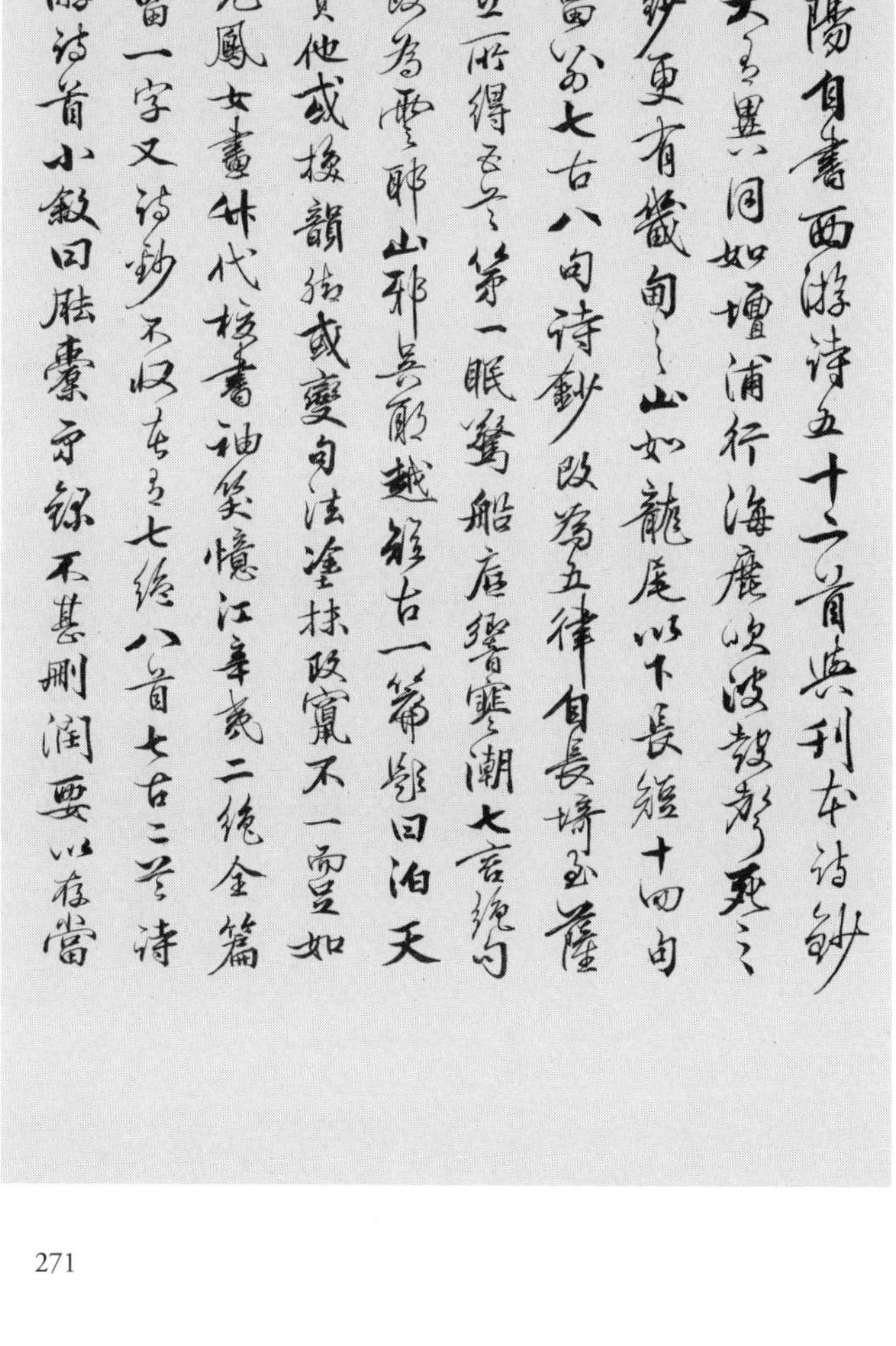
右山陽自書西遊詩五十三首與刊本詩鈔
所載大小異同如壇浦行海鹿吹波鼓彭蠡之
前詩鈔更有鐵甸之山如龍尾以下長短十四句
赤関留別七古八句詩鈔改為五律自長崎至薩
摩途上所得五之第一眠鷺船底響寒潮七言絶句
詩鈔改為雲耶山耶呉耶越雑古一篇題曰泊天
草洋其他或換韻措或変句法塗抹改竄不一而足如
題亀元鳳女畫竹代桜書袖笑憶江華燕二絶全篇
改作不留一字又詩鈔不収者七絶八首七古二首詩
鈔西遊詩首小叙曰膝囊所録不甚刪潤要以存當

日情興会彼此篇校序言似失実聞山陽恒曰謂我
才敏非知我者謂余勉強剽若焉去我去蓋世
人睠山陽才学以為一揮天成咳唾珠玉而不知
其従千錬萬磨中得来也余従去十分刪潤恐
篇篇無完膚惟去存情與本心於是耳此可
以観山陽本領山陽儔外史独冠超章西遊時稿
畧余年已三十九後数年始出示人其畢生鍛錬
者皆所以流播久益盛焉山陽之来薩鮫島
白鶴翁鬢伊地知某延接詩鈔載与二子飲酒

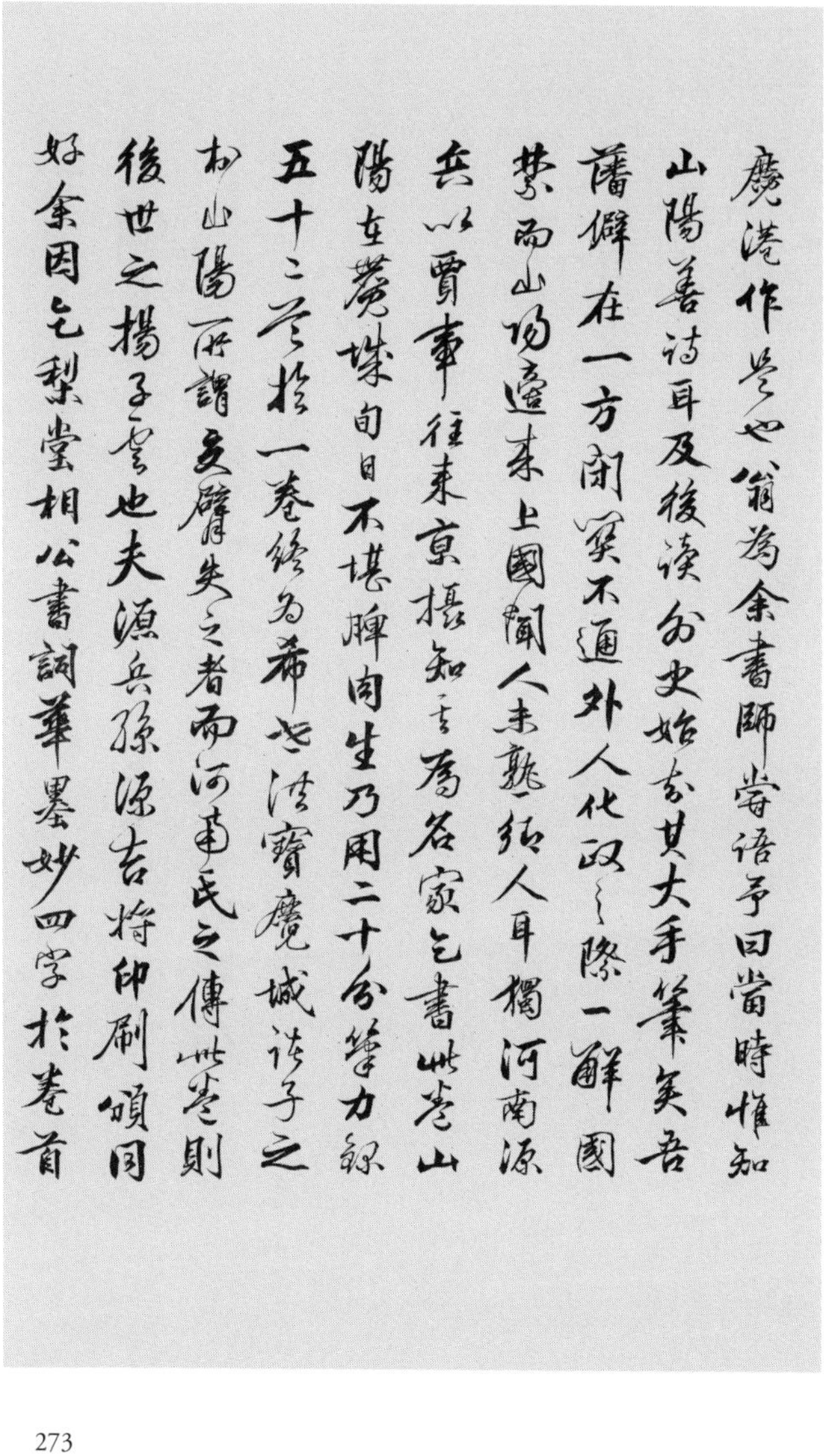
麑溪作是也翁爲余書歸嘗語予曰當時惟知山陽善詩耳及後讀分史始知其大手筆矣吾藩僻在一方閉關不通外人化政之際一解國禁而山陽遊來上國聞人未熟知人耳獨河南源兵以買事往來京攝知之爲名家乞書此卷山陽在薩滯旬日不堪髀肉生乃用二十分筆力録五十二首於一卷終爲希世法寶麑城諸子之如山陽所謂交臂失之者而河南氏之傳此卷則後世之揚子雲也夫源兵孫源吉將印刷頒同好余因乞梨堂相公書詞華墨妙四字於卷首

遂書一言於後

明治十九年丙戌夏七月下浣

成齋重埜安繹士德甫

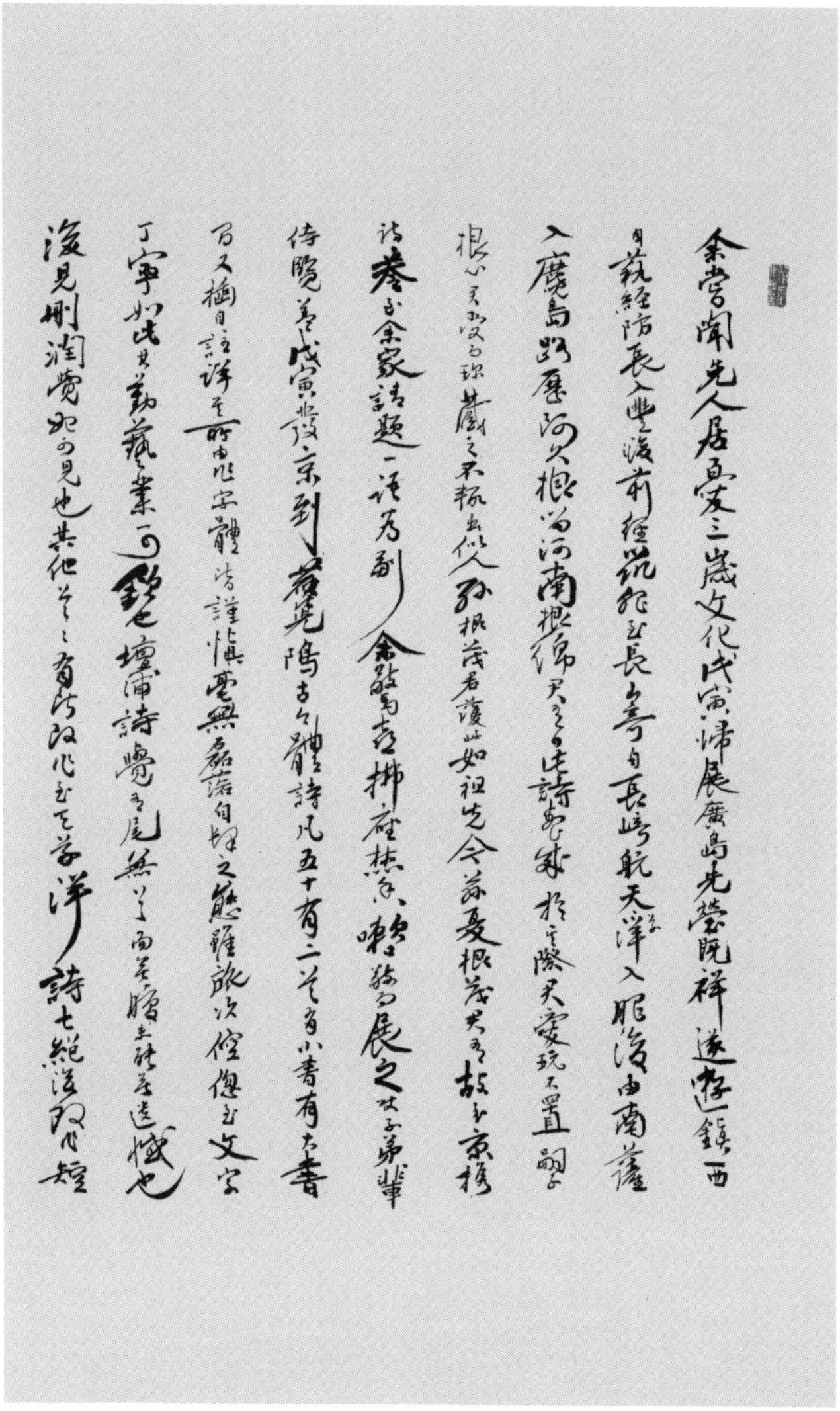

古詩句壯闊盛唐之音洋詩也北條霞亭菊池五山評此詩為絶唱此卷乃現

川詩鈔對照一小覧作者之刻苦復等之所以嘗最為發也又

聞丁丑之變後陸軍少將谷干城君巡察鹿兒島歸路經阿久根這河南

氏請見予之家藏頼山陽詩卷請見之根心書諭歸有西鄉之

變其家族老少避他郷山陽先生詩卷又室也鄉為請暫待為既持

還似谷少將之厚觀大喜謝去余觀先人眞蹟不少如此卷所

罕覯也根茂兄請保存之

明治丙戌五月　頼復識

主要参考文献

阿久根市誌編さん委員会編『阿久根市誌』（阿久根市、一九七四年）
石川忠久『日本人の漢詩――風雅の過去へ』（大修館書店、二〇〇三年）
伊藤吉三『山陽遺稿詩註釈』（一九三八年）
伊藤吉三『山陽詩鈔新釈』（山陽詩註刊行会、一九四二年）
井上誠「広江殿峰・秋水の雅遊と交友――西江楼の文人たち」（『下関市立美術館研究紀要』第六号、下関市立美術館、一九九七年）
揖斐高『頼山陽詩選』（岩波文庫、二〇一二年）
入谷仙介『江戸詩人選集8 頼山陽 梁川星巌』（岩波書店、一九九〇年）
入矢義高『日本文人詩選』（中公文庫、一九九二年）
上野日出刀『長崎に遊んだ漢詩人 附記 宋明儒者の詩』（中国書店、一九八九年）
大分県教育庁管理部文化課『大分県先哲叢書 田能村竹田資料集 著述篇』（大分県教育委員会、一九九二年）
小川環樹責任編集『日本の名著41 内藤湖南』（中央公論社、一九七一年）
奥山正幹『山陽詩鈔註釈』（山陽詩鈔出版会、一九一四年）
鹿児島県姓氏家系大辞典編集委員会編著『鹿児島県姓氏家系大辞典』（角川書店、一九九四年）
家臣人名事典編纂委員会編『三百藩家臣人名事典』（新人物往来社、一九八七～八九年）
加藤周一『日本文学史序説 下』（『加藤周一著作集5』平凡社、一九八〇年）
「角川日本地名大辞典」編集委員会編『角川日本地名大辞典』（角川書店、一九七八～九一年）
門玲子『女流文学の発見――光ある身こそくるしき思ひなれ』（藤原書店、一九九八年）

木崎愛吉『頼山陽詩集』(『頼山陽全書』所収)
木崎愛吉『頼山陽全伝　上巻・下巻』(『頼山陽全書』所収)
京都市編『京都の歴史4　桃山の開花』(学芸書林、一九六九年)
京都市編『京都の歴史5　近世の展開』(学芸書林、一九七二年)
京都市編『京都の歴史6　伝統の定着』(学芸書林、一九七三年)
日柳燕石『山陽詩註』(一八六九年)
国立国会図書館図書部編『国立国会図書館蔵書目録　明治期　第5編　芸術・言語』(紀伊國屋書店、一九九四年)
齋藤希史『漢文脈と近代日本』(角川文庫、二〇一四年)
齋藤希史「頼山陽の漢詩文」(東京大学教養学部国文・漢文部会編『古典日本語の世界――漢字がつくる日本』東京大学出版会、二〇〇七年)
坂本箕山『頼山陽大観』(山陽遺蹟研究会、一九一六年)
『山陽先生真蹟西遊詩』(河南源吉、一八八六年)
重山禎介編『下関二千年史』(関門史談会、一九一五年)
下関市市史編集委員会編『下関市史　藩制―明治前期』(下関市役所、一九六四年)
『下関の記念碑(旧市内篇)』(下関市教育委員会、一九八六年)
高柳毅「『頼山陽が見た薩摩』解説」(『敬天愛人』第三十一号、西郷南洲顕彰会、二〇一三年)
谷口匡『読み継がれる史記――司馬遷の伝記文学』(塙書房、二〇一二年)
徳富蘇峰『吉田松陰』(岩波文庫、一九八一年)
徳富蘇峰『頼山陽』(民友社、一九二六年)
徳富猪一郎・木崎愛吉・光吉元次郎共編『頼山陽書翰集　上・下巻』(民友社、一九二七年)

徳富猪一郎・木崎愛吉共編『頼山陽書翰集続編』（民友社、一九二九年）
徳富猪一郎監修、木崎愛吉・頼成一共編『頼山陽全書』（頼山陽先生遺蹟顕彰会、一九三一〜三二年）
内藤湖南『近世文学史論』（『内藤湖南全集 第一巻』筑摩書房、一九七〇年）
中村真一郎『頼山陽とその時代 上・中・下』（中公文庫、一九七六年）
中村真一郎「頼山陽」（『日本史探訪 第十三集』角川書店、一九七五年、のち『日本史探訪16 国学と洋学』角川文庫、一九八五年）
花本哲志「頼山陽の九州旅行をめぐって」（『頼山陽と九州』頼山陽史跡資料館、二〇一八年）
富士川英郎・松下忠・佐野正巳編『詩集日本漢詩 第十巻』（汲古書院、一九八六年）
『文人画粋編 第十八巻 頼山陽』（中央公論社、一九七六年）
前田淑『江戸時代女流文芸史――地方を中心に――【俳諧・和歌・漢詩編】』（笠間書院、一九九九年）
水田紀久・頼惟勤・直井文子『新日本古典文学大系66 菅茶山 頼山陽 詩集』（岩波書店、一九九六年）
南日本新聞社鹿児島県大百科事典編纂室編『鹿児島県大百科事典』（南日本新聞社、一九八一年）
三宅樅台『山陽詩鈔集解』（一八八一年）
宮崎一三八・安岡昭男編『幕末維新人名事典』（新人物往来社、一九九四年）
吉川幸次郎「中国文明と日本」（『吉川幸次郎講演集』朝日選書、一九七四年、のち『吉川幸次郎全集 第二十一巻』筑摩書房、一九七五年）
吉川幸次郎『漢文の話』（ちくま文庫、一九八六年）
吉村榮吉編著『吉村迂斎詩文集』（マリンフード株式会社社史刊行会、一九七二年）
頼祺一「近世人にとっての学問と実践」（頼祺一編『日本の近世13 儒学・国学・洋学』中央公論社、一九九三年）
『頼山陽史跡資料館案内 頼山陽と芸備の文化』（財団法人頼山陽記念文化財団、一九九五年）

『頼山陽史跡資料館開館三周年記念特別展・江戸時代の旅展』（頼山陽史跡資料館展示図録第四冊、財団法人頼山陽記念文化財団、一九九八年）
『頼山陽耶馬渓入渓二百年記念　頼山陽と耶馬渓』（燦々プロジェクト・頼山陽耶馬渓誕生二百年記念祭実行委員会、二〇一九年）
頼成一・伊藤吉三『頼山陽詩鈔』（岩波文庫、一九四四年）
頼惟勤責任編集『日本の名著28　頼山陽』（中央公論社、一九七二年）
『頼惟勤著作集Ⅲ　日本漢学論集――嶺松廬叢録』（汲古書院、二〇〇三年）

初出一覧（本書に収めるにあたり、表題、本文ともに修正を加えたものもある）

Ⅰ章　未発表（但し以下の二つの講演に基づいている）
「漢詩人頼山陽の九州漫遊」（頼山陽文化講演会、合人社ウェンディひと・まち・プラザ、二〇一八年十一月四日）
「頼山陽「西遊詩巻」の価値」（「頼山陽が見た薩摩」展特別講演、鹿児島市立西郷南洲顕彰館、二〇一四年二月九日）

Ⅱ章　「西遊する頼山陽と『杜韓蘇古詩鈔』」（『アジア遊学93　漢籍と日本人』勉誠出版、二〇〇六年十一月）

Ⅲ章　「『山陽先生真蹟西遊詩』とその跋」（『中国古典研究』第四五号、中国古典学会、二〇〇一年三月）

Ⅳ章　「頼山陽「西遊詩巻」訳注（一）」（『下関市立大学論集』第四二巻第三号、下関市立大学学会、一九九九年一月）
「頼山陽「西遊詩巻」訳注（二）」（『下関市立大学論集』第四三巻第一号、下関市立大学学会、一九九九年七月）
「頼山陽「西遊詩巻」訳注（三）」（『下関市立大学論集』第四三巻第二号、下関市立大学学会、一九九九年十一月）

Ⅴ章　「下関と頼山陽」（『斯文』第一一一号、斯文会、二〇〇三年三月）

Ⅵ章　「頼山陽と下関の商人広江殿峰」（『産業文化研究所所報』第一二号、下関市立大学産業文化研究所、二〇〇二年十二月）

附録1　「探訪・京都の漢学」（『新しい漢字漢文教育』第五九号、全国漢文教育学会、二〇一四年十一月）

附録2　「入谷先生の教え」（『人生に素風有り――入谷仙介先生追悼文集』研文出版、二〇〇五年二月）

あとがき

私が頼山陽の漢詩に取り組むようになったのは下関に勤務していた時期のことで、今から二十数年前にさかのぼる。北九州市の書家で、当時妻の書道の師でもあった森士郷氏から山陽の手になるという、Ｂ４サイズで十九枚に及ぶ墨蹟のコピーが届き、これがどのようなものであるか教えてほしいと依頼されたのは、一九九三年九月末のことであった。山陽に関して特別な知識のなかった私は手探りで調査を始め、とりあえず『山陽詩鈔』や『頼山陽全書』を用いて墨蹟と一々の詩とを照合した。その結果、大部分が九州の旅において作られたものであることがわかったが、墨蹟と詩集では字句の異同がかなりあった。そしてこれが「西遊詩巻」と呼ばれる、山陽が九州で知人に与えた巻子本の一つであると知ったのは少しのちのことである。

このあと長らくコピーは埃をかぶっていたが、一九九七年に入って墨蹟の一々の字を活字に起こすことから勉強を再開した。その頃私はある用務を帯びて年に数回東京に出張する機会があり、帰りは勤務先の下関へ翌日の午前中に着くように、きまって寝台列車に乗っていたが、車中の長い時間がしばしば勉強の場であった。すでに衰退期に入っていたブルートレイン「あさかぜ」の閑散としたＢ寝台で、北京市中国書店刊の三冊本『草書大字典』を手に「西遊詩巻」と心ゆくまで向き合ったのは、少し大げさに言えば生涯における至福の時間であった。

こうした作業と並行して、特に河南源兵衛に与えられた詩巻がその孫の手によって複製され、『山陽先生真蹟西遊詩』の書名で出版されていたことを知った。幸い九州大学附属図書館が同書を所蔵していたので見てみると、私が持っていた墨蹟は鮫島白鶴あてのものであり、「題画像七首」を欠くなど『山陽先生真蹟西遊詩』とは若干異なっていた。そこで改めて同書を底本にして、仕事をやり直すことにした。こうして「西遊詩巻」を一通り活字に直し、そのすべての詩に訳注を施したが、この過程で先師内山知也先生と「読王会」などでご指導いただいていた入谷仙介先生からは数多くのご教示をいただいた。お二人の先生も、そもそもこの仕事にとりかかる契機を作ってくださった森士郷氏も今や故人となられてしまったが、改めてこの場を借りて深甚の謝意を表したいと思う。

「西遊詩巻」の訳注稿は一九九九年に勤務先の紀要『下関市立大学論集』に三回に分けて発表した。入谷先生からは抜刷をお送りするたびにさらなるご指摘をいただいた。その後、この訳注が山口県大学共同リポジトリでインターネット公開されると、存外多くの人の目に触れていたと見え、面識のない研究者や学芸員の方々から問い合わせを受けるようになった。さらに二〇一四年に鹿児島の西郷南洲顕彰館で、二〇一八年には広島の頼山陽文化講演会で講演の機会までいただいた。

その頃までに「西遊詩巻」訳注は何度かの見直しを経て少なからぬ誤りが見つかっていたため、広島での講演を終えた後、何とかこの訳注を修正して再び世に出したいと考えるようになった。たまたま昨年の六月から七月にかけて学会やパーティなど機会が重なり、法藏館編集部の今西智久氏と知り合った。氏はこの挙に深い理解を示され、さらに刊行に至るまで種々の有益な助言をくださった。

かくて「西遊詩巻」訳注を中心に、これまで頼山陽について書いてきたその他の拙稿も合わせて成ったのが本書である。一書とするに当たっては重複した記述をできるだけ省いて調整しただけでなく、その過程で見つかったさまざまな誤りや不備も可能なかぎり修正するなど、旧稿を全面的に改稿した。不注意や浅学ゆえの過誤もなお散見するにちがいないけれども、今後もし「訳注」を参照される方があれば、インターネットでも見られる旧稿ではなく、本書に拠っていただければと願っている。

思えば学生の頃、このような日本漢文の読み方を初歩から手ほどきしてくださったのは、早稲田大学（現名誉教授）の村山吉廣先生であり、また内山先生は長年に亙って良寛や藍沢南城の漢詩、斯文会が所蔵する儒者の書軸の解説などに取り組まれ、折あるごとに我われの先人が遺してきた漢詩文の価値について話してくださった。こうした先生方の教えに本書がどれほど報いえているかは心もとないが、今はただ一つの形として世に問えることに感謝しつつ、大方のご批正を仰ぎたい。

なお頼山陽の肖像をはじめとする図版の掲載に関しては、頼山陽史跡資料館主任学芸員の花本哲志氏に大変お世話になり、附録の「西遊詩巻」影印に際しては京都教育大学附属図書館のご高配を得た。心よりお礼申し上げたい。

二〇二〇年九月

谷口　匡

谷口　匡（たにぐち　ただし）

1963年鳥取県生まれ。1990年筑波大学大学院博士課程文芸・言語研究科（各国文学専攻）満期退学。筑波大学助手、下関市立大学助教授などを経て、現在、京都教育大学教育学部教授。

［著書］『読み継がれる史記――司馬遷の伝記文学』（塙書房、2012年）、『徐文長』（共著、白帝社、2009年）、『唐寅』（共著、白帝社、2015年）など。

西遊詩《さいゆうし》巻《かん》――頼山陽《らいさんよう》の九州《きゅうしゅう》漫遊《まんゆう》

二〇二〇年十二月十日　初版第一刷発行

著　者　谷口　匡

発行者　西村明高

発行所　株式会社　法藏館

京都市下京区正面通烏丸東入

郵便番号　六〇〇－八一五三

電話　〇七五－三四三－〇〇三〇（編集）

〇七五－三四三－五六五六（営業）

装　幀　山崎　登

印刷・製本　亜細亜印刷株式会社

ISBN 978-4-8318-7736-9　C0021